刘荣书 著

短篇小说集

溯河春醒

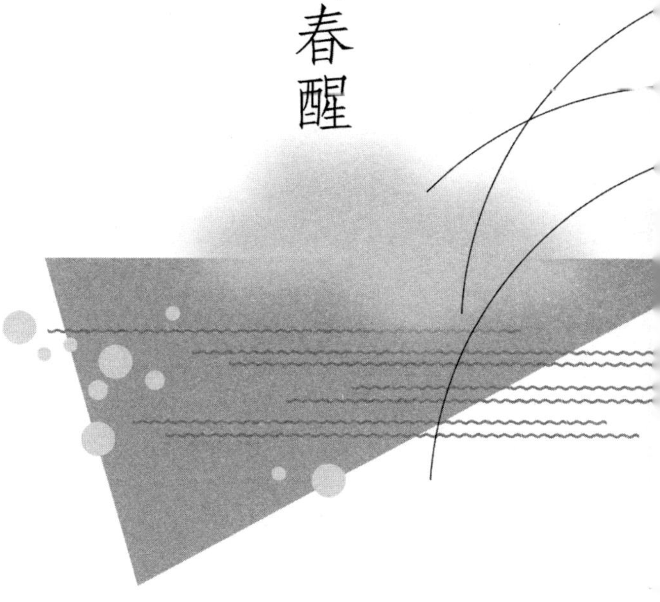

中国多民族作家作品系列

石一宁 主编

广西民族出版社
Gvangjsih Minzcuz Cuzbanjse

作者简介

刘荣书，满族。河北省滦南县人。中国作家协会会员，河北文学院签约作家。作品见于《民族文学》《山花》《江南》《十月》《花城》《人民文学》《中国作家》等刊物。有多篇小说被《小说选刊》《小说月报》《中篇小说选刊》等刊物选载，并收入各类年选。著有长篇小说《一夜长于百年》《党小组》《望烽烟》《信使》，中短篇小说集《冰宫殿》《追赶养蜂人》。其中，《党小组》入围2017年度“中国好书”，并改编为电视剧《前行者》;《信使》入选平遥国际电影节“迁徙计划·从文学到影视”。曾获河北省首届“孙犁文学奖”，“阳明杯·山花小说双年奖”，《广州文艺》双年奖，《中国作家》剑门关文学奖，《民族文学》年度奖等奖项。

目录

雾夜坦途

我们开出租的，大都喜欢跑远一点的路。窝在县城，把整个县城跑遍，打表收费也不过十块。况且乘客大都熟门熟路，你走偏一点儿，人家就会跟你较真儿。跑市里可不一样，即便“拼车”，能拉四位乘客，每位收费四十，一趟一百六；来回脚儿，就是三百二。

我却轻易不敢跑市里。那天下午之所以去市里，是因为有一位熟客事先包车。他是一位老板，从外地出差回来，坐晚八点的火车抵达唐山。我接上他，回到家不会超过十点，时间恰好。空车去市里接站时，又拉了三位散客，多挣一百二，算是这一天的额外收入。

有人会问："一辆车能拉四位乘客，你咋只拉三位？"这正是我不敢轻易跑市里的原因。

说实在的，生活待我不薄。我能成为一名出租车司机，便是一种幸运的体现。在哪儿都一样，当一名出租车司机的先决条件，是要有驾驶证、资格证、上岗证。车辆倒好说，随便买一辆车，只要符合当地运管部门的要求就行了。最难办的，是那一套营运手续。不是你买了车，说跑出租就能跑出租的，不经允许，便是"黑出租"。有时候较真儿，黑出租等于过街老鼠，人人喊打。那种被人瞧不起的滋味，我可是尝过……即便在我们这样一座偏远的小城里，出租车的数量也已达到饱和。要想增加一个名额，何其难也。我之所以说自己幸运，是因为原来的车主，在找到一个更好的赚钱门路之后，将这辆手续齐全的出租车，转让给了我。为此我花掉了家里的全部积蓄，又从亲戚手里借了一大笔钱。我那身居乡下的老父亲，更是倾尽所有，才勉强帮我将钱凑够。我足以感到幸运了——因为出租车到手不久后，运管部门虽增加了几辆出租车的名额，却采用竞拍的形式，一下子将出租车手续的价位提升到了六位数。

我是一名幸运的出租车司机。我开着自己的车，像一个在牧场上放牧牛羊的人，心里甭提有多踏实了。正如我对老婆说的那样，开自己的出租车，等于有了一台吸金的机器，只要舍得出力，别人腰包里的钱，迟早会跑到咱的腰包里来。

就真的是这样——几年下来，我仰仗它，还了一半的外债，供儿子上了大学，还在城西新开发的一处楼盘，预交了一套房的首付。别人会问："外债还不完，你还有钱交首付？"

其实剩下的外债，都是“软饥荒”，是跟一个亲戚借的。买下这套九十平米的商品房，也是经过那位亲戚的提醒。他说:“你儿子都上大学了，转眼就该结婚买房，趁着楼价稳定，还是先下手为强吧。不然等楼价涨上来，非但买不起，到时候，你又该跟别人借钱了……”不出亲戚所料，首付刚交三个月，房价就“蹭蹭”往上涨。你看，作为一名出租车司机，我是多么的幸运!

过日子，我有一套实际的打算。接下来，我须仰仗这辆出租车，赚到还房贷的钱、儿子的学费和生活费、给父亲养老送终的钱。怎么着，等儿子结婚成家以后，也得给自己和老婆攒点养老钱吧——辛苦一辈子，总该给自己留条后路。

孰料天有不测风云，我的父亲病了。医生讲，这是一种叫作“帕金森综合征”的怪病，病情严重时，可能会瘫痪。我妈过世得早，我上面只有一个姐姐，远嫁外地，也是做了奶奶的人，帮不上什么忙。我把父亲接到身边，也算了却一桩心愿。以前，我总是劝他过来跟我住，他却总是拒绝。他一个人在老家，除了种地，莳弄菜园，还养了一只羊。每年粮食打下来，能卖俩钱；菜自己吃不完，拿到附近的集市上去卖，还能攒下一些零花钱。那只羊，被他当宠物一样养着……他一辈子要强，一辈子想活得体面，这下可倒好，啥都顾不上了，啥都由不得他了。

过了没多久，父亲的病情果然加重了。记忆力减退，除了认得我，有时就连他最喜欢的孙子也认不得；四肢无力，用勺子吃一口稀饭，没人帮他，也甭想吃到嘴里。这还不算最糟糕的——后来，他连上厕所都不利索了。有时坐着坐着，便会尿了裤子。每当尿了裤子，我的父亲便会哭得像个孩子。我给他换裤子，他用手掐我，表情夸张，却使不上劲儿。我开玩笑说："爸啊，又不是我尿了裤子，你掐我干吗啊？"他便再次哭起来，边哭边说："儿啊，我活够了。"

我不能留在家里专门伺候他，我得出去挣钱哪。即便我老婆，也是不能。她在县医院当清洁工，是临时工身份。丢了这份工作，连吃饭都成问题。况且说，做儿媳的照顾公公，有着诸多不便。即便我老婆同意，我父亲也不会答应。请一个保姆？我和我老婆两个人，每月就挣这么多，就算能请得起保姆，哪有我自己照顾得尽心。

过日子可不就这样——老天爷偏心眼儿，有时塞给你一颗糖豆吃，有时又会发给你一副烂牌。你不能说不玩就不玩了吧？不玩下去哪成！大不了别人赢大头，咱们不赢，少亏点就当赚了。况且还有那句老话：天无绝人之路。当我把自己的想法告诉老婆时，她瞪大眼睛问："这能行吗？"我说："能行，咋就不行！"

自此，我的出租车里，便多了一位特殊的乘客，那便是我的父亲。有时我会同他开玩笑说："爸啊，你可是得着大便宜了，每天坐出租车，不用花一分钱。"他难为情地笑。我说："算了，你也别不好意思。坐儿子的车，硬气着呢，让你白坐。只是拉上客人的时候，你别老是跟我嚷着'解手'，就当付了我的出租车费吧。"

每天的情形大致就是这样：我早上五点起床，做饭的间隙，伺候父亲洗漱；吃完早饭，帮父亲上厕所。通常六点半，最晚七点，我们父子俩便要开车上路。我父亲坐在出租车的后座上。多了这样一位固定乘客，也不全都是坏处。好处是，能揽到更多跑市里的活儿——除了那些坐长途客车去市里的人，总会有赶火车或图便利的散客拼车。如果不算绕远儿，可以想去哪儿就给送到哪儿，比坐长途客车方便多了。我的出租车上，多了这么一位固定乘客，虽说少挣一个人的车钱，也算有利有弊：只需拼三位客人。总能比别人及时出发。

最初我还不敢跑市里。

市里离县城的距离并不太远，跑完“唐港高速”只需要三十分钟。从城东跑到火车站（大多数拼车的乘客，是要去火车站赶火车的）要穿过“南新大道”，还需要三十分钟。有时堵车，时间就没个准儿。接下来，还要拼返程的客人，一趟折腾下来，有时会耗去三个小时、五个小时，甚至半天的时间也说不定。时间太久，我怕父亲吃不消。他若撑不住，总不能拉上他就跑回来，那样一分钱也赚不到，等于我们爷俩免费旅游。

起初，我们只在县城附近拉零散活。十分钟或二十分钟，一单生意就做成了。遇到父亲内急，我可以从容应对。我们跑出租的人，大多有胃病，是饥一顿饱一顿造成的。年深日久，也会养成自己的饮食习惯。早午饭要节制，不能吃得太饱，否则拉上客人，得中途停车，跟人家说：“对不起，哥们去蹲会儿‘大号’。”即便喝水，也不能狂饮一气，要小口小口地喝。我父亲是个病人，这样的要求对于他来说太过苛刻了。他虽是个病人，饭量却一如往常地大，还能早起喝两碗粥，外加一个鸡蛋。同时，我还需对他格外关照，时常得问他渴不渴，饿不饿。早上起床后，我从家里带出来的一保温杯热水，他一个人差不多就喝完了；每天临近晌午，我还要刻意不去招揽生意，就近找一家小吃店，一碗馄饨，由他一个人吃完；一屉包子，他吃一半，实在吃不下，这才留给我吃。

记得刚带父亲跑出租时，拉到的第一位客人，是一个四十多岁的女乘客，她去乡下走亲戚。车还没出县城，我父亲便在后面出了洋相。女乘客不时回头，小声嘀咕："这老头咋了？这么大年纪，也没个正形，坐没坐相，靠没靠相。"我无言以对，急得满头大汗。那段时间，我已熟知父亲内急时的反应，他的表达出了问题，或是抹不开面子，只会像个吃奶的孩子，嘴里发出"吭哧吭哧"的声音。我驱车拐到邻近的一间公厕。县城附近共有二十多间公厕，每一处位置，我都记得清楚。女乘客说："我去油盘庄，你带我在县城兜什么圈子？车费事先讲好的，你兜圈子也没用，一分钱也不会多给你。"我尴尬地笑，只待将车停在公厕门口，将父亲从车上拽扶下来，这才对她解释道："真是不好意思，您多等会儿，这位乘客想上厕所。"

我父亲行动不便，类似一个沉重的纸人，需要我从后面扶住他，才能迈开双腿。若遇台阶，我更要扶稳了他，弯腰扳起他的右腿，送上一级台阶，再直腰，从后面推他一把（有时着急，干脆将他拦腰抱住，直接拖进厕所），如此往复，其实是想让他平时多走几步路，免得身体丧失走路的功能。若坐车时间较长，我还会抽空给他按摩。所幸，很多次内急，都是小便，我只需帮他解开裤带，便能解决问题。若是大便，可就麻烦了。后来我自己做了一个简易马桶，相当于一个凳子，放在后备箱里。不管小便大便，都放在车上，这样父亲能安稳地蹲“大号”，我也能顺便“解个手”。

待我扶着父亲回到出租车上，那位等得心焦的女乘客问：“先前说这人是顺路搭车的，你咋对他这么好？”

是的，刚开始的时候，我不好意思同人讲，坐在车后座的老头是我父亲，我只说他是一位事先上车的乘客。即便少收点车费，不也要顾及面子嘛。但父亲这次临时内急，一下子便戳穿了我的谎言。也让我懂得，好面子真的没用。我不顾尴尬，只能对她道出实情。不想那女乘客非但没有责怪，还将砍掉的车费，如数给了我。她说：“你是个大孝子，跑出租不容易。以后用车，我就直接打你电话。”

她是一个好人。像这样的好人，为数不少。但一些不太够意思的乘客，也不能说人家都是坏人。又有一次，我父亲内急，等我扶他从厕所出来，那个等在车里的乘客，早就不见了人影，一分钱的车费也没给我留下。除了这样的乘客，我还时常碰到些爱摆谱的乘客。拉开车门，见我父亲坐在车里，转瞬撂下脸来，问：“我包的车，咋还捎带别人？”我跟他解释：“这不是别人，这是我爸。”我的意思是说，因患病不得不陪我出行的这个老头，和出租车是一个整体，你要坐我的出租车，必须要接纳他。况且他从不多言多语，只会听别人说话，或呆呆地看窗外的风景。人家才不理会，下了车，还是会少付一些车费，扬长而去。

却有更多的乘客，因为我父亲，对我施予了格外的关照。若时间允许，他们宁肯多等一会儿，也会成全我的生意。见到我父亲，他们会像老朋友似的和他打声招呼。临下车，他们会将出租车费交到我父亲手里，而不是交到我这个出租车司机的手里。他们这样做，只为博他一笑。他们开玩笑说，我爸是我的秘书，专门替我收钱的；又说，我爸是我的老板，老板管钱天经地义。还有一位姑娘，有一次见我父亲睡着了，头颈窝得难受，她便悄悄扶正他的睡姿，掏出纸巾，替他擦掉淌到嘴角的口水。

就是从那一次（因为上厕所，乘客悄悄溜掉的那一次）开始，我父亲在感到羞愧的同时，也很气愤。他渐渐懂得了节制，早起只吃一个鸡蛋，便会摇头。一屉包子只吃两个，剩下的全都给我。从家里带出来的一壶水，一天下来还会剩下半壶。每次临出发前，我都会问他："爸，要不要解手哇?"他伸手拍打着驾驶座的椅背，像个皇帝，御驾亲征，指挥我去打一场漂亮的胜仗。他变得开朗多了，不再对我念叨："儿啊，我活够了。"有时为抢一单生意，他表现得比我还要着急。有时生意不好，还会垂头丧气。每次揽到一单跑市里的活儿，他都比较开心，大概厌倦了周边的风景；又或许，深知跑一趟市里，抵得上在县城跑一天的收入。

天色尚早，我们把客人顺利送达目的地后，在车站附近吃了点东西，上了趟厕所，只等那位老板乘坐的火车准时到站，我们便能顺利返程。

晚上七点半，我给老板打电话，他没接。想必在火车上睡着了，或是在忙别的事。八点差一刻，他将电话打过来，抱歉地跟我说："中午和客户喝酒，喝多了，在酒店睡过了头，错过了登车时间。我那位朋友，比我还能喝，吹牛说认识火车站的人，给人家打电话，让火车等我们半个小时，被人家臭骂了一顿。没办法，只能等明天回去了……”他又说，“没事啊，你放心，车费我照付，你只管空车回家。”

我当然信得过他，不必担心车费的问题。毕竟，我们已打过不止一次交道。空车返回，自然心有不甘，想顺便捎上一两位乘客，也算白赚。待我朝车站广场看去时，这才发现，一场突如其来的大雾，不觉间已降临在了这座城市。

应是这一年的第一场雾。因为灯光稠密，驱车走完市里的一段路，并不觉得雾有多大，影影绰绰还能看见街上的行人。只待驶出市区，这才发现大雾壅塞了道路。高速路封了，只能选择另外一条“下道”。出了市区，路灯稀疏，行车已觉不便。好在有行车在前，跟紧了它，也能应对。以往夜里出行，也曾遇到过雾天，慢慢地我总结出一条经验：最好找一辆同方向行驶的车，跟在它后面，保持安全距离。因为在这样的天气里，行车如同行船，顺风顺水，才好事半功倍。况且前有车，后有辙，不会直接面对危险。你要知道，雾夜行车，即便是前面的一星微光，也会成了你的救命稻草。

我便是采取这样一种策略，慢慢驱车，走在回家的路上。等过了“钱营”，却差点跟错方向。前面那辆车向北，应该是快到家了，或是去往“古冶”方向。而我要径直向东，过“钱营”“青坨营”“扒齿港”“官寨”，方能回到我寄身的县城。此时，前方不见一星光亮，只有大雾，在夜色的掩护下，暗沉沉地泼涌而来。望一望车的后面，雾与夜“狼狈为奸”，断了我的退路，仿佛将我孤零零一个人，放逐在一座荒凉的岛上。

我的父亲睡着了，歪着脑袋，坐在副驾驶的位置。我同他嘀咕一句：“别急呀，要晚点到家了……”其实，也是在安慰自己。听不到他的回应。起初，我并不慌乱，先下车，用仿造“鹿皮”的抹布擦了前窗，又擦了后视镜，这才上得车来。我的这辆“桑塔纳”，车灯效果不错，平时打开远光灯，能射穿十多米远的距离。可现在将远光灯打开，发现根本不起作用。只见两束车灯，拔剑出鞘，便在雾气面前败下阵来。雾像一堵高墙，看上去绵软，实则坚硬。况且这白瘆瘆的雾墙，仿佛具有吸食光源的能力，大部分的光源都被吸走，甚而，连眼前的路面也看不清了。无奈之下，只能换成“近光”，才能看清前面不足两米的路。

这是一段没有斑马线、虚线、行车线的县级公路。没有任何醒目标志，路面仿佛成了一锅沸水，考验着我的眼力。头抵在挡风玻璃前，过不多一会儿，便头晕眼花起来。说是开车，车速慢得似蜗牛，简直抵不上步行。即便行车缓慢，忽地觉得车身一震，还是出了状况。

我下车查看。发现车的左前轮，顶在了马路牙子上。我往东行，靠右行驶，这便说明，已完全偏离正常的行驶路线。马路宽约十米，我从右侧直接开到左侧，竟然没有半点察觉，可见雾气之深浓。左右寻看，根本无法确定方位。借着车灯的光晕，我摸到路边，身子撞在一棵树上。端详半天，发现是棵杨树。我倚着树干向远处张望，想到杨树以外的地方，应是沟渠、收割过后的田野，隔不多远，或许还会有一个村子，却听不到半点人声……太静了。我竖起耳朵，恍然听到一阵窸窣的声响，像微雨，却是雾气在周围凝聚。雾吞噬了一切。即便泊在身旁的出租车，也成了一只温顺的家禽，承受着大雾无情的戏谑。

重新坐回到车内，我这才害怕起来。心里清楚，从此地算起，离家不超过一百里，正常行驶的话，半个小时也就到了。但身处这大雾的围困，我却生出离家万里的感觉。我实在无法描述这大雾，因为是在深夜，不见天日，雾气的湿重，又怎可用“遮天蔽日”来形容。雾不知出处，更不见去路，隐身在草丛中，悬浮在树枝上；如潮暗涌，不知埋伏了多少刀兵；河水仿佛也被施咒，化身成无数雾状颗粒，在天地间撒豆成兵。

说起“撒豆成兵”，我倒知道这句成语的出处。我曾听父亲讲过，这是出自《十样锦》的第二折——变昼为夜，撒豆成兵。我那做过几年乡村教师的父亲，还说这所谓的“撒豆成兵”，不是将黄豆或谷物变身为士兵，而是以谷物作法，告祭天地，画符召请地府阴兵现身世间。阴魂喜食豆腐，而豆腐瘫软如泥，无法承载天地的灵气，便退而求其次，以豆子代之……我却不禁要问，这不过是如常的良夜，春夏刚过，寒冬未至，人们都已进入梦乡，又有哪一个居心叵测的人，要在这云淡风轻的世间，布下这样一场无常的战事！

面对这样的质询，我的父亲自然置身事外。我小的时候，他常会像个说书人，唇舌鼓噪，疯魔般哄我唱念：“既有这剪草为马，撒豆成兵的本事，何忧大事不成！”后来，不需他解释，我便知道这是《平妖传》的第三十一回……当我想起父亲的这一句唱念，再看车窗外的大雾，如巨石，似暗网；高墙垒筑，安扎营盘，要将孤零零的行人如我，犯人般囚禁起来。撕不开，扯不透，我便只能坐以待毙。我又想起另一段父亲最拿手的唱念，是《封神演义》的第八十三回：面如赤枣络腮胡，撒豆成兵盖世无……闻仲与姜尚大战岐山，商朝军队得到申公豹相助，西周军队渐渐不敌。关键时刻，需要姜尚得燃灯道人相助，撒豆成兵，反败为胜。

我却清楚地知道，即便有“撒豆成兵”的传奇，也不可能成了我的救兵。此刻在这混沌的雾夜里，仿佛隐伏着数匹怪兽，张着血盆大口，随时会夺了我的性命……我也曾喜欢过无常的天气，待在家里，看窗外的细雨和落雪，心里便会有一种安宁的感受。我曾听父亲讲过，下雨天、下雪天，那是老天爷看劳苦人可怜，故意给咱放几天假……但那毕竟是小的时候，不被生计所困。待到成年，待到我要像个战士，每天为生计劳神奔命，我便异常厌烦这无常的天气；我不愿看到那些在雨中仓皇奔走的人，不愿看到那些在雪中弯腰赶路的人，觉得自己和他们一样，迟早会遭逢一场无常命运的围堵。

一切皆是命定。这离奇的大雾，终是将我困住。深陷这样的困局，自然不会有人前来搭救。即便待我恩重如山的父亲，此刻仍旧孤寂地睡着。我不敢将他惊动，唯恐他醒来，又会给我添乱。我也曾想过将车泊在一个安全地带，打开双闪，在车上将就一宿。等大雾消退，再驱车返家。但在这条县级公路上，找不到一处应急停车的地带。贸然停车，预示着数倍的危险。况且从早上出来，直到现在，十几个小时过去，我那拖着病体的老父亲，肯定会吃不消……我闭上眼睛，佯作镇定。手机忽然响了，是老婆打来的。

她说："刚下班，有雾。你到哪儿了？"

我问："家里也下雾了！大吗？"

"不算太大，但你得小心点儿。"她忧心地说。

"没事儿，这边儿的雾也不算大，等过会儿，肯定就到家了。"

"都十点多了，你啥时候能到家啊？"

"你别管了……火车晚点，客人误了时间，也没办法。你早点休息，别再打电话了，不然等会儿开车，没法接你的电话，你又该着急了。还是先挂了吧。"

挂断电话，启动马达，我义无反顾，再次行进在这夜雾重重的路上。

所谓水生烟，烟凝雾，直到驶上一座大桥，这才知道已过"钱营"地界。这条划分县界的大河，常年河水满盈，也难怪方才经过的这一段路，雾气会如此湿重。想必过了河，雾气定会淡些。若真是这样，我便能从容应对，不消两个小时，便能顺利到家……想到这儿，我略感轻松。或因身心疲惫，又或许，将近一个小时的车程下来，也没有遇见行人车辆，开车便少了些谨慎。当时我并不清楚，车子是靠在路的右侧行驶，还是行驶在路的中间，总之驶下桥头的那一瞬，我猛然间意识到出了大事。

——好像撞到人了，也可能是一只野物。

我汗毛爹立，觉得撞到人的可能性较大。因为恍惚间，好像看到一只手从雾气中伸出来，鬼魅般摆动，令我措手不及，猛打一下方向盘，虽及时避开，却听车身右侧，发出一记沉闷的声响。若不是车速缓慢，避开得及时，这个唐突撞上来的家伙，定会丧命于我的车轮之下。

我惊出一身冷汗。迅速爬下车来，回头寻看，却什么也没能发现。正准备返回到车上，忽听雾气中传来一个声音：“师傅，你是回滦南吗？”

是一个人。从路畔下的浅沟中爬上来，伸出一只手，拖住我的裤脚，吓了我一跳。我慌忙跳开，又上前几步，拽起了他。心有忐忑，却要先发制人：“你这人咋回事！抽冷子冒出来，撞没撞到你？真要撞到了，撞了也活该！”

他摇晃着身子，扑打着身上的灰土，期期艾艾地说：“没事，师傅，没你的事……都怪我，光顾着看路，也没看到有车从后面过来。恐怕你开车过去，这才急着拦车……师傅，你是回滦南的吧！”

我没好气地说：“回滦南倒是回滦南，这么大的雾，也不知道啥时候能到滦南。”

他随口改了称呼：“叔啊（说的是我们本地土话。“叔”发“shou”的音）！你把我带上吧！”说罢，唯恐我丢下他似的，慌里慌张，朝出租车跑去。

借着车灯的映照，我这才看清是一个孩子，瘦高个儿，二十岁左右。穿一件红色运动衣，更像校服。背一只双肩包，完全一副学生模样。他仓皇拉开副驾驶的车门，见有人坐在里面，愣了一下，又回身走到后面，拉开车门，爬了进去。

我踌躇，觉得这孩子好不奇怪。捎不捎他，还没给个明确答复，他竟然自作主张；况且深更半夜，他咋会出现在这里？好人坏人，总该容我验证一番。我上了车，打开车顶灯，扭头看他，见他神情局促，不安中带有深深的倦意——果然是个孩子！脸颊瘦削，眼睛细长，唇上生着软软的胡髭。我随即心软下来，又觉得刚刚撞了他，有些过意不去，好心地问他：“动动胳膊腿，看有没有事儿。”

他坐在那里，动也不动。只是凝神看着车窗外的大雾，嘴里一个劲儿催促：“没事……叔，有事也不会怪你。你快开车吧，把我捎回家就成。你是开出租的，我付你车费。”

我吁了口气，踩一脚“离合”，将车慢慢启动起来。又忍不住问：“你家哪儿的？”

“马城的。”

“这么晚了，雾这么大，咋一个人跑这儿来了？想走路回家吗？”

他嗯了一声，不想多说话。在我的追问下，沉吟片刻，这才讲了起来。

他说他在承德上大学。坐晚七点的火车回到唐山，因家里有事，打了一辆出租车。刚驶出市区，起了大雾。紧赶慢赶，还是被挡在高速路口之外，无奈，只能走“下道”。走不多远，雾越来越大，司机跟他讨价还价，敲竹杠似的，本来说好的一百五的车费，又追加一百，他也答应。孰料刚过钱营，雾更大，实在难行。司机说：“我得回市里，不能送你了。”他不答应，非要出租车司机履行承诺。司机指了两条路让他选择：要么跟他回市里，免了出租车费；要么立即下车，想回家，自己走路回去。他硬着头皮，赖在车上。直到司机将车调转方向，这才不得不下来。

我听清缘由，不禁训斥他道：“你看你这孩子，真是任性！

市里的那些出租车司机，生意是做得不太敞亮，通常我们拉客，都要受他们摆布，有时把散客兑给我们，还要‘雁过拔毛’。有时碰到一两个客人，他们觉得跑一趟不划算，要么加价，要么把你扔在半道上……可今晚这么大的雾，也难怪人家，即便能把你送到县城，他回不了市里，也要在旅店住一晚，你说人家亏不亏?”

他不说话。

我说:“你这孩子！家里有多急的事，也不应该走路回去呀……幸亏遇到了我，不然你走到天亮，也走不到县城。县城离马城，还有多远！你一个人赶夜路，太危险了。方才，真要把你撞了，谁也发现不了，你说你爹妈得多担心。”

他抽噎一声，黯然说道:“叔，不是我任性，是家里真的有事。”

我说:“天大的事，也没‘平安’事大。”

他身子打个寒噤，长长的抽噎变为饮泣，说:“叔，真的不是我任性……今天上午我正在上课，家里给我打来电话，说我爸……没了。他死了，等着我回去下葬呢。”

我吃了一惊。眼睛盯住前方，无法回头看那哭泣的孩子，心里感到一阵难受。我无法想象，一个刚刚成年的孩子，接到他父亲的死讯，坐火车从承德赶回来，却遭遇了这样一场大雾。他独自一人，行走在这雾夜里，上不着天下不着地，没人前来搭救，该是多么恓惶，多么无助。

我沉吟着，心疼地问:“你自个儿，在雾夜里摸黑走，肯定害怕了吧?”

他哽咽着说:“叔啊，怕倒是不怕。就是，不知道自己走到哪儿了，离家还有多远。越走，心里就越没底，也碰不到一个人能问问路，碰不到一辆车能捎上我……我一边走，一边接听家里的电话。我妈问我到哪儿了，我怕她担心，也不敢告诉她。走了两个多小时，手机也没电了，真的有点绝望……”

我说：“孩子，你别哭，也别绝望。你这不碰上我了吗，我是来帮你的。”说完这话，忽然想起“撒豆成兵”那个故事，想到：可不，我真的就成了这孩子搬来的救兵。

他仍是止不住地哭。

他的哭声，让我终于明白，一个刚刚失去父亲的孩子，怎能忍得住哀恸。

他边哭边说：“我爸身体不好，供我上学不容易……其实，我考上了更好的大学。去承德上大学，那算是白瞎了不少分数。只为少花点学费，毕业后能当个医生。等以后工作了，也好给我爸治病……我爸心疼我，有病不舍得吃药，上个月，还给我发了五百块钱的红包，让我买双旅游鞋。可现在，他死了，他再也不能跟我说话了。”

他的诉说，使我落泪。借由他的哭泣，忽地想起那么多难堪的往事。终究明白，像我们这种劳苦的人，必是要在这相同的境遇中相遇。可是老天爷呀，你为何要让一个孩子，遭这样的罪！既已让他的父亲死去，便不该在他回家奔丧的路上，布设这样一场大雾的困局。让他小小年纪，便遭逢这样一场无常命运的围堵。

我说：“孩子，你别哭了……看看我旁边这个人，知道他是谁吗？”

他哽咽一声，问：“这是谁呀？”

我说：“这是我爸。去年病了，生活不能自理。我没办法，只能带他出来跑出租。我有一个儿子，比你大两岁，正上大四，也总想着买一双名牌旅游鞋。你们年轻人，谁不想有一双好看的旅游鞋呢。可他始终不好意思跟我开口。去年暑假，他想跟一帮同学出去旅游，也没好意思跟我开口，最终，也没去成……”

他不哭了，愣着。说：“叔，你活得也不容易。”

此时我的父亲醒了，愣怔发问。我停车，敷衍他几句。问他饿吗？是否口渴？找来找去，却发现从家里带来的食物和水一点没剩。坐在后座上的孩子，此时打开旅行包，说他这里有面包和水，是临上火车时同学给他买的。为调节气氛，我跟他打趣：“是女同学给你买的吧？”他嗫嚅一声，脸上是一种羞赧的神色。我拍拍他的肩膀。照顾父亲吃了几口面包，喝了些水，忽然想起什么，提醒他道：“快用我的手机，给你妈打个电话吧，省得她在家担心。”

他拨通电话。语调平静，诉说了方才的遭遇，大概觉得委屈，险些哭起来。当他说到遇见一辆出租车，碰到一个好人时，语调这才变得欣悦。

我在一旁插话：“告诉你妈，甭担心。到了县城，不管多晚，我都会把你送到家里去的。”

他关了手机，对我说，家里的亲戚，开着三马子，从家里出来，正一边走一边找他呢。

等到再次上路前，我把父亲挪到后座上，好让他躺下来休息。让那孩子坐在副驾驶位置，一是能跟我说说话，另外，也能帮我看看路。

这漫天的大雾，并非如我想象，过了河，便会淡去。从青坨营到扒齿港这一段路，雾气非但没有减弱，反而愈加深浓。此时，已接近午夜。我再次将车从路的右侧开到路的左侧，却没有一点察觉。不禁同那孩子打趣道："这都没你走路快了吧?"

他认真地说："不，叔，能跟你搭上伴儿，我心里就踏实多了。"

我的话，恰好将他提醒，出主意道："叔，不如这样，我下车为你引路，蹚着马路牙子走，你就不至于从左拐到右，又从右拐到左了。这样，咱们就能走快点。"

不由分说，他下了车。

车灯照在他身上，将一件红色运动衣，浸染成一面旗帜。他走在车灯的光照里，不时扭头冲我挥手，指挥着我前行。便见他稚嫩的脸上，除了忧郁，还有一种决绝。除去这件红色运动衣，穿在他脚上的那双白色旅游鞋，也成了两点醒目的标志。谁承想，在这雾夜里，它们竟会有了"降妖除魔"的能力，此前萎靡不振的车灯，仿佛得到神助，两相呼应，恰如杀入铁桶阵的奇兵……那双旅游鞋，应该是那位刚刚逝去的父亲，买给儿子的吧？它们上下踩踏，使那混沌的雾气，朝两厢避让。这孩子走上一会儿，还要跑上一阵儿。跑起来的时候，看不清他瘦高的身影，只见两抹虚白，在浓雾里闪转腾挪，如入无人之境……我忽地意识到，我哪是这孩子的救兵！分明是上天派这孩子，前来将我搭救。我们两人合在一处，方能逃出这大雾的围堵。

我那浑噩沉睡的父亲，此时不知怎么就醒了。身子抵着前面的座椅，嘴里发出“哦哦”的叫声，拍打着椅背，好似在为我们呐喊助威。

过了扒齿港，雾果然淡了些。不用他在前引路，我便喊他上车。

过了官寨，已近城区，有路灯接驾相迎，行车速度，更是势如破竹。等到了县城的地盘，我忽地发现，前方左侧的一条岔路上，两辆三马子缓缓驶来。通常这种农用车，大多都经过改装，车灯雪亮，如同两柄利剑。更为醒目的是，挂在左侧反光镜旁的白色布帘，随着车行的速度，缓缓拂动。我清楚地知道，在我们这一带的乡下，每当有人逝去，前去帮忙的车辆，定是要以“男左女右”的形式，在车前系这样一块“孝布”——算是对死者敬意的表达，更像一张“逢山开路，遇水搭桥”的通行证。

停车一问，果然是来接那孩子的亲戚。

第二年，我父亲离世；老婆因病被医院辞退；儿子大学毕业，至今没能找到一份像样的工作。至于我，仍在开出租。虽有这样或那样的不如意，但我仍觉得，日子还算过得去。

偶尔，我会想起那个在雾夜里邂逅的孩子。不知他可否能像我一样，前路都是坦途。

因为我是一名出租车司机——道路于我，终将都是坦途。

长发与妖

1

我依然清晰记得姐姐坐在窗外梳头的样子。

夏末清晨的阳光是橘红色的。栽植在院落四处的葵花开得正盛。桑葚树叶片深绿。葡萄架上已吐露出一些紫色。由于逆光，姐姐的身影看上去何其娇小。她坐在一只马扎上，瀑布般的长发披垂到地面。头微侧，藕一样的胳膊在头颈上方扬起。随着一把粉红色梳子的舒缓起落，依稀能看到她秀美面庞的侧影……那一年，家里刚刚分到土地。劳作强度较之生产队时，却有了较大改观，再不用被上工的钟声催促了。从春到夏，每天早晨醒来，我常常看到姐姐坐在窗外梳头，像所有待字闺中的姑娘每天例行的一种仪式。一面椭圆形的镜子，竖放在青石板上。镜子背面，高举红灯的李铁梅，似要与姐姐的秀发一决高下。院子左侧的马棚里，父亲正在照料一匹抓阄抓到的黑马。打扫完马棚，他会用一把钢刷梳理黑马的鬃毛，兴之所至，还会将长长的马鬃编结成一根根细细的鬃辫。和马儿需要父亲的照料不同，姐姐梳理完长发，便会托举双臂，拢一拢发根，而后在发辫的样式上犹豫不决。有时，她会扎一根马尾辫，有时，又会将头发分成两缕或者三缕，编成独根或双根的辫子。每一个清晨，母亲都是家中最为忙碌的一个，她不但要吆狗喂鸡，还要烧一家人的早饭。对于姐姐捯饬头发需用掉一个早上的时间，她却从来不会抱怨。只待姐姐梳理完毕，她便会将早饭摆到青石板上，粗门大嗓地吆喝我和父亲吃饭。

这是农耕时代给予我的最美好的记忆。由一个早晨开始，又由一个早晨结束。

1981年夏季的这一个早晨，当我们一家人围坐在青石板旁吃饭时，一个女人出现在我家的院门口。

姐姐最先看到了她，忙不迭丢下饭碗，站起来，喊一声："三奶！"我的父母也同时站起来，招呼一声："三婶！"母亲显得更为热络，不仅大声问："吃过饭没有？"还摆出一副准备去拿碗筷的架势。

在我们的镇子里，"辈分"着实是一个匪夷所思的东西。有时你会见一个鹤发鸡皮的老者，对一个穿开裆裤的顽童以"爷爷"称之，这也不是一件稀罕事。这个被我父母称作"三婶"的女人，听上去辈分极高，看上去却很年轻。她最多二十几岁、三十岁不到的样子，应和姐姐算是同龄人。

这是一个来自外省的女人。每次与她碰面，我总会生出些局促和不适的感觉。这复杂的心情，是她苍白的肤色造成的吗？还是因她的额头和太阳穴处，常年有指头摁压或拔火罐时留下的印痕？与她苍白肤色相对应的，是她那一头齐肩长发。那是在整个镇子上，唯一能和姐姐的头发媲美的一头长发——整齐而柔顺，茂密而丝滑。我曾听别人议论过她们两个人的头发，说实在的，姐姐的长发看上去丰茂如瀑，却略微泛黄；而这女人的头发，长不及腰，却找不出半点瑕疵。给人的感觉，更像是一件精美的器物，一旦成型，便再难改造。即便她活到七十岁、八十岁，头发似乎也不会枯败。或可指摘的是，发色过于漆黑，显得有点生硬，好像用油漆粉刷过；又似一丛植物，被人从泥土中连根拔起，多了些刻意，少了些自然。

这女人站在我家的院门口，表情局促。一番犹豫之后，还是迈步走了进来。姐姐趋前几步迎接了她。她怯怯地看了姐姐一眼，眼里有藏不住的歉意和慌乱，最终将目光落定在我父亲的脸上。当时的情形，多年后我依旧记得——他们四个大人都站着，我一个人坐在板凳上喝粥。

“志武昨晚半夜回来，太晚了，没时间来你家，早起又赶车去外地送货……”她说着，喘了口气，接着说道，“他，他让我过来捎个话，你家姑娘的对象，不想，不想跟她谈恋爱了。”

女人说出这样一个消息，站定在那里，仿佛做了一件见不得人的事。等她朝门外走去时，父母和姐姐谁也没有吭声，只有我冲着她的背影喊一声：“您慢走哇！三奶奶。”

志武是前年冬天回到我们镇子上的。同他一道回来的，还有这个来我家捎话的女人。

志武的回归，在镇子里引起过不小的轰动。只听我父亲不无感慨地说道："当年，我不出去就对了。你看，志武都三十大几的人了，在外混了这么多年，也没混出个样子——连个小孩儿都没有。听说，他带回来的女人，不是原配，是他一个朋友的老婆。朋友死了，志武捡漏，得着一个寡妇。"

母亲有些不以为意。她和镇子里的很多妇人一样，羡慕志武"工人"的身份。"志武现在是化肥厂的'正式工'，端的是'铁饭碗'，还是一名卡车司机，每个月几十元的工资不算，走南闯北，油水肯定不少……娶个寡妇怎么了？人家也算有出息。你当年若肯听我的话，应招去大西北，也不至于一直在土里刨食。我也就能成为一名工人家属，出来进去，坐汽车就像坐轿子。"

面对母亲的讥讽，我父亲不无揶揄地说道："我若真要成了正式工，你也不照照镜子，我能瞧得上你吗？"

听父母说话的口气，他们对志武和他的女人，好像颇有微词。这也恰好反映了镇子里大多数人的心态。当时，大家看着志武将家里的两间破房稍加修缮，便死心塌地住下来，也少有人上前主动与之亲近。村里人的宗族观念虽强，却更多是趋炎附势的心态。志武父母早亡，便少了很多照应。又兼他的女人性情孤僻，平日里屋门紧闭，偶尔上街，也是傍了街沿走，很难融入小镇人的生活。

但世风已然转变，如今志武这边"风景独好"。

自从大家分到土地，为提高粮食产量，很多人对"尿素"

青睐有加。据说化肥厂生产的“尿素”，乃是人体尿液的精华。一抔小小的颗粒，便相当于几泡人的尿液的总和。一袋子尿素，可以想见其波澜壮阔之势……但当时尿素并不好买，需凭票供应，志武却总有办法买到。很多人挖空心思，极力去讨好志武。志武性情随和，能真正做到有求必应。帮村里人买到尿素的同时，还用卡车捎货上门。为此，很多人重新捋顺家谱，本来辈分极高的人，偏要拐弯抹角自降身价。以我家为例，从我父亲这边攀论，和志武应是“平辈”，母亲却偏要从她娘家那边论起，一下子便将我等沦为了“孙子辈”。每次在街上遇到开车的志武，母亲总会谦卑地站在街旁，口称“三叔”。志武趴着车窗，戴着白线手套的两只手敲打着方向盘，伸头同我母亲寒暄几句，又不忘调侃我一番（他似乎很喜欢镇子里的男孩）。我年少懵懂，只会关注那辆隆隆作响的东风牌卡车。母亲便会抬手，在我的头上敲一记“毛栗子”，嘴里骂道：“没大没小，见了你三爷，也不知道打声招呼。”

我们家与志武真正修好，还要从姐姐的一桩亲事说起。

除了跑长途，隔三差五，志武总会开车回家。车上不仅载有帮村里人买到的尿素，还有来他家闲逛的工友。夏初追肥时节，志武为我家捎回三袋尿素。汽车停在我家门口，父母不在，家中只有我和姐姐。别看姐姐身子骨单薄，扛起一袋尿素来脚底生风。一个从驾驶室里钻出来的男青年，痴痴地望着我姐姐的背影，嘴里说道：“好一个巾帼不让须眉呀！”

过了两天，志武登门来我家拜访，说那位青年相中了我姐姐，有欲结姻缘之意。提亲的事，虽显突兀，却令父母喜不自禁。青年可是化肥厂的正式工，除技术员身份外，还是尚未返城的“知识青年”。以我父母嫌贫爱富的本性，哪有不答应的道理。

得了应许，那青年便频频来我家造访。

起初我很讨厌这个家伙。不喜欢他的一脸粉刺，不喜欢他说话操着和志武女人一样的外省腔调。让我更为讨厌的是，这家伙每每说到得意处，喜欢抖动他那两条细瘦的长腿。按照我母亲后来的话讲，像一头没有阉净的公猪。但他很会博人欢心，除了甜言蜜语，送礼物更是他惯用的伎俩。他先是送给我姐姐一把粉红色的梳子，后来又送了一块亮锃锃的手表。我曾偷听过他和姐姐的谈话。青年说，从看到姐姐的第一眼起，他就茶饭不思。真正令他挂怀的，是姐姐那一头长发。他说从未见过这等“倾泻如墨”的长发。说姐姐的长发，简直是“小山重叠金明灭，鬓云欲度香腮雪”。姐姐问：“你肚子里咋存了这么多墨水？”他说：“我爹是大学教授，我打小便饱读诗书。”接着，又随口咏诵起来，说的是：云鬓轻梳蝉翼，蛾眉淡拂春山。又道：鬓挽青云欺靛染，眉分新月似刀裁。

从春到夏，短短两个月的时间，我的姐姐便经历了人生中的大起大落，悲伤不言而喻。母亲不相信会有这样的事情发生，因为就在半个月前，青年将要调回省城的时候，还曾来过我家。不仅带来丰厚的礼物，还对姐姐有过一番感天动地的承诺。

“怎么会这样？”母亲自言自语道，“会不会捎错了话，或是中间出了什么纰漏?”

母亲百思不得其解，决计到志武家求证。我跟在她的屁股后面，见志武女人好像犯了头疼病，恹恹地说：“志武走得急，我听了他的吩咐，这才去你家捎话。究竟咋回事，我也不太清楚。你若是不信，还是等志武回来再问吧。”

母亲起初赔着小心。后来，口气听上去更像吵架。把对那青年的怨恨，一股脑倾泻在志武女人身上。女人也不还嘴，只是冷着一张脸，让母亲无计可施，只能悻悻回家。

所谓祸不单行，就在那天，我心事重重的父亲去田里干活时，黑马受了黄鼠狼惊吓，掀翻马车，导致父亲摔断左腿。所幸镇子里有专治跌打损伤的师傅，只说无大碍。敷了膏药，打上夹板，吩咐静养月余，不然便会落下残疾。

父亲卧床养伤期间，志武来过我家一次，姐姐被抛弃的事，最终得到证实。志武很尴尬，又显得很是无奈。他小声说那青年之所以能够返城，是他父亲落实了政策。正所谓“一阔脸就变”，他们根本就瞧不上我们乡下丫头……这样说着，志武便骂起来。骂了一通，又开始宽慰我父母：“你们家丫头长这么体面，还愁找不到合适的对象！等我留心，再从化肥厂给她找个吃商品粮的。”

有了志武的承诺和劝导，父亲很快从失意的阴霾中解脱出来。女儿无故被人退亲，对争强好胜的母亲来说，却相当于一次致命伤害。她将怨怼的重心，逐渐转移到父亲的断腿上。她说这无妄之灾，都是拜志武女人所赐。千不该万不该，她不该大清早的跑到我家来递送坏消息。俗话说，喜鹊早道喜，乌鸦晨降灾，志武女人就是一只乌鸦。母亲由此作出进一步推断：志武的女人和那青年乃是同乡，会不会是她从中作梗，坏了我姐姐的好事？

母亲的情绪感染了我，由此也对那女人耿耿于怀起来。

2

这一天黄昏，我和父母坐在青石板旁吃饭。晚归的姐姐从外面悄无声息走进来，挟带着一股凉气。她对我们视而不见，绕过饭桌，径直向屋里走去。母亲嘴里含一口稀饭，呜噜呜噜地说："你不吃饭吗？"姐姐充耳不闻。父亲小声嘀咕："这死丫头，一大早出去，这会儿才回！"母亲低声呵斥："就你嘴碎。她心里不痛快，难道不应该出去散散心吗？"

我草草吃罢晚饭，按照母亲的吩咐，去屋里取一盒火柴。

通常为了省电，天刚擦黑的时候，家里是不允许掌灯的。只有姐姐，才可将这一规矩打破。她不喜欢黑暗。每当日落西沉，她便随心所欲地将电灯揿亮，让灯光盈满我家低矮的砖房。盘起长发，偶尔做一做针线活，有时什么也不做，只是揽镜自照，嘴里哼着跑调的歌曲。

此刻，屋子里注满黑暗，听不到姐姐发出的一丝声息。我抬脚迈过门槛，去门后寻找灯绳，"咔哒"一声，将电灯揿亮。

灯光映照处，我发现姐姐坐在门背后。双脚悬垂，手掌相抵，像个犯错的人，欲将自己隐遁起来。灯光令她无所遁形，只能闭住眼睛，下意识抬高双手，掩住头部。等看清是我，瞪了我一眼。当时我并未在意，从抽屉里找出火柴，忙着回院子里将艾蒿点燃。不经意间，我朝姐姐看了一眼。一看之下，不禁吓了一跳。

姐姐的额头和脸颊看上去白瘆瘆的。原本是一张瓜子脸，而今却是一张圆憨脸。曾经刘海齐眉，一双杏眼，显得聪慧而又可人；如今目光赤裸，眼神呆滞。原本她的两只耳朵，总会被一头秀发包住，露出红润的耳郭；而今耳骨裸露，无意中仿佛迎合了算命先生的某句谶言。

我呆呆地看着她，搞不清在姐姐身上，究竟发生了什么。直到姐姐呵斥一声，让我滚开。这才发现，她的一张嘴巴，原本是樱桃小口，而今看上去却有些寡薄。她的身上，到底发生了什么呢？我转转眼珠，目光上移，这才发现，我记忆中一直蓄着长发的姐姐，她那一头浓黑的长发不见了。

她那一头长发不见了，代之于那个年代，十分罕有的短发。奇怪的样式，比小镇青年的头发略长，比埋汰妇女的头发略短。

我失口叫了一声。

我的叫声，更像起哄，被待在院子里的父母听到了，他们跌跌撞撞跑进来。和我一样，起初并未发现姐姐那一头消失的长发，等细看端倪，却表露出不一样的心态。

母亲拉长着一张脸。你要知道，姐姐的长发，在她的心目中可有着很高的地位，不仅延续了她做姑娘时的梦想，还为她挣得了不少面子。某种场合下，是她得以骄傲和炫耀的资本。而今长发消失，令她好不懊恼。和母亲的心态不同，父亲所担心的，是怕姐姐的精神出了什么问题。她剪掉长发，肯定是经受不住打击，才会做出如此轻率的举动。会不会一时想不开，再做出更为出格的事来?

我的姐姐，一番溺水般的挣扎后，很快恢复了平静。

“你的头发呢?你剪掉的头发，弄哪儿去了?”母亲问。

“我卖了。”姐姐说。

“卖给谁了?”

姐姐不答，脸上浮现一抹神秘的微笑。在我父亲看来，更像是一种神经质的发作，随即引发了新一轮的质问。姐姐始终不肯说出那头发的下落。她蜷着身子，歪倒在炕上，很快睡着了。

在我们的小镇，禁忌可谓包罗万象——待字闺中的女孩，在不经家人许可的情况下，擅自剪断长发，会被视作一种叛逆行为。即便情况特殊，比如为了干活利落，起居方便，不得已剪掉长发，那剪断的一匝，也须从中抽出一缕青丝，妥善保藏。待到出嫁时，作为一份贞洁的证物，交由女孩本人处置。若女儿的长发落到坏人手中，便会引发父母的恐慌，不啻于女儿的名节，受到了某种玷污。

后来，当我听说了这些乱七八糟的忌讳后，也不禁跟着担心起来。

姐姐剪断长发，虽表露出了一种斩断孽缘的决心，从表面上看，却看不出任何实质性的变化。忧伤整日笼罩着她，她再不是那个温婉可人的女孩了。时常招呼不打一声，便从家里消失。父母一旦过问，她便很不耐烦。有时以沉默应对，有时则会歇斯底里地发作。她还会时常一个人，待在阴暗的角落里，脸上是一种阴晴莫辨的神色。看来，她的魂魄，真的随着长发的消失，丢在了某个不为人知的地方，或是落入坏人之手，经受着无情的亵渎。

她那剪断的长发，究竟落在谁人之手？

首先，我会想到一个经常在我们镇子里出没的外乡人。他骑着一辆破旧的自行车，车后架上驮着一只柳编的箩筐。口音怪异，目光阴鸷，弯腰曲背地在街巷游走，嘴里不停地吆喝："收头发，收长头发……"若是碰到一个梳长辫子的姑娘，他还会尾随其后，像个不怀好意的二流子，问："姑娘，你家有长头发卖吗？"姑娘不屑一顾："我家哪有长头发卖！"他诡异一笑："你这头发就可以卖呀。"姑娘瞪他一眼，甩甩辫梢，好似一根长鞭，抽在他的脸上，扭身向巷子深处走去。他的脸上，便会浮现起更加诡异的笑容，看着姑娘远去的背影，目光贪婪。若是哪一户穷人家的女儿，不得已卖掉长发，就等于落入他的圈套。只见他操着一把剪刀，攥紧姑娘的发根，比画着发辫的长度——从肩头，是一个价；从颈根儿，又是一个价。每问一句，都像一次诱惑与胁迫。剪刀触碰着姑娘的颈子，使她可怜地缩紧身体。"咔嚓"一声，长发剪落，仿佛身首异处，姑娘的身体便会发出轻微的战栗。外乡人则面无表情，动作麻利，将蛇长的辫子盘扎起来，揣入贴身的挎包中。动作小心翼翼，显然有着不可告人的目的。

我曾亲眼见过，这个不怀好意的外乡人，有一次在巷子里碰到我姐姐，便尾随在后，不依不饶地说："姑娘，你的头发可真是好呀。头发剪了可以再长，不如卖给我吧。我出大价钱，5块！这可是最高的价啦……”姐姐好脾气，非但不恼，反而同他调侃。姐姐说：“等我想剪掉辫子那天，一定会去找你。”打那之后，这个外乡人每次来我们镇上，总会在我家附近转悠，吆喝声不胜其扰。

我敢打赌，姐姐的长发，定是落入了他的魔爪。为了证实这样的猜测，我开始在镇子里到处打听，等于将姐姐剪断长发的消息，传得人所共知。

“你姐姐的头发剪了吗？”

“你姐姐为啥要把头发剪了呀！是不是因为退亲，她伤心了？”

“你姐姐剪了头发，说明心气低了。我娘家侄儿还没说上媳妇，等改天，去你家说媒。”

面对众人的猜疑，我不禁愤怒又沮丧。倒是有一个人的回答比较靠谱，他说：“那个收头发的外乡人，每次来镇上，都会去杜老三的剃头店，你何不去那里打听打听？”

我这才想到，那个收头发的外乡人，不仅收购姑娘们的长发，剃头店里的碎头发，不分男女，无论黑白，也会被他悉数买走。我曾见他驮在自行车上的箩筐里，装满碎发。黑白驳杂，怪异而肮脏，让人莫名地想到一些惨遭肢解的尸体。

理发匠杜老三叉着一条跛腿，正在牛皮布上打磨剃刀。听完我的问话，不解地看我一眼。他是个罗锅，扭头时脖子不能转动，只能将整个身子倾斜过来。“那个收头发的人呀，上个月还来过。最近这两天，也该来了吧，他还欠着我两毛钱呢。”

我掐算了一下时间，姐姐剪掉长发，是前两天发生的事，显然不是那个外乡人所为，心里不禁感到一阵轻松。转眼，又看到堆在墙角的碎发，不禁好奇。问：“他收这些头发，有什么用途啊？”

杜老三用抹布揩净剃刀上的皂液，不紧不慢地说：“好像是用作药引子了。把碎头发烧焦，研磨成粉末，捣在草药里，可以治怪病。”

一个正在剃须的老头，仰靠在座椅里，此时插话：“也有可能拿去酿酱油了。咱们烧菜用的酱油，你吃不出一股头油味来吗？”

杜老三抖开一块热毛巾，箍住他的嘴，好像不想听他说话。

我又问：“他花大价钱，买姑娘家的长头发，又有什么用？”

杜老三将老头嘴上的毛巾掀开，端着一只搪瓷缸子，一边涂皂沫，一边忧心忡忡地说：“他把姑娘们的头发买走，谁知道打的什么主意！”

老头似有话说，即便剃刀抵近咽喉，也要挣起身子，一边挥手，一边斜眼看我。吓得杜老三赶忙罢手，端着剃刀，无所适从地站在一旁。

“你别听他瞎说。说起这个，你诳孩子可以，但诳不了我。你没见过唱戏的吗？以前戏台上的老生，耍的那胡子，内行话叫‘髯口’，就是用姑娘家的头发做的。”

我瞪他一眼，认为他在胡说八道。我想象不出姐姐的那一头长发，几经沦落，竟然会戴在一个老头的下巴上。这样的情形只是想一想，都会让人觉得恶心。

3

在此期间，志武和他的女人，仿佛从我们的生活中消失了。他们本就游离于小镇人的生活之外。他们没有分到土地，只是寄居在这破败的镇子里，不问农事，除了被动接受别人的求助，不会主动介入他人的生活。大家保持一定的距离，过着各自庸常而平和的日子。

但这庸常与平和，很快被一则传闻打破。

传闻中说：有一位姑娘，经常去县城鬼混。她落脚的地方，是一家理发店。她貌似和开理发店的青年在谈恋爱。撕开表象看内里，问题却相当严重。据说那个开理发店的青年，是一个不折不扣的“二流子”。身边纠集着一群男女，他们穿喇叭裤，听令人神魂颠倒的歌曲，在电影院里搂搂抱抱……

传闻像一条蛆虫，钻入我父母的耳朵。起初他们不以为意，只是觉得奇怪：为何镇子里的人，每次见他们走近，总会闭紧嘴巴。有的人一脸尴尬，有的人则用狐疑的目光，暗中将他们打量，脸上挂着不怀好意的笑容。待他们走远，那些人又会像苍蝇一样聚在一起，等我父母回头，他们便再次闭紧嘴巴。奇怪的表情，一览无遗地挂在脸上。

后来，不知谁说漏了嘴：原来，那个传闻中的姑娘，竟然是我姐姐。

经过一番调查，母亲简直气疯了。她审问姐姐，母女间发生了激烈的争吵。冲突不断升级，导致姐姐离家出走，夜不归宿。所谓家丑不可外扬，只能打碎牙齿往肚里吞。父亲偷偷去县城找过姐姐，并去那间传说中的理发店门前蹲守，仍是一无所获。只能抱着亡羊补牢的心态，准备去志武家探探虚实。因为志武在县城工作，人脉较广，县城里的人事，他多少有些了解。

不想，这天晚上，志武和他的女人，竟然来到我家。

从志武和他女人的脸色来看，两人好像闹过别扭，或许志武想来，他的女人不愿意，为此发生过争吵。

“我对不起你们……”志武词不达意，先是开口道歉，脸上是一副难过的表情。女人坐在他身后，整张脸埋在灯光暗影里。越过志武的肩头，方能看到她投在墙上的影子。

我父亲眉头深锁，咳嗽一声。母亲因嗓子肿痛，说不出话来。显然，他们误会了志武所要表达的意思。那句话在表面听来，更像志武对姐姐被退亲一事心怀歉疚——其实也不尽然。我看见志武的女人，悄悄在背后捅了志武一下。志武挺着身子，脸上是无奈和厌烦的表情。

他说，他上街理发，在那家理发店，碰到过我姐姐。

“她和那二流子，真的在搞对象?”我父亲问。

“应该是这么回事。”志武答，一副垂头丧气的样子。

父亲叹了口气，无助地看向我母亲，声音听起来令人绝望:“她，这算是破罐子破摔喽。”

母亲没有说话，脸上是一副可怜兮兮的表情。吐字犹如沙漏："那二流子家里，到底是个啥情况？房有几间？地有几垄？有没有存款？兄妹几个？父母是在土里刨食，还是有一份固定工作？"

一连串的提问，母亲妥协的心态可见一斑。

志武没有回答。几次张嘴，都因女人在背后捣乱，话到嘴边又咽了回去。

母亲忽然拍了一下大腿："真是没辙呀！这死丫头，好几天没回家了……她要真想跟了那二流子，我们也没办法。鞋穿在她脚上，路是她自己选的，跳火坑下油锅，都是她自找的。"

志武扭着身子，摆脱掉女人的纠缠，说起话来。他再次表达着歉意："我对不起你们。我在理发店遇到你家姑娘的时候，已经是一个月以前的事了。我该早点过来，给你们提个醒，好好管教，也不至于走到今天这一步。"

母亲说出了心里的意愿："三叔，你在县城熟人多，帮我问问，那二流子家到底是啥情况？"

父亲从志武的话里听出玄机，将母亲的话头打断："走到这一步……三叔，你还有啥事瞒着我？是福是祸，你都说出来。我不嫌砢碜，我能挺得住。"

或因话题重大，实在说不出口。又因那女人在背后百般阻挠，这次不是推搡，而是将手伸到志武腋下，暗自使劲，掐了一把。志武"噌"一下站起身来，并非因疼痛所致，而是气愤难当。他在屋子里踱步，最后不管不顾地说："你们看着办吧。反正，那小子不是什么好人。你家姑娘跟了他，注定没好日子过。"

说完，头也不回，夺门而去。

志武的离去，令人始料不及。就连他的女人，一时也没反应过来。她坐在原地，失去了丈夫的庇护，整个人暴露在灯光之下，眯缝着眼睛，抵挡着刺目的灯光，又要领受来自于我的挑战。因为早已洞察到她在暗中使坏，我的眼中充满敌意。她呆呆地看了我一眼，脸上骤起慌乱。随后起身，本想说点什么，看到我母亲浑浊而呆滞的目光，同样充满了厌憎，这才乱了阵脚，逃也似的跑出门去。

第二天，家里收到姐姐托人捎来的一封书信。信中，她道出了自己的心声：她要嫁人。她要嫁给那个开理发店的青年。她已同那青年有了肌肤之亲，正所谓生米煮成熟饭，棒打鸳鸯也难拆散。她还咬破手指，在信的末尾，留下一枚血红的指印。

读罢此信，这才明白志武的良苦用心——原来，他是来我家敲警钟的。

后来我分析，发生在我姐姐身上的事，志武应该早就知道，却又为何一再延误，没有过来告知？综合那晚志武女人的表现，我迅速做出判断：肯定是志武想来，女人不准。这才贻误良机，导致姐姐误入泥潭。那则人尽皆知的传闻，最早出自谁人之口，也就不用多说了。

小暑过后，下了一场暴雨。暴雨歇止，又降了一场冰雹，除了我们小镇的范围，邻村地界几乎没挨上一粒。雨水倒是雨露均沾，分布在广大区域，缓解了迫在眉睫的旱情。那场冰雹，不偏不倚，好似一个有所指涉的诅咒，极为罕见地倾泻在以我家为中心，包括数十家在内的整块田地里。联想到我家最近霉运不断，同时受灾的那几户，都说受了我家牵连。

“他们一家人被诅咒了。说不定，还会有什么不祥的事发生。”有人这样满怀恶意地说。

那个时候，我的姐姐，仍然出走在外。

父母无计可施，只能盼她早点回来。至于同理发店青年的瓜葛，本已抱定放任自流的心态，不想那青年，却做出了一系列力挽狂澜的举动，使父母对这桩亲事的看法，有了一百八十度的转变。

起先，我父亲去县城卖米，遭到了市场管理人员的刁难。有人替父亲打抱不平，扇了那家伙一记耳光，不仅讨回了被罚没的款项，也算争得了面子。父亲问那位义士尊姓大名，意图回报。他神秘一笑，说出我姐姐的姓名。说是受人之托，才会作出这样的仗义之举，而后没有二话，便消失在茫茫人海之中……据我父亲说，那人身材壮硕，一脸络腮胡子，看上去颇像一个江湖拳师，不可能是传说中的理发店青年。这件事的发生，令我父母更加担忧。

果不其然，又过了几天，几个留着长发、穿着喇叭裤的青年，深夜潜入我家。随身带着礼物，说起话来虽是恭敬，脸上却布满杀气。他们说，他们是替那理发店青年来我家说媒的，并且放言，若不答应，他们便对不起朋友。僵持到最后，竟然齐刷刷跪倒在我父母脚下，吓得他们魂飞魄散，只能含糊答应下来。

当时，我正住在姥姥家，这令人震撼的场景，无缘亲眼得见，真是一大憾事。从姥姥家回来，发现姐姐已安然回到家里。她蓄着一头短发，看上去英姿飒爽。好像在她身上，从未发生过任何事情。她私下里告诉我说，她所中意的那个理发店青年，并非传闻中那样劣迹斑斑。他戴一副眼镜，文质彬彬，会吹口琴，喜欢看书。他的理发手艺，简直出神入化，深得小镇上时髦青年的青睐。姐姐还说，她正在跟他学习理发技术。将来，她想开一间美发店。什么正式工，铁饭碗，又有什么稀罕。

听了姐姐的话，我便猜到那长发的去向，不禁要给她泼一瓢冷水，话里有话地问："和那个知识青年比起来，他们俩，哪个更好？"

姐姐目光一凛，抬手在我的光头上敲了一记"毛栗子"，转身离去。

大暑过后，便是立秋。在农忙到来之前，父母决定在家里招待那位理发店青年。

本来不想大肆张扬，一家人吃顿便饭，走走过场，也算了却一桩心愿。不想刚刚吃完早饭，我家的院子里，便来了好多乡邻。他们以抱怨的口吻说："这么喜庆的事，咋不提前告诉我们一声。"父母心气不高，只能强作欢颜："忘了忘了，都别见怪。"因为只准备了一家人的午饭，如今来了这么多客人，不禁手忙脚乱。好在韭菜长在菜园里，肉铺虽已关门，但面、油、鸡蛋等物，家里还有存货。转眼间，众人开始忙碌起来，乒乒乓乓的切菜声，嘻嘻哈哈的说笑声，瞬时盈满了我家的小院。

临近中午，一切准备就绪。锅里的水已烧得滚沸，饺子摆在“盖帘”(一种用秫秸秆串成，用来晾晒物品的工具)上。阳光白花花的，少了盛夏时节的溽热，人们三五成群，待在荫凉地里，耐心等待新姑爷的到来。

姐姐昨天便去了县城。按照计划，傍晌，她便能带理发店青年赶到家中。有人开始抬腕看表，吩咐将灶火撤掉，咸吃萝卜淡操心地问:“都11点多了，你家新姑爷咋还不到?”

父亲本想吩咐我去村口迎候，母亲怕我误事，打发了一位邻家青年，骑上自行车，去村口打探。

院子里陡然变得安静下来。

灶膛里的柴火，发出“噼啪”的声响。小孩们停止吵闹，戛然中止的尾音，犹如摔碎在硬地上的玻璃。白色水汽混合着淡蓝色炊烟，起先还在院子里弥荡，后来没有任何征兆，便消失得无影无踪。我最先看到高大的桑树，如胆小的巨人，暗自瑟缩，向日葵与葡萄藤也蠢蠢欲动。随即，听到街上传来纷乱的声响。阳光瞬时变得黯淡，猛抬头，看见铅块似的乌云，不知何时聚拢在院子上空，好似一堵高墙，无声地倾圮下来。

是风!

从没吹起过的大风。自村外袭来，席卷了大半个镇子。有人站在风头之外，看到一幅“恶龙汲水”的景象。我家附近的街道上，升腾着一股铅灰色烟柱，扯地擎天，仿佛一根异形管道，连通了天穹中某个神秘的所在……我依然清晰记得院子里纷乱的景象，大人们跑到屋里去了。我来不及避逃，便被大风掀翻在地。我挣扎着爬起来，挪到青石板旁，上身匍匐，两手抠住石板边缘。风在嘶吼，伴以碎裂的声响。

所有物什皆被吹翻在地，又连根拔起。它们像一支混乱的队伍，一只隐形的巨手，在院子里迅速搅成一团涡流，令整个队伍溃不成军。有重物不肯屈服，却无法摆脱被戏弄的命运。圆形桌面忽扇抖动，好似一张张坚硬的盾牌，做出缠斗的架势；“盖帘”轻薄，悬浮在涡流之上，随着风的转速，成了乖顺的俘虏。白色饺子、暗绿色叶片、金黄色麦草……忽明忽灭，偶尔被甩出风的轨道，好似一星寂灭的焰火。

大风来得迅猛，又去得峻急。好似一个被无故触怒的巨人，发了一通脾气之后，大摇大摆离去。只将一个惨不忍睹的现场，留在我家的院子里。

惊魂未定之际，我看见两个骑车人，从巷口骑行过来。因是顺风，车速好似离弦之箭。那位事先出去打探消息的青年，冲在前面，大概车闸失灵，一头撞在墙上。尾随他的，是镇子里的另一个男人，大呼小叫地刹紧车把，双腿点地，这才将自行车摇摇晃晃地停靠在我父亲面前。

“出事了，出大事了。”

“出啥事了？你慢点说。”

“我去邻村办事，回来的路上，看见你家姑娘，一个人坐在路边，哭得昏天黑地。我问她怎么了，她也不应声。我本想驮着她回来，她又不愿意。我就想先来你家报个信，没想到，半路上刮起了大风。也不知道你家的姑娘，现在咋样了。赶紧赶紧，你们快去看看吧。”

“她对象呢？咋把她一个人丢在半路上了？”

“她对象，或许被大风吹跑了吧。”

此时，风又猛烈地刮了起来。一行人摇摇晃晃地朝村外跑去。出了村口，来到村西的土岗上。只见一辆卡车，从坡下轰隆隆地驰近。志武跳出驾驶室，走一步，便被大风吹得倒退一步。他艰难地爬上土坡，站在我父母面前。

——来我家赴宴的理发店青年，并未被大风吹走。而是他骑着一辆自行车，驮着我姐姐，走到半路，被警察抓走了。

“他犯案了！”志武说。一个月前，理发店青年纠集了一帮男女，在县城北边的苇荡里跳舞。一位打鱼的老头，不知是下作还是故意捣乱，偷偷抱走他们的衣服，然后去公安局报案。本来已处理过了，谁承想，不知又出了什么事，警察翻旧账，去家里抓他，追到这里，半路上将他铐走了。

越过志武的肩头，我看到姐姐。她失魂落魄地朝我们走来，好似被狂风摧折的败柳，正依偎在志武女人的怀里。女人的右手，揽在她的腰上，两人相互搀扶着，慢慢朝土坡靠近。身旁的玉米田，随风涌动，好似掀起了暗绿色的波澜。姐姐的短发在风中乱舞，看上去显得凄怆而又痛楚。女人那一头齐肩长发，迎风飘扬，肆意挥舞……就在那一刻，我忽然看见，女人推开我姐姐，两手抱头，掩紧长发，好似掩盖着一个不为人知的秘密。众目睽睽之下，她丢下姐姐，朝汽车跑去，钻进驾驶室，再也不肯出来。把我可怜的姐姐，一个人丢在风中。

4

夏天结束。经历过冰雹、大风的袭击之后，我们的小镇再次恢复了往日的平静。秋天不期而至。人们遁入收成递减的田地，开始变得忙碌起来。

我无所事事，整日在镇子里游荡。大多数时候，喜欢攀上屋顶。镇子里的瓦房、平房参差错落，我的脚下却是一条通达的道路。之所以热衷在屋顶上游荡，除了要练就飞檐走壁的功夫，还有更多别人无从知晓的秘密——春天，我能从瓦檐下掏到褐色斑纹的麻雀蛋，还能抓到羽翼未丰的鸽子。夏天乐趣更多，不仅能偷摘邻家的桃子，还能借助屋顶的高度，将树梢上的夏蝉悉数捕获。在这样一个深秋时节，红瓤地瓜堆放在各家各户的院子里，像遭人遗弃的宝物。它们有一部分将被储藏进地窖，另一部分，则用铁锅蒸熟，摊开、晾晒在屋顶。紧贴锅底的地瓜，表皮会滋生一层焦黄的糖稀。在这屋顶之上，我能吃到比糖果还要甜蜜的糖稀。

这一天，我呆站在屋顶上，父母的吵骂声和姐姐的叹息声听不到了，世界一下子变得清静。因有对姐姐命运的猜想，我遥看着通向镇外的一条道路。从屋檐下经过的人，只会偷偷瞟我一眼，不再发出恫吓和哂笑。他们借由少年落寞的身影，对我们一家人的遭遇，有着莫衷一是的猜想。

正午时分，我看见志武的卡车从村外驶来，停在他家巷口的位置。过了一会儿，又朝村外驶去。拐过我家所在的巷口时，他减缓车速，有人同他打着招呼。

“三哥，刚回来，又出去呀！我亲戚托你买尿素的事，你可记着呢吧？”

志武沙哑的声音传来：“记着呢。再等半个月，等我出差回来，一准给你办妥。”

“半个月……出去这么久，这是要去哪儿啊？”

“拉土豆。刚接到通知，张家口那边下雪了，我回家拿件棉袄。”

汽车的轰鸣声远去，周围安静下来。经由太阳烘晒，屋顶变得温热。我仰躺着，闭上双眼，眼前浮起一团炫白的光晕。听觉变得更为敏锐，我能听到慵懒的鸡啼声，听到一条柴狗从墙根下跑过的声音，听到自行车的颠簸声，和着一串急促的脚步声。

“快点吧！过了中午就要入殓了。”

“这还不算快？听到消息，我就从地里回来了。你看，脸都没顾得上洗一把……大舅的身子骨挺硬朗的，咋说没，就没了呢？”

“还不是政策落实后，得了一笔补偿款。上了年纪还喜欢嘚瑟，不好好在家待着，偏要去看什么电影！听说看电影看到一半，就被活活吓死了。”

“吓死了！被什么东西吓死了？”

“被那个电影吓死了。”

“啥电影啊，这么邪性，能把活人给吓死？”

“叫什么，‘画’什么来着……我一时还想不起来了。”

我一骨碌从屋顶上爬起。我所听到的这两个人的对话，明确无误地传递了一个饶有趣味的消息——一个上了年岁的男人，昨晚去看电影，他被这部电影给活活吓死了。

我在屋檐上跳跃，追随着那两个准备去参加葬礼的人。兴冲冲地问他们：“那部吓死人的电影，是叫《画皮》吧？”

骑车人端直身子，神情专注。那个坐在车后架上的人，拽着骑车人的后襟，仰头看了我一眼，目光拘谨，面露哀伤，丛生的白发间，挂着点点的泥痕。

我向前跑了一段路，赶到他们前面。倒退身子，再次求证：“那部电影，是不是叫《画皮》？”

“是叫《画皮》吧……”

骑车人漫不经心地应了一声，目不斜视。车把在他的手中左歪右扭，显然他骑车的技术并不太好。

“这个电影我看过！”我说，“确实有点吓人。可你的亲戚，咋就被活活吓死了呢！他的胆子，未免太小了点吧。”

“你看过？”后座上的乘车人咕哝一声。

他们从一条巷子拐入另一条巷子。巷子里道路通畅，屋顶与屋顶之间，却出现了错落的起伏。要想赶上他们，须跨过一道矮墙，再翻越一道屋脊，方能与他们并驾齐驱。借由那部电影生发出的信息，我的心里，充满了与人交流的渴望。情急中，跌倒在一道窄窄的矮墙下。一个扑身，又蹬掉一块屋瓦，招致屋檐下一个老太婆的叱骂……我寂寞的童年生活得以出现如此幸运的一刻，都要拜那部电影所赐。我真的看过，看过那部电影，那部叫作《画皮》的电影。在看过那部电影之后的很长一段时间里，若不能与他人分享心中的喜悦，无疑会令我十分痛苦。“你觉得那电影很吓人吗？”当时，我将心里的感受说给姐姐听，她却沉浸在爱情里不能自拔。“是有点吓人……”姐姐说，“那个书生长得太好看了，听说他叫高远，是香港演员，我觉得他比王心刚还要好看。那个演女妖的演员叫朱虹，长得也挺好看的。你说说，我的下巴，是不是和她的有点像啊？”我不想和姐姐讨论演员的好看与否，只想和她讨论电影院里响起的叫声和嘘声。它们印证了电影中最为恐怖的两个桥段。“哪一个桥段更吓人？”这才是我真正想要探究的问题。不料姐姐却说：“真的有那么吓人吗？我咋不记得了。”她的迟钝，令我感到失望。这才想起，当那两段恐怖的场景出现在银幕上时，我的姐姐，正捂着眼睛，矫揉造作地躲在知识青年的怀里。

如今，与电影相关的消息不期而至。这消息更像一粒种子，在这村庄里生根发芽，迅速长成一棵参天大树，勾起我探究的欲望。我在屋顶上追随着那两个骑车人，全然不顾脚下的危险。我蹦跳的身影，被日光拉长，投映在对面的墙上，像披着人皮的妖，在这个白天赫然出现。

“那个电影真的太好看了，有两段真的很吓人……那个看电影被吓死的人，他是看到哪一段被吓死的？是女妖被书生的兄弟用剑刺伤，躲在屋子里补人皮时吓死的吗？还是她把仆人的肚子挖开，吃心肝儿那一段吓死的？”

听不到回应。骑车人和乘车人正在窃窃低语，为给死者上多少礼金争论不休。

“不会是吃心肝那一段吓死的吧？当时很多人都在

叫……但我觉得，那一段并不是很吓人。我觉得女妖揭人皮那一段，最吓人了，她长得那么好看，一转身，呀！原来是个妖。当时，差点就把我给吓着了。”

他们停止争论，好像已达成某种共识，各自沉默着。乘车人扬起脑袋，仰面向天。他的神情，看上去有些颓唐，好像对礼金的数目心存不满。

“那部电影真的又在电影院上映了吗？我真想再去看一遍。你们也去看看吧，看你们会不会害怕，会不会被吓死！”

我喘息着，嘴里喋喋不休。

或许因我的胡言乱语所致，一块小小的砖头，竟然将自行车硌翻在地。骑车人扶起自行车，懊丧地骂了一句。他翻着眼睛，皱眉看我。乘车人摔得更重，揉着膝盖，一瘸一拐地爬回到自行车上，垂下花白的头颅，叹息般嘀咕一声：“我们可没闲钱去看电影呀，上丧礼的钱，都是借来的。”

我居高临下地看着他们，脸上应该是一副少年不识愁滋味的表情。

骑车人重新跨上自行车，单腿斜插过横梁，一脚点地，认真地看了我一眼，脸上出现了一丝促狭的笑意，大声说：“你去看的那场电影，是你哪个姐夫带你去看的？再想去看，还是让你姐姐早点搭上个男人吧！”

我呆呆地站在屋顶上，看着他们骑车出了镇子，骑行在一条通往县城的大路上。

那条大路，正是去县城看电影的必经之路……几个月前，如梦似幻，我还记得知识青年来到我家，要带姐姐去城里看一场电影。我不知深浅，执意要跟他们同去。母亲拿眼瞪我，也不能阻挠我心里的冲动。直到她挥手给了我一记耳光，也只能让我消停片刻。趁母亲不备，我冲出家门，抄近路出了镇子，涉过一道沟渠，赶到大路上。当时我并不知道姐姐他们是否已赶到前面，还是走在后面。直到听到身后传来自行车辚辚的滚动声，这才安下心来。暮色中，两人有说有笑，从我身边骑行过去。我不敢声张，直至被落下很远，这才跑起来，很快被姐姐发现。他们顺利地接纳了我。姐姐坐在车后架上，我坐在自行车的横梁上，自行车载着我们三人，一路顺利地赶到电影院……那并非我平生看到的第一场电影，却是我人生记忆中看的第一部好看的电影，一部香港电影。我真的好想再去看一遍那部电影。记得回家时，我曾表露过如此的心迹，知识青年在星光下向我承诺，他说："这部电影因为拷贝紧张，要轮换放映。两个月后，才会轮换到县城的这家电影院。等重新放映，请你看一场电影，还不是小菜一碟。"如今挨过夏季，电影终于能够放映，看电影的心愿，却随着姐姐爱情的夭折而变得渺茫。

我感到沮丧。骑车人亵渎的话语，更是激起了我心里的愤怒，却想不出更好的办法还击。我忽然想起骑车人的绰号(那个时候，我们总是把喊大人的绰号，当作羞辱他人的方法)，我冲着他们的背影高喊：

"三秃子，狗剩子，你妈是个大胖子！"

正午时分，阳光炽烈。我站在屋顶上，跳脚高喊，无异于向骑车人宣战。那个骑车人，减缓了车速，扭头望着我。我捡了几枚瓦片，朝他们的方向投掷。骑车人猛地推倒自行车，虽有乘车人拉拽，仍旧怒不可遏地朝我这边冲来。

来者不善，我慌忙跳下屋脊，沿着来路跑了一段，又调转方向，藏身在一堵矮墙后。

我似听到了骑车人的叱骂声，似乎又没有听到。正午时分的小镇，各种声音沸腾起来。驴、骡的叫声，压水井“吱扭吱扭”的汲水声，风箱“呼嗒呼嗒”的抽动声。有人正在打磨一把镰刀，搪试锋刃时啐一口唾沫，声音响亮……等这些声音渐次隐去，通往田野的大路上，相继出现了农人疲沓的身影。我并不急着回家。环视四周，发现藏身的屋顶上，晾晒着大片蒸熟的地瓜。它们从中间剖开，呈菱形条状，红白相间，煞是好看。引起我注意的，还有一只猫，一只狸猫。藏身在一丛狼尾草中，静止不动，正在窥伺一群刚刚栖落的麻雀。麻雀叽叽喳喳，在地瓜堆里竞相啄食。猫腰背微弓，蹑足向前。尾巴悬在身后，不易察觉地缓缓摇动。未及看清猫飞扑的动作，却见麻雀惊飞，翅膀的扇动声，犹如下了一场急雨。纷乱过后，猫嘴里衔着一只麻雀，冲我“喵喵”叫着，似有炫耀之意，很快消失在错落的墙垣之间。

我藏身的所在，紧靠一间无人居住的瓦房。

瓦房对面，是另外两间瓦房。虽经修缮，仍旧黑瓦剥落，周围长着茂盛的狼尾草。两间瓦房之间，形成了一个狭小的院落。那小小的院落，看上去十分整洁，不见农家堆放的柴草，没有未经剥皮的玉米以及晒裂的豆荚。一盆清水摆放在青石板上，水盆里银光忽闪，显然经由着太阳的温晒。一个女人缓步从屋子里走出来。她弯腰，端起水盆，又走回去，随手关了屋门……我这才发现，这里正是志武家的小院。他们家没有分到土地，秋忙时节，别人家的女人要去田里劳作，只有志武的女人才可以这样清闲。我之所以决定靠近他家的院子，只是被院子里的一棵柿树吸引。那柿树果实累累，青绿间绽露橙黄。

他家的屋门紧闭着。斑驳的门板上似有树影拂动。我蹿上瓦脊，准备沿着院墙靠近那棵柿树，脚下却忽地踩空，两手死死攀住瓦脊，才不至于失足跌落。瓦片摔落的声响，令人心悸。我屏住呼吸，藏身在墙垛后，慢慢探出头去。看见志武的女人，从窗户里探了探头，又缩回去。院子里的动静，并未引起她的注意。

从这个角度看去，能看到她疲沓走动的身影。她从晾衣绳上拽下一条毛巾，又弯腰捡起一块香皂。那盆温晒过的清水，此时安放在盆架上。盆架旁边，竖着一个简易的晾衣架。她驻足伫立，背对着我。我这才发现，她的面前，悬挂着一面两尺见方的镜子。水银剥落，不见清晰的映照，只见幽暗空间内，一抹温吞的反光。这面泛着银光的镜子，会不会将我映照出来？为此我不敢轻举妄动，只能暗中观察。

女人静默，面对身前的镜子。瘦削的背影静止的那一刻，我仿佛感觉到时间的停滞。她耸了耸肩，头微侧，手臂上扬，恰似漆黑夜色中划过一道闪电，让我再次险些从瓦脊上跌落。

并非失足，而是害怕。

骤然发生的惊变，让我心思恍惚，仿佛置身于那家电影院，惊悚的镜头一一闪现——那个被刺伤的女妖揭掉人皮之前，我没有任何心理准备；就像此刻，志武女人的手臂忽然上扬，完全出乎了我的意料。

刹那间，她便不再是那个曾经熟悉的女人了。窗子里映现的，是一个剃着光头的女人。更像一个妖！穿在她身上的浅蓝色上衣，并未像电影画面一样切换，也没有任何镜头的跳闪，我却受了惊吓，未及看清她脱衣的连贯动作，却看到一坨头发，软塌塌地，垂挂在衣帽架上。幽暗天光里，显得暗沉沉的样子，仿佛还在往下滴淌着鲜血。

她没有像电影中那样，满目狰狞地转过脸来，露出一副厉鬼的模样，而是定格般站定在镜前。抬手，在光头上抚摸了几下，目露痛楚，被我看在眼里。光头与女人装束的搭配，呈现出一种更为惊悚的效果。

她是一个秃子！

没有秃头男人的圆润与阳刚，她的头颅上生着稀软的绒毛，好似满月婴儿的胎毛，枯黄而委顿。在我因恐惧而产生的幻觉中，更为恐怖的事情似乎发生了。

她开始洗头。洗头的动作，显得遽然又生猛。身子起伏低落，仿佛在啜饮人血。

5

我忘了自己是怎么走回家的。屋顶上危机四伏，妖孽丛生。一只惊飞的鸽子险些吓破我的胆。家里沉寂，更是让我恐慌。推开院门，我本想去田里寻找家人，将这怪异之事告诉他们，怎奈双腿打战，身上没有半点力气。只能闩了院门，伏在门后喘息，直到听到肚子“咕咕”叫了起来。

午饭热在锅里。我蹲在灶台下吃饭，仍旧心神不定——恐怖的事情，竟然在我们的镇子上发生了，而非在电影里。我亲眼所见，一个女妖，竟然隐身在我们中间。难道，大人们没有丝毫觉察吗？我想把这惊人的消息告诉他们，可是，他们会相信我的话吗？他们会不会像以前那样，在我头上弹一个“毛栗子”，说我又在撒谎。

慎重起见，我要验证一下自己的判断。我扔了筷子，重复着做同一个动作——反复揪扯自己的头发。头皮很疼，似要炸裂，甚而能听到头发痛苦的尖叫声。它们像依附在头颅上的精灵，不晓得主人何以变得如此暴戾。一把头发揪不下来，我便尝试揪住一撮头发，用力一扽，疼得叫出声来。玉米饼从嘴里喷溅而出，眼泪流了满脸。我扬手，眯眼打量那撮头发，心里既委屈，又自豪。同时，一股辛酸又愤怒的情绪，涌满我的胸腔。

想到数月来，我们一家人的遭遇；想到我那命运多舛的姐姐；想到母亲曾跟我说过的话：“有人在镇子里兴风作乱，我们被人施咒。不然，那么多不幸的事，怎么会降临在我们一家人的头上！”

我做出这样一个判断——志武的女人，就是隐藏在镇子里的妖。她揭掉头发的那一刻，显得既轻松又随意。试想，她若不是妖，怎么能轻易把头发揭下来？不仅能揭下来，头皮上还不见一滴血。她揭头发的动作，和电影里女妖揭人皮的动作如出一辙。她或许不喝人血，不吃人肝，却会兴风作浪。我姐姐的遭遇，定是她在背后使坏。如此想来，电影中那个糊涂的书生，便成了我那可怜的姐姐；那个无辜的仆人，便是摔断腿的父亲。而我，又该做些什么呢？我该学学书生的弟弟，去深山学艺，练就蹿房越脊的功夫，降妖除魔，解救我的家人。

没有一把迸射光芒的宝剑，或许也练不成通天的法术，我却想出一个极好的办法。想起电影中那个披着人皮的女妖，毁掉她的面具，便能让她暴露在光天化日之下，再不能祸害人间；若将志武女人的长发毁掉，岂不也有事半功倍的效果？

捕蝉工具放在马棚里。一根铁丝，弯成椭圆形状，固定在竹竿顶端，上面缠绕着蛛网。我拿在手上，试了试它的黏性。裹着蚊虫尸体的蛛网有些干硬，吐一点唾沫，仍能在指间拉出细长的丝线。

我重新爬上屋顶。心里虽有惧怕，却鼓荡着铲除妖魔的勇气。头上裹一条母亲的灰头巾，手上握一根长长的捕蝉工具，这样的装束，无疑会使我有一种变身侠客的感觉。蹿房越脊，如履平地。

志武家的院子里静悄悄的。

从一段矮墙上迂回过去，俯身趴在屋顶上，悄悄揭开两片屋瓦。居高临下，透过阁楼缝隙，看到那簇“人发”，仍挂在衣帽架上。从屋顶泄漏下去的天光，使那妖魔的面具看上去并无骇异之感，倒是觉得，它更像一簇普通的人发：僵硬、黯淡，仿佛遭受过屠戮的人体器官。

看不到那女妖。

在我的想象中，她与假扮人形的面具隔离开来，便只能蛰伏在某个阴暗的角落。从垂直的角度来看，竹竿显然无法穿越阁楼间的空隙。转到东面的山墙下，推开气窗，仍能看到目标。找准方向，将竹竿调整为倾斜的角度，穿过雕花气窗，越过横七竖八的檩条，缠绕蛛网的铁圈慢慢靠近，探了一下，收回来，却没能将头发粘在上面。我再次尝试，这一次，将竹竿慢慢翻转，小心翼翼地收回，只见那簇头发，慢慢抻直，在竹竿的扯拽下，呈黏稠状，仿佛不经意间便会流泻的液体……此时，从阁楼的檩木间，忽然窜出一只老鼠。大摇大摆，顺着竹竿爬过来，吓得我手一松劲儿……随即听到一声呻吟。闻声望去，只见另一间屋子里，女妖正侧身躺着。看不到她的身体，只看见一对光裸的脚踝。一只脚动了动，缩回去，另一只脚，又伸出来。两只脚的足弓同样纤瘦，痉挛般勾着，如一段惨白的异物。

惊慌失措间，我手上的动作失了准头，将竹竿慢慢收回的过程中，感觉到了一丝羁绊。用力一拽，竹竿那头，变得空荡荡的。没能看见那簇人发，只看原来悬挂的位置，却也是空空荡荡的。

除妖计划虽有缺憾，但显然已大功告成。为了不暴露目标，我从就近的屋顶上下来，一身轻松地走在巷子里。一个快要掉光头发的老太婆，歇息在她家阴暗的门洞里，瘪着豁牙的嘴，手指点戳，将我笑话。

“你看这孩子，咋还缠了条头巾，跟个小老太婆似的。”

我这才意识到自己的疏忽。这样一身侠客装扮，自然会引她发笑。望望她那酱红色的头皮，摘下头巾的那一刻，心里不禁生出一丝疑惑。

经过理发店，杜老三坐在店门口。见了我，又是一番耻笑。

“你看这孩子，蝉早都僵了，还拿着一根竹竿满街乱跑，莫不是，又去偷别人家的东西了吧！”

我皱眉看着他，没头没脑地问一句：“我姐姐的头发，会不会，被拿去做假发啊？”

杜老三愣了愣，斟酌着说道：“那样的头发，做得了唱戏用的胡子，自然也能做得了假发。你姐姐的头发，可真是好呀！”

6

事发后半个月，我曾攀上志武家附近的屋顶，偷偷观察过。

院子里风平浪静。院墙里面，多了一架梯子，突兀地搭在墙头，好像有人从他家的院子里，翻爬了出去。冷风从镇子北面吹来，吹落柿树上的叶子，只余黄澄澄的柿果，如一盏盏被冷风点亮的灯笼。柿果熟透，从枝头上接连脱落，摔烂在树冠的阴影中。他家的大门上挂着一把锁。屋门紧闭，窗子也紧闭。破开的窗洞，偶尔会发出隐隐的哨响。

白露已至，秋分即来。人们收完地里的庄稼，又开始翻耕土地，要赶在寒露之前，种上冬小麦。此时，有关志武的消息，已在镇子里不胫而走。首先由一个邻村人传过来，他去化肥厂办事，遇到准备来志武家告知消息的人，说志武在张家口出了车祸，虽性命无虞，却折了一条胳膊，断了一条腿，正在市医院接受救治。他让那位邻村人，捎话给志武的女人，要她去医院陪护。邻村人本想去志武家亲自转达，半路上，遇到我们镇子上的一个人。那人家住村西，志武家住村东。住在村西的人，丢不下手里的农活，便将消息转告给另外一位住在村东的人……

我说得如此紊乱，只想说明，那不幸的消息，传来传去，最终也不知是由谁最后一个送达。

当时的人们，忙得不亦乐乎，心里虽惦记志武，却实在分身乏术。偶尔从他家的门前经过，看见院门落锁，便以为志武的女人，已到医院陪护去了。

寒露到了。播撒麦种时，人们将尿素撒进田里，心里更加感念志武。

"志武也该回来了吧?"

"有志武的消息吗？真该去医院看看他。"

大家嘴里念叨着志武的好，心里感到一阵阵自责。

种完麦子，天气回暖，正是歇乏的好时候。人们不顾身子乏困，正准备动身去看望志武。不想，志武此刻已经出院，回到了镇子上。送他的汽车停在巷口，人们看见志武拄着单拐，一条胳膊吊在胸前，行动极为不便。大家纷纷上前，嘴里表达着迟到的问候。

"三叔，你伤好利索了吗?"

“三爷，我们正想去医院看您呢，咋就一个人回来了？”

志武不答，冷着一张脸，显然对村人的怠慢生了怨气。他慢慢走到自家门口，见院门落锁，霎时愣住。赌气地问：“她呢？她去哪儿了！”

“谁呀？”

一时懵懂，人们很快想到志武所问，非他女人莫属。

“我三奶呀，她不是给您陪床去了吗？”

“给谁陪床去了！嗯？我住了四十多天院，也没见她露面……以为她一个人在家，准是犯了头疼病，反倒让我惦记……她是不是串门去了？是不是去你们谁家串门去了！”

志武皱着眉头，惦念之情溢于言表。他拔高嗓门，伸长脖颈问大家。

大家心头一紧，相互打望，不禁暗叫一声。心里清楚：这一个半月的时间，每天从志武家门口经过，每次都见他家院门落锁。结果志武的女人却待在家里，没去医院陪护他，这怎么可能呢？

看着人们奇怪的表情，志武脸色陡变。他推开众人，一瘸一拐攀上台阶，身子踉跄，扑在门上。先是拍打几下，又在身上好一番摸索，这才想起，身上没带钥匙。

在他的指挥下，有人从院门旁的一块石头下，翻出了一把系着红绸的钥匙，手忙脚乱地捅开门锁。闪身在后，随着志武，一窝蜂涌入院子。

院子里一如往常地静着。很快，响起了人们的惊呼声。志武沙哑的哭声，瞬间响彻小镇。

志武的女人死了。

她死在自家的床上。蜷着身子，怕冷似的缩成一团。看她那垂死的样子，应该不会是因病死的，因为病死的人，应该仰躺在床上；大概也不会是饿死的，因为她家的橱柜里，备有充足的米面。

志武女人的死，成了一个谜团。另外一个谜团，也随之揭开。

——她是一个秃子。一个因脱发而留光头的女人。

人们看到她时，她腐烂的尸身已变得干瘪。生着稀软绒毛的秃头埋在臂弯里，像做着一个掩饰动作；更像受了惊吓，躲避着不知来自何处的威胁；又好像，一个垂死的人，行着最后的忏悔。

志武后来分析说，他的女人，是因羞愧和恐惧而死。她有心病……他说，他认识她的时候，她便开始脱发。因为受了之前的丈夫牵累，被人剃过阴阳头。从那之后，她的头发便再没长出来。当时，为了买到合适的假发，志武借出差之际，跑了好几个城市，才买到了合适的假发，赢得了她的欢心，女人这才答应嫁给他。并要求他，带她离开那个伤心之地。

“她的假发呢？她的假发哪儿去了？”志武嘶声问。

人们寻遍屋子里的每个角落，也找不到那传说中的假发，或者说是现实中，曾经目睹过的那一头齐肩的长发。

“她是因为丢了假发，躲在屋子里，活活饿死的。”志武推测道，表情凄怆而平静。当时，他正在为自己的女人守灵，泪都流干了。

听了志武的话，陪在身边的人们一头雾水。

“丢了假发，丢了假发怎么了？秃头又怎么了？大活人，总不能被尿憋死吧？不管遇到多难的事，她总该打开屋门，招呼大家一声吧！”

志武摇头，凄惨一笑：“你们不懂，你们真的不懂。她有心病。宁可去死，她也不会以光头示人的。”

听了志武的话，人们更是一头雾水。

志武所说，我也始终无法理解——光头怎么了？光头就不能出来见人了吗？莫非，她就是《白蛇传》中的白娘子，喝了雄黄酒，恐怕现出原形，才不敢出来见人的吧。如此说来，那她也只能算是一个“妖”了。

这个悲惨的故事发生时，我正住在姥姥家。

母亲来接我回家时，把故事讲给姥姥家的人听，我在一旁听了，当夜就发起了高烧。等到病愈，母亲又来接我回去，我不肯。

我在姥姥家度过了一个漫长的冬天，又度过了一个干旱的春天。夏天到来时，我被姨妈接到身边读书。姨妈不能生养，便将我过继过去。后来，我便很少回到那个平原深处的镇子里去了。镇子里的一些消息，大抵由我父母和姐姐讲给我听。

后来，我父母相继离世。镇子里那些上了年纪的人，也悉数离世。志武也死了，他的秃头女人，渐渐被人们遗忘。那两间瓦房，在人们眼里一直是座凶宅。近些年，镇子里有人翻盖新房，这才拆了那不祥的宅子——在阁楼的檩木间，竟然发现了一团假发。那假发已经糟朽，缠绕在一根突出的钉子上，好似被牙齿死死咬住。

“那应该就是志武女人的假发，不知怎么就落在了屋梁上。”

姐姐这样对我说。如今，她的额头堆叠着皱纹，身子臃肿，留着男人一样的短发。

我依然清晰记得多年前她坐在窗外梳头的样子。记得夏末清晨橘红色的阳光，记得篱笆墙边盛开的葵花，桑葚树叶片青绿，葡萄架下的果实暗自成熟……我依然记得农耕时代那些稀缺的美好。只是我闭口不谈，坐在一旁，保持着缄默。

扯票*

小丫头喜欢扯票。

她喜欢扯票的原因，是因为能够从中得到好处。比如说馋嘴了，她便会对她的爷爷说："爷爷，我病了。"这样说着的时候，她便神情委顿，蜷缩在床，或瘫靠在爷爷怀里。她天生便是一个具备表演才能的小丫头。"你哪儿病了，哪儿不舒坦？"爷爷伸出骨节肿胀的手，去她的额头触探。"没发烧啊，脑门哇凉哇凉的。"爷爷自语。小丫头说："我和你一样，哪儿也不疼，就骨头缝疼。"爷爷笑了，明白了她的小

扯票：冀东方言，撒谎的意思。

心思。并不揭穿，只是逢场作戏地说道：“真要是病了，我就去商店买一听罐头给你吃吧……买山楂的。山楂罐头败火，吃完准好。”小丫头奇怪着爷爷对事物的认知，怎么就跟自己如此不同。即便真的病了，她也不喜欢吃那种酸酸的山楂罐头，而是喜欢吃水蜜桃罐头或菠萝罐头。她和爷爷讨价还价，语调变得俏皮起来。“爷爷，你给我钱，让我自己去买吧。买一罐‘红牛’，喝完我的病就会好了……你嫌花的钱多，就买‘小松鼠干脆面’，要么，就买‘大嘴巴辣条’。”

小丫头喜欢扯票。

她喜欢扯票的另一个原因，是因为能够得到别人的同情。比如她的爷爷出门做事，中午没能及时回家。饥肠辘辘的小丫头，便会在村中游荡。饭菜的香味像一根绳子，将她牵引到准备开饭的人家。倚在那户人家的门口，脸上是一副可怜巴巴的模样。“小丫头，该吃饭了。你不回家吃饭，在这儿干吗？”那家的主人会问。“我爷爷病了，他没力气给我做饭。”小丫头可怜巴巴地说。那家的主人便会叹口气，邀请她坐上自家的饭桌。等吃完饭，好心的主人还会让小丫头带上几个馒头，捎给她病中的爷爷吃。不想，主人吃完饭去田里干活，路遇她的爷爷，问：“你不是病了吗！大晌午的，刚从田里回来呀？”

小丫头的爷爷明白孙女又在扯票，只能装出一副糊涂样子。

在这个小小的村落里，小丫头扯票的对象，不仅是她所能遇到的人，即便那些孤苦的白杨、沉默的垂柳、流里流气的狗、成帮结伙的公鸡母鸡，也要领受她的谎言。她会将吃完的果核抛向远处，让馋嘴的狗以为那是一块香喷喷的骨头；她会把鸡蛋从抱窝的母鸡身下偷出来，换成一块河滩里的卵石，让母鸡整个夏天一事无成；她还会对着村外的道路说：“你知不知道哇，我妈今天要从城里回来了，她会给我带来很多好吃的。你晚点黑，不然她就找不到家了……”道路无言。看似愚钝，实则也跟她学会了扯票。直至暮色沉降，也不见它把小丫头的妈妈给吐出来。

久之，这个村落里的事物，便都知道她是一个喜欢撒谎的孩子了，却又无不承认，她真的是一个极其聪明的孩子。小丫头五岁时，便在当过几年民办教师的爷爷的授教下，认识了好多字。小卖店里的各种零食，她能半蒙半猜，说出它们晦涩又蹩脚的名称。她还记住了父亲的电话号码，每次去小卖店打电话，爷爷只会记住号码的一半，借助小丫头的提示，他昏花着老眼，手指像练“一指禅”似的，戳着纽扣一样“吱吱”作响的白色按键。

“喂，是志国吗？我是你爸！干吗哪，吃饭了吗？在医院哪，你媳妇生了……是个孙子！嘿嘿，我能不高兴吗！算你小子有能耐，没让咱老李家断了香火。没事，你别老是喝那猫尿，再成个家不容易，不要老跟你媳妇怄气，要对人家好点儿。咋着，今年不回来了？不回来就不回来吧……我用不着你惦记。我就是估摸着，小丫头该上幼儿园了。咱家附近，也没个幼儿园，我是想，你要是方便，还是要把小丫头接出去，不读书哪成啊……我知道你过得不容易，可过得再不容易，也不能耽误孩子上学。我这身子骨，一天不如一天，再带她几年虽说没啥问题，可我实在是怕耽误了孩子。”

爷爷最大的心愿，便是能够让小丫头上幼儿园。他觉得他的孙女，绝非等闲之辈。

他同别人吹牛，把自己的孙女夸到天上，却又非要把别人家的孩子踩在脚底。他问贵生的奶奶：“你孙子上二年级了吧？”贵生奶奶说：“歇完伏，就该上二年级了。”小丫头的爷爷喊贵生：“贵生贵生，你过来，爷爷给你出道题，15 + 6等于几呀？”贵生掰完手指，又一屁股坐在地上，掰起了脚趾。掰来掰去，也没能把数学题算个清楚。爷爷卷根烟，用舌头一下一下舔着烟纸说：“好嘛，我看再出道难点的题，你得跟那哪吒似的，长出三头六臂。”贵生奶奶在一旁生闷气，说：“他不还是个小孩子嘛！哪能算出这么难的题。”爷爷便将小丫头喊过来。“15 + 6等于几呀？”小丫头转转眼珠，答得像爆豆子：“等于21。”“15 + 16呢？”“等于31。”“她咋算出来的？心眼儿忒多。”贵生奶奶张口结舌。爷爷说：“我们家小丫头，若能像城里的孩子那样，早点上幼儿园，等长大了，肯定能成事儿。”

闲来无事，爷爷便会当着小丫头的面，念叨藏在心里的打算。

“最近的幼儿园，在亮甲店。过了油盘庄，还要过多余屯，少说也要三十公里。骑三马子，要赶上大半天的时间。每天接送，得把爷爷的腿遛细喽。让你在那儿住校，你年纪小，爷爷也出不起那笔花费。那可不是一般人家孩子能上得起的，不光要交一笔学费，听说，‘花插’（间隔）着，还得给老师送礼。”

小丫头在一旁插话：“三十公里？爷爷，那又是多远呢？”

爷爷解释："三十公里，就是六十里。你绕着咱们庄子，从贵生他奶奶家，到甜枣他姥姥家，来来回回，也不到半里地，你算算，这要兜多少圈？"

小丫头眨巴着眼睛，觉得根本就没法算。她只是觉得奇怪，便问爷爷："鸡有公母，人分男女，爷爷，咋这个'里数'，也分公的母的？"

爷爷被她的话逗笑了。无从解释，继续念叨："你爹能把你接到城里就好了。城里离咱家上百公里，可坐火车，也就一天一宿的道。我听说城里农民工子弟学校不少，收费也不贵。不过你爹日子过得紧巴，估计出不起。等我卖了苞米，再卖了两头猪，加上以前攒下的那些钱，也够你读几年的……可去了城里，钱落你爹手里，人落你后娘手里，得不到啥好儿，我又怕你受了委屈……"

爷爷念叨来念叨去，最后只能自寻解脱说："也是啊！即便我孙女上不了幼儿园，也比别人家小孩聪明。我孙女扯票，鬼都能被她唬得一愣一愣的。"

小丫头没有在意爷爷的话，是对她的贬损还是褒扬，只是在心里默念着爷爷方才提到的——从他们的庄子去城里的路，上百公里。从贵生他奶奶家，再到甜枣他姥姥家，来来回回，又要走多少个来回？

等小丫头真的走过这上百公里的路程，便已是第二年春天了。

"啥时候能到哇？"

坐在火车上，小丫头一刻也不安生，不是在车厢过道跑来跑去，便是和陌生人“自来熟”地混在一起。等天快黑下来的时候，她偎在父亲身边，一刻不停地问。

父亲说：“睡吧，睡一觉就到了。你一睡着，火车就跑得老快了。‘嗖’一下，比宇宙飞船还快呢。”

小丫头在火车上睡着了。她开始做梦。梦到火车，真的变成了一艘飞船。她还梦到了爷爷。梦到爷爷的时候，乡村里的事物，不知怎么，竟然全都发生了改变。她的爷爷变成了一头耕牛。贵生的奶奶，变成了一只爱打瞌睡的老猫。甜枣的姥姥，则变成了一只爱唠叨的长尾巴喜鹊。那些鸡呀狗呀猪呀，全都变成了人的模样，只是面孔模糊。就连那条通往村外的道路，也变成了一位哀怨的寡妇，听到她连连叹气……那天早上，爷爷没有起床，而是抠索着从褥子底下翻出十块钱来，对小丫头说：“爷爷太累了，没力气给你做饭，爷爷多睡会儿，你去小卖店自己买点东西吃吧。”第二天早上，爷爷仍旧躺在床上。小丫头不忍心将他惊动，于是替爷爷掖了掖被角，自作主张，再次从褥子底下翻出十块钱来。准备出门之际，爷爷醒了，攥住她的手。就是在那一刻，小丫头发现，她的爷爷，竟然变成了一头耕牛。从那耕牛的眼睛里，淌出一滴老泪。她中午照旧在别人家混饭吃，没有扯票，而是实话实说：“我爷爷病了，没力气给我做饭。”等回到家，天就快黑了。小丫头喊一声：“爷爷。”爷爷没有搭腔，仍在床上睡。小丫头伏在爷爷身前，心疼地说：“爷爷，你两天不吃饭，不饿呀？”此时，一条跟进来的黑狗开了腔：“爷爷快死了，你咋还不快点喊人来救他呀。”小丫头这才醒悟。她在黑暗的村街上奔跑，敲开一户人家的房门，乌鸦一样叫着说:“我爷爷病了，说不定快要死了，你们快去救救他吧!”那疲累至极的一家人，以为她又在扯票，没有理会。小丫头又敲开另外两户人家的房门，所有的人都没有理会。她跑到小卖部，给父亲打了一个电话，哭着说出爷爷快要死去的消息。父亲让别人接听电话，求那小卖部的主人去他家看看。看到的结果，验证了小丫头并未扯票——竟然是她长这么大，唯一的一次没有扯票。

小丫头的父亲回家奔丧，在无人照料小丫头的情况下，只能将小丫头带在身边。自此，小丫头离开村庄，来到了一座陌生的城市。

说是城市，在小丫头的眼里，只不过是一个嘈杂的大庄子。

落脚的那一刻，天空开始落雨。时而零星阵雨，时而牛毛细雨。看不到传说中的高楼。往远处看，只见一层浓浓的雾气。雾气中传出的声音，让小丫头觉得，一匹身形庞大的怪物，隐伏在雾气里喘息，声音时轻时重。那怪物居心叵测地窥伺着她，又气势汹汹地逼近了她。待到雾气散尽，这才看清——原来是一座横空架设的桥梁，像一条被人抛向空中的蛇，忽地僵直在那里。那些歪歪扭扭的房屋和商铺，更像家禽随意排泄的粪便，紧凑而密集。道路上移动的车辆行人，全都成了虫子的模样。人如蚂蚁，车像甲虫。那些万般熟悉的事物不见了，那些猪呀鸡呀鸭呀，全都不见了。只看到几条狗，乔装改扮，变得更加流里流气……她随着她的父亲，穿过暮色中一条嘈杂的街道，拐入一条迷宫般的深巷。

潮湿似一声叹息，从巷子深处弥散过来，间杂着男人女人的吵骂声、小孩的哭叫声、锅碗瓢盆的磕碰声。她攥紧父亲的手，偷偷瞟了身形高大的父亲一眼，恍然发现，父亲瞬时变成了一匹马，一匹疲惫不堪的马。

“到家了……”父亲说，往前推了她一把。手足无措的小丫头，置身在一间昏暗的陋室里。

床上坐着一个女人。小丫头只跟她见过一面，后来从别人嘴里得知，那便是她的“后妈”。不由分说，脱口而出，叫一声：“妈！”其实，那都是父亲一路上叮咛的结果。她的叫声，令女人愣了一下。女人尴尬地笑笑，叹了口气，冲着男人说：“到底，你还是把她带来了……”

小丫头的父亲怔怔地站在那里，成了一匹困顿的马。他耸耸肩膀，振作精神，拨弄一下小丫头枯黄的发辫，支开话题说：“快去，看看那孩子，他是你弟弟。”

小丫头这才发现，女人怀里抱着一个婴儿。怯生生走近后，只见婴儿粉嫩，小嘴咂吸，发出“咕咚咕咚”的吞咽声，那声音听起来异常地解渴。她伸出一根指头，小心翼翼地在婴儿脸上触碰了一下。不料，那女人迅速掩了襟怀，强行将乳头从婴儿嘴里拔出来，将婴儿放在床上，然后生硬地说道：“你们还没吃饭吧，我该去做饭了。”

小丫头仰头，呆呆地看着她的继母。觉得继母的个子非常高大。没错，从最初见她，她便觉得她像一只鹅，一只高傲的大鹅。昂着长颈，每一声嘶叫都像喝令。婴儿啼哭不止，抓挠四肢，在小丫头的眼里，成了一只粉嫩的猪崽。

小丫头独自睡在一张临时搭就的床上，感觉仍像躺在火车座椅上。火车变成了一挂马车，轻缓摇动。听不到蟋蟀的鸣叫，听不到夜鸟的啼啾，此刻，万物生灵都已入睡。恍惚中，听到父亲和继母的唠叨。

“你到底还是把她带来了，这日子往后咋过呀!”

“不把她带来咋整，总不能像个小牲口，随便卖了她吧。我毕竟是她爸，我不管她，谁管她。”

“你当初，为什么骗我，从没说过有这样一个鼻涕虫。早知道这样，我才不会嫁给你这个穷鬼。”

“你不也一样，咱俩混在一起的时候，你都离两次婚了。”

“你放屁!”

“好，我放屁……算我求你，给孩子一条生路。况且她已经大了，等小子再大点，身边不得有个人照看吗！咱俩一块出去打工，挣双份工资，慢慢攒钱，才能在城里买得起房子。”

“做你的白日梦吧！”继母的声音弱下去，“别说买房，就是喂饱这几张嘴，咱俩都得累得尿血。”

男女的对话，在小丫头的耳边渐渐隐去。她的父亲和继母，成了两只静卧在黑夜里的动物。那啼哭的婴儿，变成树顶巢穴里的一只雏鸟。“那我又是什么呢？”小丫头在昏沉的睡意中发挥着想象。起初，她觉得自己是一只蜗牛，缓慢爬行在长长的路上。一公里，两公里，从贵生他奶奶家，再到甜枣他姥姥家，来来回回，不知要走多少个来回……后来，她又变成了一只羊，一只独角的山羊。看上去，更像一只独角兽。皮毛紧实，好似锦缎，鲜红的鼻唇，艳如樱桃。眼神晶亮，迈着灵活的碎步，奔跑在一段不知名的路上。

小丫头的继母，并非一个心狠手辣的女人，只是生性粗疏。或因日子困顿，她便少了些慈爱，多了些刻薄。该做饭的时候，她也会照常做好热腾腾的饭菜；该睡觉的时候，她也会吩咐小丫头早点上床。偶尔出门，她会让小丫头帮忙照看睡着的弟弟。从外面回来，见小丫头双膝跪着，安静地守候在弟弟身旁，她便不由地心存了感激。一张苍白的脸上，露出难得的笑容……只是好心情总是不愿与她相伴，稍不如意，她便会因一件琐事心烦起来。因为老是心烦，她便成了一个阴晴不定的女人。她不怎么搭理小丫头，仿佛小丫头，只是一只流浪到此的小猫，死皮赖脸地缠在她的膝下，舍它一口饭吃，就算不错了。

小丫头的父亲，毕竟是个男人，生性粗疏不说，更有一点麻木。他是一个泥瓦匠，每天从建筑工地回来，脸上挂着灰迹，坐在饭桌边，像一匹从泥泞中跋涉而来的马。他喜欢喝酒，只为祛除困乏。那种廉价的散装白酒，很快会使他翻倒在床上，昏睡过去。

没有人搭理小丫头。所以说，身在城市的小丫头，显得更为孤苦。大多数时候，只能顾影自怜。屋子里待烦了，她便自作主张，独自出门溜达。她的继母，也从来不会管她。

小丫头小心翼翼地摸出巷口。

巷口的日杂店、理发店、馒头铺、五金店，和老家的房屋没多大差异。抱团取暖似的，密匝匝地拥在一起，仿佛挤得喘不上气来。站在一面斜坡上，能看到他们家的出租房，淹没在高低错落的屋宇之间。这是一个很大的村子，住户大多是外来的打工者。一架高高的电讯塔，像一棵信号树，提醒着人们出工、收工。太阳挂上电讯塔的时候，城中村便会悄寂下来，市声从更远的地方传来。小丫头起初不敢走得太远，唯恐找不到回家的路。走到巷口，她会在一棵银杏树下玩一会儿，便要顺原路返回。她像一条凭借气味标识地盘的狗，手拿一支捡来的滑石笔，隔不多远，便会在途经的墙上，画出一些不规则的图案。那些图案，看上去像动物，却长着一张人脸。在这样一种抽象的表达中，小丫头并未有过太多想法。她没有画出她的爷爷，虽然她是那么样地想他；她没有画出她的妈妈，实则她已将她的模样忘得差不多了；她没有画出那些熟悉的鸡呀猪呀猫呀狗呀——她胡乱的涂抹，只是一种无趣的表达。有时走着走着，对路径的认知会在她的脑子里变得模糊起来，等看到这些图画，才霎时醒悟。这才知道，或许，那是她给自己有意留下的路标。

渐渐地，她对这一带的地形，已烂熟于心。游逛的路线，也越来越远。那些对于陌生区域的探寻，使她每天都在经历着冒险。走过巷口的那棵银杏树，顺着一条坑洼不平的水泥路向前，走不多远，便会看到一个高高的铁架子。搭成拱形的铁架子，黑色生铁镂刻出枝蔓的形状，簇拥着顶部四个向日葵花盘大小的字：西 X 口村。她认识“西”字，认识“口”字，也认识“村”字，唯独不认识那个笔画最为繁杂的字。这个字的笔画可真多呀！她用手在空气中比画，也没能数出它到底有几笔。却清楚地知道，这个冷冷矗立的铁门洞，离她所住的地方不远。

过了铁门洞，继续往前走，市声扑面而来。一条整洁的马路两旁，矗立着一幢幢高楼。穿戴各异的人们，在那高楼里出入。她痴痴地望着他们，并不觉得奇怪，因为，她每天都能从电视里看到他们。她沿街巡行，有时横穿马路，像一只无所畏惧的蚂蚁。横穿马路的原因，是街对面的一家店铺，画在橱窗上的冰激凌实在诱人。她横穿马路的次数很少，总会一直沿着马路牙子走。走一段，返回来。由此，便牢牢记住了一些醒目的标志——一块美女广告牌，一块红色的大字标语牌，一处顶楼尖尖、长着一颗南瓜样脑袋的楼房。只不过，这南瓜不是金黄的颜色，更像是一个蒙了灰尘的玻璃球。后来，她还发现了一块写有无数地名的路标牌，像一棵奇形怪状的树。枝丫被人削掉，只剩残缺的臂膀；又像一只刺猬，身上插满令箭。只是这只刺猬不能踽踽爬行，而是像个呆子一样，站在一个不停眨眼的红绿灯旁边。

她站在那路标牌下，仰面观望。

只见标牌上的箭头，分别指向“东南西北”不同方向。每一排箭头，都像一根手指，为她提示着什么。她滤掉那些不认识的字，专拣那熟人一般的字来读——石化加油站，尚民广X，北河公园，北河九号公X……小丫头知道“公园”，知道这个公园的“公”字，和性别没有任何关系。因为她听爷爷讲过：“公园，在古代那可是官家的园子。公园里有花草、游廊，有湖，还有游船……”“有没有老虎狮子和大象？”小丫头问。“那是动物园。”爷爷说，“动物园一般都收费的，公园不收费。有一次我去城里，没地方睡，就在公园的椅子上凑合了一宿。”

小丫头决计要找到那座公园，她要去那传说中的公园里看一看。

世界由此豁然洞开。

小丫头经由路标牌的指引，走过石化加油站。后来她才知道，马路上的汽车，是要靠“喝”这里的汽油才能“续命”的。她走过尚民广场，发现广场只不过比老家的麦场略大，只不过这里或那里，铺成了水泥地，砌了高台阶。她在广场上驻足，看到有人在此溜达，有人用一支自制的毛笔，弯腰写着大字。只不过那些字迹，太阳一晒就不见了……她还看见一个和自己年龄相仿的小姑娘，跪在太阳地里，面前铺着一块脏兮兮的纸壳子，纸壳子上写着她的命运——她是一个哑巴。她妈死了，由爷爷带大。如今她的爷爷也死了。她父亲在建筑工地打工，摔断了腰，没钱医治……小丫头眼巴巴地看着她，听到别人的窃窃私语声：“这小姑娘，命可太苦了。”她不由地湿了眼眶，觉得跪在那里的小姑娘，除了是个哑巴，活脱脱，不就是自己吗！有人从小姑娘身前经过，腰也不弯，“当啷”一声，一枚硬币落在一只铁盒子里。除了有人抛硬币，还会有人扔纸币。十元钱的票子，扑簌簌落在水泥地上，好似天上掉下来的馅饼。低头跪着的小姑娘，见小丫头长时间站在一旁，便睃她一眼，然后伸出脏兮兮的小手，一把将纸币抓牢。她将钱放进铁盒子的同时，不忘给那些投钱的人，规规矩矩做个揖。

小丫头感到惊奇。觉得她平白无故跪在那里，就能得到这么多的好处。她静候一旁，心里默数，一个上午的时间，投在那铁盒子里的钱，加起来足有百十来块。更令她感到惊奇的是，每到晌午，便有一个男人来给小姑娘送饭，顺便将铁盒子里的钱收走。依据小丫头的推断，这男人，应该是小姑娘的父亲。他是她的父亲，穿得却相当体面，显然没在建筑工地干活，也没把腰摔断。小姑娘的午饭，一般是盒饭，有时还会配一个鸡腿。显然她的生活，也非纸壳子上写的那样凄惨。更令她感到惊奇的是，小姑娘非但不是一个哑巴，和男人说起话来，小嘴巴子呱呱的，简直像个爱吵嘴的蛤蟆。

小丫头这才知道，其实她也和自己一样，是一个爱扯票的小姑娘。

等找到公园时，小丫头已兴味索然。

公园门口，立着一位扬臂做舞蹈状的姑娘雕塑。一个半大小子，趴在姑娘身前，将手按在姑娘的胸口上。等他将爪子拿下来后，小丫头发现，姑娘通体铁黑，乳房却变成了金黄色。显然她的乳房，不知被多少人摸过。进了公园，小丫头更觉得失望。说是游廊，除了几条弯曲的小径，小径旁的花草并不如老家沟渠旁的花草繁茂；说是湖，却是一条小河沟，不如老家池塘里的池水清澈，自然也不见什么游船。由此，她便知道，这城市里的许多东西，其实和自己一样，都是爱扯票的。

这天午后，继母去上厕所，将婴儿交由小丫头抱着。等她回来，小丫头分神，自己摔了一跤，膝盖磕破，婴儿也摔在地上，哭得比猪崽还欢。继母也不斥骂，只出手在她的腮上拧了一把。

外面下着雨。小丫头出门时，不忘换上一双雨鞋，并从家里带了把雨伞。雨水在伞檐上流泻，濡湿她的额发。她走过幽深的街巷，听到雨水打在铁皮屋顶上，发出“叮咚、叮咚”的声响。除了这悦耳的声音，整个城中村陷入了沉默。她走过日杂店、理发店、馒头铺……如今这些地方，她闭着眼都能辨认，于是她便闭上眼睛。只等走到一个交关处，这才将眼睛睁开。她走过银杏树，走过拱形铁门洞，走过被箭矢射中的路标牌。走过广场时，她特意朝广场上看了看。广场空旷，杳无人迹。等她收起雨伞时，天已放晴。太阳从南瓜状的楼顶上冒出来，又在慢慢沉落下去。

她坐在公园外的雕塑旁，一脸无助。

她坐在那儿，动着自己的小心思。她想，自己从家里出来，是待一会儿自己回去呢，还是等父亲来找？以前她和爷爷怄气时，总会躲在村外的草垛里。每次，爷爷都会去那里找她。她又想，父亲毕竟不是爷爷，他没有爷爷那样的好脾气。况且，他每天从工地回来，天已经黑了，他不来找她可怎么办……反正，也不会饿死！小丫头赌气地想。她完全可以效仿广场上的小姑娘，找个人多的地方，跪在那里，等着别人给自己丢钱。可自己不会写那么多字，又怎么扮成一个哑巴？她狠狠心，甚至想，干脆变成一只羊，一只独角山羊，一公里，两公里，数着步数，一步一步走回老家去。

小丫头这样想着的时候，引起了两个人的注意。

是一男一女两个人。

男人身量高大，一张长脸，面相呆滞。女人矮瘦，脸色蜡黄，一脸精明。他们骑着一辆三轮车。车厢里，堆放着纸壳子和空饮料瓶子。女人驾车，男人在车厢里坐着。经过一个垃圾桶时，男人下来，去垃圾桶里翻捡。经过小丫头身边时，女人看了她一眼；等他们折返回去，见小丫头仍在那里呆呆地坐着。女人忽地将车刹住，对男人说：“天快黑了，这孩子，咋不回家?”

男人回头望一眼，督促女人一声，将车停在小丫头面前。

女人探头问：“孩子，你咋自己在这儿呀？家里人呢？是不是迷路了，找不到家了?”

小丫头看着他们。

他们看清了她的长相。看清她被雨水濡湿的额发，枯黄而委顿，贴在脸腮两侧。小脸瘪瘦。鼻尖结一层硬壳，像个脏兮兮的营养不良的小猫。鼓凸的脑门，以及晶亮的眼神，彰显着她是一个非常聪明的孩子。她穿着一双不合脚的雨鞋，裤管窝在鞋筒里。裤子上沾满泥迹。上衣缺两粒扣子。她抬起袖筒，抹了一把鼻涕，可怜巴巴地望着他们，便使这一对男女觉得，她肯定是一个无家可归的孩子。

小丫头心情焦虑，只是想着怎么回家，此时，她不想说话。

女人一脸失望，回头对男人说：“走吧，她是个哑巴。”

男人不搭腔，只是呆呆地看着小丫头。

被人当成哑巴，在老家，残疾孩子可是会被人瞧不起的。小丫头一时忘了自己的初衷，她不就曾经想过扮成一个小哑巴吗？不知怎么，委屈瞬间涌满胸腔，想要申辩，未曾开口，便“哇”的一声哭了起来。当然是佯哭，没有一滴眼泪。边哭边说：“我不是哑巴……”她用手遮着眼睛，从指缝里，看见那一对男女，相互对视一眼。男人跨下三轮车，弯腰在她身前，心疼地说：“孩子，你不是哑巴，嗯，你真的不是哑巴……好了好了，别哭了，哭得让人心里怪难受的。可你，为啥自己在这儿啊，你碰到什么难处了吗？”

面对陌生人的问话，霎时，小丫头忽然拿定了一个主意。

她决计再“扯”一个“票”，一个更大的谎言。

她可从来没有“扯”过这么一个不靠谱的“票”，她说出来的谎话，参照自己真实的境遇，近乎成了广场上乞讨女孩的翻版。小丫头说，她妈死了，她爸也死了。她由爷爷养大，后来爷爷也死了。于是，她便被叔叔卖给了人贩子。她由人贩子带着，来到这个城市。人贩子是个坏人，经常打她。她便逃出来。现在，她成了一个无家可归的孩子。

小丫头的扯票，逻辑清晰，能编出如此严谨的谎话，连她自己都没有料到。有一半，竟然是从电视里学来的。她先是挽起裤腿，指着自己磕破的膝盖，又努着小嘴，小手在脸上比画。

“你看你看，这都是他们打的呀！”

男人蹲在她的身边，仰头望着她。深深地吸了口气，问：“孩子，那——你现在可怎么办哪？”

小丫头一脸茫然：“不知道……我也不知道现在该怎么办。”这样说着，她便真的哭了起来。

男人伸手，拭去她脸上的泪。说：“要不，你跟我们走吧。”

小丫头不哭了，一脸警觉地问：“跟你们走？”

男人指了指身旁的女人，解释道：“我们俩是两口子，都是好人。如果你没有家，就跟我们走。我们没有孩子。今天遇到你，也算咱们有缘分。”

小丫头不语。

男人说："我们会对你好的，我们会把你当成亲生的女儿来看待。有一口吃的，会留给你吃；有一分闲钱，会留给你花。"

一旁的女人拽了男人一把，打断他的话。"你说什么哪！难道，你真的想收养她？即便真的想收养，你不是喜欢男孩吗？"

男人显得很不耐烦，一把甩脱女人的手，气咻咻地说："你憋了半辈子，也没给我憋出个孩子，你就是个光打鸣不下蛋的母鸡。这件事由不得你……你看这孩子眼睛多亮，准是个聪明孩子。我一见到她，心里就喜欢上了。"

小丫头看男人一眼，又看女人一眼，心里盘算——她长时间待在这荒寂的公园外，其实，一直盼着父亲过来找她。如今父亲不来，她又怎么好意思回家去呢？况且，回到家，继母注定不会给她好脸色看。小丫头想到这儿，认真地点了点头。

小丫头坐在三轮车上，心有忐忑，却感受到一种久违的惬意。回头张望，只见那把深红色的雨伞，被孤零零地丢弃在路旁。她想说点什么，却又无从开口。街灯亮了，霓虹勾起她对前路的向往。当时，她并没有太多想法，只是想着度过一个无所依傍的夜晚……经过一家馄饨店，男人见她楚楚可怜的样子，便伸头问："你饿不饿？"小丫头点头。他们停车，为她买了一碗馄饨。两人不吃，坐在一旁看着小丫头吃。男人又买来一瓶碳酸饮料，小丫头喝得尽兴，连连打着饱嗝。当她重新坐在三轮车上时，仍在不停地打嗝。天彻底黑了。他们沿街巡行，边走边捡拾垃圾。"叮咣、叮咣"，小丫头不时会听到塑料瓶子雨点般溅落在她身旁的声音。她很快睡着了。

起初，扯票带来的后果，小丫头并没有一个明确的认识。

很快，她便生了一场大病，高烧39℃，吓坏了这一对夫妇。他们将她送到医院，在医生和病人面前，顺理成章说她是他们的“女儿”。病好后回家，生活很快步入常态。对于小丫头来说，不啻于发生了一场地震。当她问起自己身在何处时，男人女人的回答是——就在他们遇到她的那个傍晚，她在三轮车上睡着了。他们带着她，走过很长一段路。乘汽车，坐火车，这才到了现在住的这个地方。

静下心来一想，小丫头吓了一跳。这么说，以后就再也回不了家了，再也见不到父亲了？那个家，虽说不值得她留恋，但毕竟有父亲在。对父亲的回忆，使小丫头恍然感到“家”的可贵。她会时常想起那个猪崽一样的弟弟，想起抱着他的感觉；她还会想起继母，觉得继母并非那么可怕……只是睡了一觉，怎么就离家这么远了？她想起父亲把她从老家带出来，也只是睡了一觉，便走过了上百公里的路程。她有些气馁。最初的打算，只是想在外面过上一晚，或像走亲戚一样，玩上几天，便能回家了。而今，生活发生了不可逆转的改变，仅凭她一个孩子的能力，又怎么能回到家里去呢！一公里，两公里……睡梦中的旅行，大大超出她的预期，她猜不出城与城之间的距离，只觉得自己跌入了一个黑洞。她被自己的谎言戏弄。面对男人、女人的热情，只能故作懵懂，开始扮演自己应该扮演的角色。

他们所住的地方，给小丫头的感觉，更像一个被人遗弃的大庄子。大多数时候，小丫头不能随便外出，对周围的环境，也就没有一个明晰的认知。只是很快，她便熟悉了这一对男女所做的营生。

男人的作息没有规律，有时披星戴月出门，天亮前回家；有时一个上午都在家里呼呼大睡，晌午出门，半夜回来……总之，那辆破旧的三轮车上，经常会有纸壳子、饮料瓶子、包装袋、生锈的钢筋，被源源不断地运送回来。经过女人挑拣、分类、打包、结捆，再源源不断地运送出去。

大多数时候，女人吃完早饭，便开始在院子里分拣垃圾。扭开饮料瓶盖，倒掉残余液体，统一装在一只蛇皮袋里。为了节省空间，还会踩上一脚，将塑料瓶、易拉罐，踩成一个个哑火的炮仗。废纸的分拣较为明细，硬纸壳、书本、报纸，会卖出不同的价钱。钢筋、铸铁、轻薄铁，也有太多讲究……院子里乱糟糟的。下过雨的午后，阳光热辣，气味更加难闻。女人常因废品的多寡，暴露出她古怪的性情。废品成山，她会变得宽容，任由小丫头在屋内或院子里闲逛。只见她一个人，隐身在废品堆里，窸窸窣窣，飞快地分拣着废品，像一只打洞的土拨鼠。男人收回来的废品少了，她会一脸忧愁，坐在门槛上打盹，眯缝着眼睛，鼻尖上栖落一只苍蝇……她假意昏睡，却能洞察秋毫。小丫头翘脚，胳膊扬过头顶，正在拨弄铁门上的门闩。那门闩好似锈死，发出吱嘎声响，她便会猝然发出一记尖利的喝叫。

“你想出去干吗？别跑丢了。”

“我想撒尿。”

“你有多大的尿脬？撒泡尿，还想去街上。”

她不允许小丫头出门，或许，真的怕她走失。又或许，她忌讳这孩子的来历，他们捡到了她，她便成了他们的私有财产，唯恐轻易失去。

生活无疑是清苦的。即便那个长脸的男人，偶尔对小丫头施予父亲般的关爱，他会给她买来一根热乎乎的烤肠，偶尔，还会从衣兜里，变戏法似的掏出一根棒棒糖，也不能让小丫头开心起来。她渐渐认清了自己的处境，意识到扯票给自己带来的严重后果。她意识到，自己莫名的走失，不知会给父亲带来多大的麻烦。这一天晚上，小丫头忽然就对他们说出了实情。她说自己并不是一个没有家的孩子，她有爸妈，有爷爷。她的爸爸妈妈，和那些体面人一样，是城里人。他们一家人，住在一幢漂亮的房子里。小丫头如此说，本意不想扯票，只想用自己虚构的故事，反衬出这一对夫妻生活的寒酸，以及她被困于此的无奈。

男人听罢，停止了咀嚼，抬眼看着饭桌边的女人，一脸慌乱。

女人也愣住，鄙夷道：“她在撒谎！这孩子，咋这么喜欢撒谎呢。我从来没见过这么喜欢撒谎的孩子……她怎么可能是体面人家的孩子，当初咱们捡到她时，她脏得像个小叫花子。”

小丫头也意识到自己不该扯票，随即改口，道出自己的真实境况。

男人听完，脸埋在暗影里，半晌也不说话。

“你不信吗？”小丫头说，“不信，那就给我爸爸打个电话吧。”

男人掏出手机，放在桌上。女人显然被小丫头的话唬住，小心翼翼地问：“真有这么回事吗？你真的知道你爸爸的电话号码？”

小丫头笃定地点了点头。

“那就把号码说出来。”男人气鼓鼓地说。

小丫头只说出了号码的前三位数字，便卡住了。她的脑子一片混乱。因为刚来这城市不久，她的爸爸便换了手机，同时也换了号码。家里无须给他打电话，所以，她便没能记住新号码的后几位数。只能故作镇定，眨巴着眼睛，最后凭借印象，押宝似的，说出一串数字。

男人磨磨怵怵，拨通了电话。免提开着，铃音一响，就听到一个男人的声音，数来宝似的说：“是刘先生吗？你对我们的理财产品有购买意向吗？如果有购买意向的话，我再向你推荐另外一款新的理财产品吧。”

小丫头再次说出一串号码。

半晌，一个女人接听：“喂，谁呀？”

“是我。”男人故作深沉地说。

“哟，赵老板吧！好久没过来了，给我打电话，是不是想我了……”

男人慌忙将电话挂断。女人在一旁“咯咯”笑起来，像一只轻浮的母鸡。她说：“这个女的，应该是你妈吧。你妈，原来是干这个的呀！”

小丫头一脸无奈，等她再次说出一个号码，完全蒙了。

男人再不肯验证。

女人抄起一根筷子，在她的额头上敲了一下，开玩笑似的说：“你又在撒谎，你咋这么喜欢撒谎呢。你也不想想，撒谎对你有什么好处？我们不管你了，把你扔到大街上，说不定，你真的就被人贩子拐走了，到时他们打折你的胳膊和腿，看你能怎么办。”

小丫头揉着额头，鼻翼抽动。她求救般看着男人，执拗地说：“要不，你把我送回到那个公园门口吧，把我送到那儿，我就能自己找着家了。”

男人痛惜地看着她，摇头，一脸为难的样子。就是在这时候，小丫头发现，暗影遮蔽下的男人，正在慢慢变成一头乡村中的驴子。他表情呆滞，绝非一头蠢驴。他看了一眼女人，眨了一下眼睛，语气充满着无奈。

“咋送你回去呀，太远了。况且，我也找不到回去的路了……孩子，我也搞不清你的来历，不明白你咋这么喜欢撒谎。你跟着我们，日子苦是苦了点，总比睡大街强吧。况且，你都不知道，外面到处是坏人，专挖小孩儿的眼睛。”

接下来，小丫头只能调整心态，努力适应这个新的家庭，适应新的环境。她也曾想过：跑出去，离开这一对男女。她有很多跑出去的机会，但一想到即便离开，自己也找不到回家的路，回不到父亲身边，她便丧失了逃走的勇气。日子倏忽而过。偶尔她会尿床，遭到女人的痛打。她仍旧不停地扯票，扯票对她来说，更像是一种与生俱来的本能。夜里她听到男女之间的对话，并不明白那话中的含义。

“或许，她说的都是真话，咱们还是把她送回去吧。”男人说。

“她要是撒谎呢？即便不撒谎，真有这么回事，你不想想，见了她父母，咱们该咋说？会不会把咱们当成人贩子，咱们拐骗了人家的孩子，是要受罚的。”女人说。

“咱们咋可能是人贩子呢！当时，咱们只是听信了她的话，好心收养了她。”

“你能说得清楚吗？你浑身是嘴，也说不清楚……反正，不能把她送回去，给她治病花了那么多钱，管她吃喝到现在，好不容易，能帮着干点事了，咱不能做赔本的买卖。先这么养着，说不定，再过几年，她就把什么都忘了。”

女人不舍得送走小丫头，因为小丫头真的能帮她做很多事。她能帮她分拣废品，手脚麻利，效率不输于大人。每天傍晚，一家人倾巢出动，去大街上捡废品，算作额外收入。男人女人围着垃圾桶转，小丫头单枪匹马，会有更大收获。她去露天烧烤摊上转悠，那些吃夜宵的食客，会将饮料瓶丢给她，有时，还会送给她吃不完的烤串。她拖着一个大编织袋，像一只小老鼠，在大街上疲沓走动，便会有好心人，将没喝完的矿泉水倒掉，忙不迭地将空瓶子撂给她。在女人的唆使下，小丫头还会溜进饭店的后门，去偷人家的纸壳子和饮料瓶。被人逮到，也不能把一个孩子怎么着。

这个机灵的小丫头，简直成了他们挣钱的工具。所以后来，每一个晚上，他们都会带她出来，到街上去捡废品。

不知这是小丫头的不幸，还是她的幸运。

她被困在这破败、牢笼般的院子里，只当黄昏降临，才能迎来自由。暮色中的大街，又成了困着她的另一重牢笼。

无人监视的情况下，她可以随时在人流中隐遁。男人此前说过的话，却会使她自己将自己禁锢起来。她察觉不出环境在时间中的改变，却能清晰地感知身体悄然发生的变化。她会时常觉得胸口胀疼，两粒种子，似要从胸腔里破土而出。她似乎长大了一点，尽量不去扯票，她已深知扯票会给自己带来多大的危害。在黄昏迟暮的游走中，她再不像以前那样，用滑石笔在所经之处画下抽象的记号，即便如此，那些陌生的区域，她去过一次、两次……最多三次，便会记住一些醒目的标志。一幢融入夜色的高楼、一尊怪模怪样的雕塑、一个经常站在路口指挥交通的疯子。这些独特的标志，将方圆几公里内的路线慢慢串联起来，她记不清夜色中经过了多少这样陌生的区域，正是这些醒目标志，将一些路径串联起来，在她的脑子里形成了一张地图。

在时间的流逝中，小丫头怎么也不会想到，竟会同这样一个黄昏相遇。

那天的晚霞异常绚烂，天边好似燃起了一场大火，大火使灰旧的城市变得好看起来。远远的地方，好似耸起数座绛红色山峰。山峰经由暮色浸染，颜色变得光怪陆离。不经意间扭头，她惊讶地发现，楼顶上一个圆形的标志，竟是如此眼熟。

它像一颗南瓜，并非黄色，而是泛着微红。恰似霜降后，爷爷遗落在瓜田里的那只。她的心，瞬间破开了一个大洞，刮过一阵疾风。暮色沉降，那个南瓜形状的楼房尖顶，正在慢慢冷却，折射出金属的反光。有些冷寂，又有些辉煌……她掩住嘴巴，差点叫出声来。

那不正是她以前游逛时，经常看到的一栋建筑吗？离那儿不远，便是竖着路标牌的十字路口。往前走，便是公园，顺着公园折返回去，还有广场和加油站……她不敢再想下去，仿佛，把记忆中的路径全部想出来，眼前的奇迹便会消失。她惊讶的表情，引起了女人的注意，循着小丫头的视线望去，问："你看到啥了？"小丫头不答，扭着身子，目光朝四周逡巡。没错！这里虽是她第一次来，但穿过身后的一座铁路桥，桥对面的一家商场，她已非常熟悉。她拼凑着记忆中残缺的地图，仍不敢相信自己的判断。揉揉眼睛，趁女人不备，再次朝那个南瓜形状的楼顶看了一眼。

那天晚上，小丫头久久不能睡去。

闭上眼，一张地图便会赫然闪现在脑海里。她想象着自己从这里离开，七拐八拐，便能抵近那家商场，穿过桥洞，便能看到那个南瓜形状的楼顶。顺着"南瓜楼顶"的指引，便可找到十字路口，找到路标牌、公园、广场、加油站……她倏地睁开眼睛，耳边响起男人曾经对她说过的话——"咋送你回去呀，太远了。况且，我也找不到回去的路了……"——她无声地笑了。现在，她终于知道，男人在扯票！他的扯票，无疑是她听过的，最大最荒唐的谎言。

第二天，小丫头开始等待机会出现。除了等待，她别无他法。

院门紧闭。废品堆积如山。女人正在分拣废品，像一只土拨鼠，动作飞快。塑料瓶子、纸壳子、书本，土屑样在她的周围飞溅。小丫头与她隔着一段距离，也是手脚不歇。看上去，她更像一只小老鼠，正在挖掘一条逃生的通道。她的勤奋与乖巧，已赢得女人的喜爱。这几天，生意也很不错，出门收废品的男人像一头驴子，半天时间不到，便将两车废品运送回来。

“中午想吃点啥？要不给你们爷儿俩炖点红烧肉吃。”女人说着，听不到小丫头的回应，便斥责一声，“哑巴啦，我跟你说话呢。”

临近晌午，男人回来了。这一次，却没有任何收获。他一脸沮丧，脸上血淋淋的。为争抢地盘，他被另外一个收废品的人打了。“那个王八羔子，下手真狠，一拳捣破了我的鼻梁骨。”他嘟嘟哝哝地说。“你白长个傻大个儿，他打你，你不会打他呀！”女人一边为他处理伤口，一边埋怨道。“打啥架呀，真要把人打坏了，这日子还过不过？”“你咋不报案？”女人说。“报啥案，打完了我，他转身就跑，跑得比兔子还快。”

吃罢午饭，男人女人躺在另一个房间休息。

小丫头佯睡。她睁着眼，很快，听到他们发出的轻重不匀的鼾声。

她翻身下床，手里拎着一双断了鞋帮的凉鞋。她若将那凉鞋穿在脚上，鞋后跟必定会磕着脚跟，发出不怀好意的“啪嗒”声。她踮着脚尖走路，经过男人、女人的睡房时，掀开门帘的一角，朝里窥看，只见一头受伤的驴子，一只疲惫的土拨鼠，蜷卧在床，睡得正酣。

她出了屋门。钉子一样的瓶盖硌疼了她的脚。她套上凉鞋，向门口跑去。门闩似生了锈，发出“吱嘎吱嘎”的声音。顾不了许多，她抬起胳膊，较劲儿一样扭动门把手。奇怪的是，最初被困在这里的日子里，她也曾数次搬弄过门把手。那个时候，她根本就够不到它，扬手翘脚，才能勉强够到。如今，怎么就能轻易抓在手里，胳膊平端，毫不费力，来回扭动几下，门闩便如一条被打断七寸的蛇，松懈了力气。

跑出巷口，小丫头有些不知所措。她蹙眉看着眼前的街市，杂乱的景象，无法同脑子里的地图产生对应。跨过一段废弃的铁轨，路线这才变得清晰起来。她想加快前行的速度，无奈脚生羁绊。等她走上一条宽敞的马路，干脆将凉鞋脱下来，丢进路旁的垃圾桶。她光脚，时而奔跑，时而驻足，仰首朝四周顾盼，确定自己身处的方位。等一幢高楼映入眼帘，她已胸有成竹。一尊怪模怪样的雕塑为她带来惊喜，那个经常在路口指挥交通的疯子，照常出现在岔路口，怪模怪样地扬着胳膊，嘴里说着什么。好似在同她道别，又好似，在给她加油助威。

经过商场，钻过桥洞，朝那个南瓜状的尖顶高楼跑去时，小丫头已精疲力竭，前行的速度慢了下来。她变成了一只蜗牛，一公里，两公里……从贵生他奶奶家，再到甜枣他姥姥家，只需围着庄子绕上一圈。眼下，她也不知自己走了多少公里。当她站在南瓜形状的尖顶楼下，校正方向，顺利找到路标牌时，再次有了一种迷路的幻觉，因此多走了一段弯路。好在，她终于找到了那座公园，那个她曾经走失的地方，等看到那个蒙羞的姑娘时，小丫头长长地舒了口气，笑了起来。

她开心地笑着，跑过广场。广场上人流密集，没有人注意到一个赤脚奔跑的小丫头。此时的小丫头，枯黄的发辫披散在肩头，已由一只爬行的蜗牛，变成了一只羊。不是羚羊，而是一只独角山羊。看上去，更像一只骄傲的独角兽。

她经过银杏树的位置，高大的银杏树不见了，只见地面上突出着一根树桩。她经过铁门洞，铁门洞七歪八扭。向日葵盘大小的字，脱落了一个，还剩下三个。她依然认得那个“西”字、“口”字和“村”字，那个笔画最为繁杂的字，却不见了。她经过日杂店、理发店、馒头铺、五金店……如今这些地方，一律关门闭户，不见有人出入。那家门脸最大的日杂店的墙上，写着一个赫然的红字，她并不认识。

她走上一面斜坡，看到高耸的电讯塔，此时，它更像一棵燃烧的信号树。塔下的城中村，恍惚间腾起狼烟。几幢低矮的平房，匍匐在地，好像被敌情吓了个半死。它怎么会弄错呢？小丫头想，自己能回家，可是一个天大的好消息呀！

站在斜坡上往下看，小丫头找不到家的所在。天快黑了。好在街巷里有人影晃动；好在千疮百孔的城中村内，倏地有灯火闪亮，仿佛为她指明着方向。小丫头深一脚浅一脚地朝坡下走去，不时荡起手臂，指尖划过转角的屋墙。曾经由她随意涂抹的图画，在暮色中清晰可辨，好似她自己为自己留下的路标，看似无心，实则有意。只当沿路的屋墙现出一个豁口，标记遽然不见，才会令她心生慌乱……拐过一条幽深的巷子，往前再走一段路，这才内心笃定起来——眼前出现的房子，确乎是家的所在。此时，她已模糊了“家”的概念，却能够想象，一家人围坐在屋子里的情形。她的父亲、她的继母、她的弟弟，无一不是一副欢欣的模样。怎么她的爷爷，也从乡下赶了过来？坐在那儿，笑吟吟地看着她。

小丫头终于来到自家的屋门口。

屋门紧闭。淤积在房顶上的夜色，似黏稠的液体，淅淅沥沥地流泻下来，使那黑暗中的屋宇更显荒芜。屋内没有一点声音。周围的邻居全都关门闭户。小丫头感到害怕，她喉头耸动，一个可怕的猜想，渐渐地浮出脑海：家里没人了。他们搬走了，他们去了哪里！

失望之际，窄小的窗洞似有撼动，骤然亮起的灯光，使她闭上眼睛，又慢慢睁开——没错，灯光就是在那一刻，被屋里人点亮的。

她伸手撼动屋门。屋门虚掩，为她无声闪开。灶间一切如旧。卧室里的灯光，给饭桌、煤气灶、破旧的橱柜蒙了一层灰尘样的光泽。她无声穿过隔间，站在父亲和继母的睡房门前。

以前挂着的门帘不见了，一个破门洞敞开着。只见一位陌生人，两鬓生了霜白，勾头在那里坐着。看上去，像一匹马，一匹疲惫又哀伤的马。正是马匹高大的身形，使小丫头认出此人正是她的父亲。

她的父亲，此刻也听到了动静，抬头看了一眼，好像不认识自己的闺女。他张了张嘴，愣在那里。小丫头怯怯地叫了一声："爸爸……"父亲这才身子僵直，慢慢起身。走几步，跪伏在地，一把将小丫头抱在怀里。喉头好似壅塞了棉絮，用破锣一样的声音问道："孩子，是你吗！真的是你吗！你从哪儿冒出来的？"

小丫头抬起汗涔涔的脸，环顾左右，问："爸爸，我……我妈呢？我弟呢？"

这样问着的时候，小丫头感到父亲的肩膀，抖动得好似雪霜剥落。

后来听父亲说，自从她莫名走失，因为找她，父亲荒废了营生，继母也离他而去，并带走了她的弟弟。

“这些年，你跑哪儿去了？你让爸爸找得好苦哇！一直找了你三年……你都不知道你有多幸运！这城中村马上就要拆迁了，幸亏我想着放在这儿的泥瓦匠工具，回来取。拿上工具，准备明天一早就走，再也不回来了，再也不想找你了。你咋就，这个时候，忽然冒了出来。真是太巧了，真是太幸运了！”

小丫头也觉得自己足够幸运，却为父亲的一句话感到困惑。她问：“爸爸，我真的三年没回家了吗？可咋就，觉得时间那么短呢，短得好像只过去了三天……你是不是在扯票？”

父亲说：“我哪有心情跟你扯票，可不就是三年。你都九岁了。瞧瞧，你都长多高了。”

因为小丫头的失踪，已在警察那里备案，父亲带她去派出所销案。

警察听闻此事，介入调查。找到那对收废品的夫妻进行讯问，至于如何处理，小丫头跟着父亲从那座城市离开，并无后续。只是当时听警察说，小丫头走失的这三年里，一直住在这个城市。也就是说，她和她的父亲，一直住在同一座城市。更为荒唐的是，她的父亲为了找她，跑了上万里路，却没想到，从那对收废品夫妻的住处算起，到她家的距离，只有短短的六公里。

六公里，十二里地。从贵生他奶奶家，再到甜枣他姥姥家，来来回回，用不了多一会儿，就走到了。十二里地只是多走了几个来回……

“怎么会这么近呀！”小丫头说，“警察是在扯票吧？”

小丫头觉得，她回家的那一段路，可真是太长、太长了。

滦州姑娘

1

国栋叉腿，骑坐在一张凳子上。如果凳子的半径足够长，以他骑马蹲裆式的坐姿来看，他更像是骑在一匹马上。但那毕竟只是一张普通的红色塑料凳子，凳面仅能容得下一个成年人的屁股，国栋虽只是个十岁半的男孩，却有着与其年龄不相称的肥胖。此刻他半倾身子，麻耷眼皮，一副无奈又惊慌的样子，真的像骑在一匹临阵御敌的马上。只不过他所能感受到的胁迫，并非来自敌对阵营，而是轮番来他面前问话的几位亲戚。

“果冻，看到你爸打你妈了吗？”

不用撩眼皮，只看出现在视线下方的一双脏兮兮的胶鞋，鞋尖上补缀着一块人造革补丁，国栋便知此人是他二姨夫。二姨夫以前在澡堂子上班，澡堂子荒铺后，他便买了一辆三轮车，用来拉脚。有时拉货，同时也载人。因生性懒惰，三轮车出了毛病也不及时修理，每遇刹车失灵，只能用鞋底去踩前车轱辘，鞋子成了“刹车片”，便会生出一块块补丁。

国栋不说话，盯着那双胶鞋看。只见两只胶鞋错了错脚，显然被挤退到一旁。一个四十岁左右的女人蹲伏在他的身前，头发染成了酒红色，发梢鲜亮，发根却白了，像撒了一层白胡椒面。一张白菜帮子脸，差了点血色，眼睛肿得像鱼鳔。她仰脸，试图与国栋的目光相对，脸后仰，自说自话，鸡爪一样的手掐着自己的细脖颈。

“果冻，告诉二姨，你见没见过你爸这样掐你妈？往死里掐！大早起的，你宝珠婶都能听见你妈在叫唤，你爸在吼她……那会儿，你不是早就起床了吗？到底看没看到哇！”

二姨假戏真做，或是因说话频率过快，口吐白沫，差点背过气去。国栋看了心里难受，迅速移开目光，避开二姨目光的围堵。

一双青筋暴突的手，从侧面揽住他的肩膀，皮肉松垂的腕上戴着一只银镯，脸几乎贴在国栋的脸上。不用听说话声，便知是姥姥。姥姥用胳膊攀住国栋的肩膀，哭腔就跟唱戏似的。

“果冻诶，可怜的孩子，你妈死了你知不知道？以后你就没妈啦！你妈到底是不是被你爸整死的？你要说实话，不能让你妈就这么不明不白地没喽！”

姥姥情绪失控，一下子将国栋拽倒在地。

坠落“马”下的孙国栋，假戏真做，身子后仰，一只拖鞋弹了出去，像一条被抛到岸上的鱼，人也随之成了一条搁浅的鲸鱼。他口吐白沫，四肢乱颤。但这绝非他的表演，而是真的发病。他又抽起了“羊角风”。

所幸亲戚们熟知他的病情，不见有人慌乱。先是姥姥，从沙发上抄起一根“痒痒挠”，审时度势地看了一眼，发现不合适，又随手捞起一条丝袜，缠在“痒痒挠”把儿上，撬开国栋的嘴，垫在他的上下牙床之间。二姨夫想把可怜的国栋抱起来，却被二姨一把推开，二姨扯开国栋胸前窄瘦的汗衫领口，将国栋的头偏向一侧，手托他的下颌。只见国栋的嘴，成了一个被戳破的汤圆，有颜色可疑的分泌物流溢出来。

屋子里更显闷热。经过这一番折腾，便再没人敢来招惹孙国栋了。

这孩子似乎伤了元气，眯着眼，一副病恹恹的样子，叉着腿骑坐在那张红色塑料凳子上。只因那张凳子，正处在吊扇下方。二姨和二姨夫，早不知躲到屋子里的哪个角落去了，只有姥姥陪在他身旁，手握一把蒲扇，有一搭没一搭地为他扇凉。

屋门起先是敞开着的，不时有好事的邻居进来，假借关心，实则是来满足探究的私欲。国栋经不起这样的骚扰，最终发了脾气。二姨就势关了屋门，一家人也落得清静。当敲门声再度响起时，谁也没去理会。

敲门声一阵紧似一阵。二姨赶忙凑过去，扒着猫眼一看，旋即将屋门打开。只见一位年轻的姑娘，手拖一只拉杆箱，肩上斜背一只挎包，风尘仆仆地从门外撞进来，身后，跟着三五个好事的邻居。

二姨见了姑娘，嘴一撇，哭出声来。

姑娘随即训斥道:“哭啥哭！先说正事。”

二姨的哭声立马憋了回去。凑上去的姥姥，也跟着噤声。

姑娘一脸倦容，郁愤之情溢于言表。手一松，拉杆箱“啪嗒”一声伏地，由二姨夫拎到墙角。她站在客厅当央，众人迅速聚拢在她的身旁，她俨然成了这屋子的主人，而置真正的主人孙国栋于不顾。

他们又开始说起前天早上发生的那件事。就像事发当天，警察同他们问话的翻版。

先由二姨来说。

“前天早上七点四十分，我接到孙大胜打来的电话，他说:‘他二姨呀，你快过来看看吧，你大姐出事了。’当时我正准备上班，觉得真要有事，穿身‘环卫服’也忒砢碜，就换了身衣服，前后，也没耽误五分钟。我让你二姐夫用三轮车驮着我，着急忙慌赶过来，刚一进门，就看到大姐在那儿躺着……”

二姨伸手一指，挪着碎步，人群好似遭她胁迫，移至客厅门口。“就这儿，就这儿。”二姨手指地面，众人好像从那水磨石地面上，看到了一个仰躺着的女人。二姨说着，膝盖微弯，单手杵地，准备就势躺倒。因有腰椎病，行动显得极为不便。二姨夫看在眼里，疼在心上，一声不吭，代替二姨，咕咚一声躺在地上。双手虚张，做出一副缴械投降的姿势，翻着白眼说:“这样式儿的，就这样式儿的……”

二姨在一旁提示:“腿伸直喽，伸直喽！”单手从二姨夫身上拂过，好似气功师给人治病。二姨夫的腿和身子完全舒展着，直挺挺地躺着，像一个垂死的人，只是眼珠子骨碌碌地乱转。二姨的手一直拂到他的鼻翼前，这才停下。

“就这样式儿地躺着，嘴里血流不止。我一探大姐的鼻息，心里‘轰’一下子，知道大姐断气了，断气了……”

二姨说着，脸色忽地变得煞白，给人一种身临其境的感觉。

“到底咋回事！”姑娘跺了跺脚，“大姐平白无故咋就断气了?”

二姨哽咽，说不成话。

二姨夫接了话茬：“我和你二姐刚一进门，大姐夫望着我俩，一个劲儿地号哇……”

“呸！他把你大姐祸害死，你还叫他大姐夫……”是姥姥的声音。

二姨夫随即改口：“孙大胜望着我俩，一个劲儿地号哇……”

大家认真听着，屋子里一时显得格外安静。坐在人群外围的孙国栋，此时仿佛听到了他父亲的哭声。当时的情形，在他的脑子里仍存有印象——当时，二姨就坐在母亲身边，号啕不止。他的父亲孙大胜，缠着二姨夫，边哭边诉，心里似有万般委屈。

“你大姐，今儿个早起，四点半就醒了。我俩躺在床上唠嗑。她显得有点怪，跟我说：‘这么些年了，我又生病又做手术，还给你生了个傻儿子，不说拖累了你吧，也算对不住你。以后好了，以后你就解放了，我不想再拖累你了……’

说完这话，你大姐就去了厨房。我以为，她去给我们爷俩熬粥。厨房里没一点动静，静得有点瘆人，只听见自来水管的嘀嗒声。我跑进厨房一看，只见你大姐，一手端着水杯，一手叉腰，咕咚咕咚灌凉水儿呢。当时我就觉得有点不对劲儿，从后面抱住她，问：‘你咋了？’她身子打挺，也不应声，牙关咬得咯嘣响，嘴角噗噗地喷白沫子。往灶台上一看，可是坏喽，一瓶‘脑清片’的药瓶子漂在洗碗池里，被她吃得一粒不剩。”

“当时咋不赶紧送医院？”听完二姨夫的转述，姑娘已是泪流满面。

“送啦，半道上我握着大姐的手，觉着越来越凉……”二姨说，“到了医院，医生只给随便看了看，便下了死亡通知书。这才紧着给你打电话，电话咋也打不通。后来打通了，也不敢直接告诉你，怕你路上着急……大姐的死讯，你听谁说的？是你二姐夫告诉你的吧？我和你二姐夫不中用，现在你回来了，家里总算有了主心骨……老三哪，你得把这事儿担起来，不能让大姐死得不明不白。他孙大胜口口声声说大姐是自杀，我就整不明白，即便是自杀，从我接到电话，前前后后不到两小时，这么短的时间，大姐也不至于说没就没了……听对门的宝珠嫂子说，他两口子早起就开始吵架。宝珠嫂子在这儿呢，听听宝珠嫂子咋说。”

那位叫宝珠的妇人，磨磨蹭蹭地从人群中挪出来。不善言辞的样子，或是暗藏了心机，讲述的语气听来有些涩滞。

“前天早起，我买菜回来，听到他们两口子在吵架。吵架拌嘴，在他们家是家常便饭，我也懒得去管。但那天，动静闹得挺大，我怕把我外孙给吵醒了，这才过来敲门。两口子吵得凶是凶，动没动手，我可没见着。劝了几句，等你大姐消了气，我就回家了。特意看了看表，是七点十五分。时间没错，这个我可以作证。不承想，才过了半个钟头，就听说你大姐吃药死了……也可能，是你大姐夫逼她自杀，或是把她掐个半死，硬是嗑进一瓶子药造成自杀的假象……不管咋说，都是瞎猜，到底咋回事，还得警察说了算。当时，我又没在场，屋里除了他们俩就只有你外甥国栋。当时国栋也醒了，他爸他妈在那儿吵，他就坐在沙发上，跟个没事人似的，瞪眼瞧热闹。”

妇人嘴里提到国栋，大家便将目光转过去，齐刷刷地盯在国栋身上。

国栋仍旧垂头，坐在那张红色的塑料凳子上。他光着膀子，脑门上浸满热汗。众人的讲述与揣测，似与他无关；他妈的死，好像也与他无关；即便他爸此时身在公安局，成了一名杀人嫌犯，也似与他无关。他安然地闭着眼睛，看上去，更像一个入了定的、骑着红马的小弥勒佛。

姑娘趋前几步，蹲在国栋身前。二姨随即也凑过来，重复着方才的问话。

“果冻，前天早上，你见没见过你爸打你妈？把她打个半死，又往她嘴里灌药片？”

这样的问话，此前不只二姨和姥姥问过，警察也同样问过。只不过警察的问询，不会如此直白。最终招数用尽，也没能从这孩子嘴里问出什么。众人围拢在他身边，屏息静气，希望从他嘴里听到什么重要的讯息——作为唯一的目击证人，这男孩讲的话，显得至关重要。

国栋闭着眼睛，好似一个打瞌睡的骑手。

姑娘叫一声：“果冻，你睁眼，看看我是谁？”

国栋这才慢慢睁眼，叫一声：“老姨。”

姑娘动作麻利，将旅行箱拽过来，扯开拉链。只见敞开的旅行箱内，除了几件换洗衣物，还有很多果冻。透过碗状的塑料包装，橙黄色蜜桃看上去晶莹剔透。

国栋因爱吃果冻而得名。他爸爸为他取名“孙国栋”，有“国之栋梁”的意思。他的亲戚们，却把他叫成“果冻”。老姨每次从外地回来，都会投其所好，买回各种样式的果冻送他。

姑娘问：“果冻，听老姨的话……你二姨刚才问你的，是不是真的？你看没看见你爸打你妈？”

一枚蜜桃般大小的果冻，本来是用特制的勺子来扤着吃的，却被国栋用牙齿扯开塑封，张嘴一吸，胶状果肉“咕噜”一声，吸进他的嘴里。蜜色汁液淌满嘴角，喉咙里“呜呜”有声。

男孩一边吞咽，一边模棱两可地点了点头。

2

纵使有孙国栋的证言，警察也不买账。

警察说得很有道理："证人证言，要有充足的可信度。最基本的，证人要具备完全的民事行为能力，你这个外甥，除了癫痫，还患有精神分裂症，属于残障儿童。残障人士的证言是不会被采纳的。"

杨琼芬坐在刑侦队的办公室里。她来公安局报案，算是追加举报。针对孙大胜的供述（哦，此时还不能说是供述，只能说是当事人的证言），她便要有理有据地展开一番辩论。

她说她大姐，死者杨琼娥，并非"服药自杀"，而是被她的丈夫孙大胜加害致死。他掐死了她，然后把整瓶"脑清片"，灌入奄奄一息的大姐口中，造成一种自杀的假象。这样一种行为，不属于家暴范畴，而是赤裸裸的杀人行凶……"他儿子孙国栋的证言虽不足信，但你们调查过吗？所有认识我大姐的人，都知道她的性格，火暴脾气，遇事点火就着。让她杀人还差不多，说她自杀？哼，除非日头打西边出来。"

刑侦大队的张队长是外地人，刚调来滦州不久，说着一口标准的普通话，为融入当地环境，尽力模仿"老呔"腔。他一边认真地听她讲，不时会老好人似的附和一句："哦，我们也有这样的怀疑。"

"听我二姐说，她当时看到我大姐，遍体鳞伤，眼眶瘀青，颈部有明显的掐痕，嘴角流血……种种迹象表明，她死前遭到过殴打。你们不信，可以去做更深入的调查，他孙大胜表面上老实，实际上是牲口性子，下手贼狠，平常往死里打我大姐。"

听到此处，张队长便不再做他的老好人了。

"我们对死者的尸体做过勘验，身上确实有多处伤痕。

新伤老伤加一块，总共有十多处。眼眶是青的，那是因为失眠。听孙大胜说，你大姐脑神经疼，一宿一宿睡不着觉。至于颈部有掐过的痕迹，究竟谁掐的？无法定性。吃了药的人，会很痛苦，会做出激烈反应，也有可能是自伤……孙大胜并不否认他和老婆经常吵架，他说，吵架在他们两口子之间，是家常便饭，但挨打的，总会是他。有时打急了眼，也难免还几下手。他否认那天早上打了你大姐。就拿右臂的三处新伤来说吧，他说那是前一晚你外甥挠的。你外甥经常惹祸，每次他妈用'痒痒挠'打他，打急了，这孩子会反抢过去，也打他妈几下，娘儿俩干仗就跟闹着玩儿似的。"

"我大姐没等送到医院，人就死了，死亡时间是上午八点半。可他孙大胜为啥说把我大姐送到医院，医生对她抢救了一个多小时？我二姐说，医生的抢救，只是走过场。这不明显撒谎嘛！他明显想拖延死亡时间。他想拖延死亡时间，就证明他有杀人预谋，他想掩盖自己的罪行！"

张队长无奈地笑了笑。昨晚审其他案子，搞得他几乎通宵未睡，此刻体力难支，应付道："这些，我们都问过了……孙大胜说，当时人命关天，人都蒙了，有些细节，难免会记错。"

杨琼芬听到此处，忽地皱起眉头，语气凌厉："我说张队长，我咋听着你说的每句话，都带有偏向？"

"偏向？"张队长咕哝一句，随即明白对方话里的意思。不由认真地看了一眼坐在对面的姑娘。只见她个头不高，身材微胖，一张素脸，纹过眉，因没化妆，看上去略显生硬。细长的眼睛黑白分明，暗含着怨怼和谴责——被一位同案情相关的家属如此质询，还是张队长从警以来遇到的头一遭，他不由得有些急躁，于是端正表情，严肃说道：“人命关天的事，不能仅凭猜测……我和法医沟通过了，也想征求一下你们家属的意见，准备马上对死者进行尸检；只有利用科学手段，才能找出杨琼娥真正的死亡原因。”

杨琼芬愣了一下，表情虽有所缓和，依旧怨气难消。

“孙大胜呢！他现在人在哪儿，我要见见他。我想当面问问，他咋就那么狠，对我大姐下如此狠手！”

“孙大胜？他回家啦，今早就放出去了。”

“放出去了？”杨琼芬叫了一声，“你们咋把一个杀人犯，说放出去就放出去。他要跑了可咋办！”

张队长起身，摆出送客的架势：“我说你这位姑娘，对我们的工作，咋口口声声都是质疑？没有证据，证明他孙大胜是害死杨琼娥的凶手，我们有什么理由羁押他！他跑？真要是凶手，他能跑哪儿去？就是跑到天涯海角，我们也能把他抓回来。要求尸检，就是孙大胜提出来的，他口口声声说要通过尸检，还自己一个清白。”

3

姥姥在家陪着国栋。孙大胜忽然回家，让姥姥既惊又怕。本想躲出去，但见杨琼芬偕杨琼菊、孟广才两口子，从门外闯进来，顿时有了底气。她伸手，朝卧室指了指。

孙大胜穿一件旧汗衫，一件肥裤头，被人从床上拎起来，摔到沙发上，仍旧是一副困顿不堪的样子。面对杨琼芬、杨琼菊两位小姨子的声讨，他只是听着，不敢吭声。

杨琼芬骂急了眼，冷不丁抬手，抽了孙大胜一嘴巴。这一嘴巴，抽得相当地道。不闻声响，指甲划过脸颊，只见孙大胜虚胖的脸上，顿时出现了五道血印子。

“孙大胜，你个牲口犊子，你把我大姐害死了，我跟你没完！大不了，我跟你同归于尽！”

坐在凳子上的孙国栋，见他父亲挨打，愣住了。他看看父亲，又扭头看看老姨，眉头微蹙。就连姥姥，也觉得有些过分，在一旁连拉带劝，却是偏拉一把，明显倾向自个儿闺女。

“她们的爹死得早，我又是个面糊身子窝囊命，拿不起放不下。家里家外，全指靠我那大丫头。你把她害死，倒不如要了我这老太婆的命。我那可怜的大丫头，操持完二丫头结婚，又帮衬着三丫头念书……这么多年，她待她俩恩重如山。长姐如母，难怪她们要跟你拼命。”

作为连襟，孟广才在孙大胜面前低三下四惯了，随手扯来一张卫生纸，递给孙大胜，意在缓和气氛。却心有忌惮，要同他划清界限。此时腰也不弯，那张卫生纸，就悬在孙大胜的鼻尖。

孙大胜并不为他的好意所动，而是面如死灰，一动不动地坐在沙发上。

孟广才抖搂着卫生纸：“小姨子挠姐夫，那是天经地义。

大姐夫，你甭介意。我大姐死了，国栋他老姨心里难受，难怪会对你这样。”

孙大胜抬头瞟他一眼，抽手将卫生纸扯断，擤了把鼻涕，壮硕的身子从沙发上弹跳起来，拍着大腿道：“说啥长姐如母！国栋他妈帮衬你们那么多，都是她一个人的功劳？那年头缝纫机紧俏，他二姨结婚，我送了一台，愣是一分钱没要。你杨琼芬从高中到大学，生活费谁给你出的？我和你大姐，两人工资加一块儿，不到三千，你大姐吃药国栋也吃药，这几年下来，我连件新衣服都没置办过……你大姐死了，你们心里难受，我他妈心里就不难受？还有你，孟广才，你在我面前充啥大尾巴狼，说啥小姨子挠姐夫天经地义，小姨子是姐夫的半拉屁股，不也是你跟我说的……你看老子遭难，落井下石，在一旁说啥风凉话！”

孟广才顿时窘住，觑眼看着姐妹俩，脸上赔笑，不敢作声。

杨琼菊一把将丈夫扯到一旁：“孙大胜，你别以为自己还是以前商务局的小科长，在外面吃香喝辣，在家里抖威风。我告诉你，我家广才再老实，以后也不吃你这一套。以后你就是一个杀人犯，你就等着吃枪子吧你！”

杨琼菊边说，边伸手在孙大胜的额头上点戳。孙大胜躲闪，嘴里仍旧不干不净。杨琼芬跨前一步，薅住他的汗衫领口，厉声问：“孙大胜，你刚才骂谁？”

孙大胜明知斗不过她们，翻翻眼睛，嘴唇嗫嚅，不敢说话。忽然挥手，左右开弓抽起自己的嘴巴来。边抽，边咬牙切齿地说：“杨琼娥，你就是不想给我留活路。你咋就那么任性，说死就死！撇下我们爷儿俩，你就忍心看她们冤枉我！”

国栋走过来，捡起丢落在地上的卫生纸，动作虽笨拙，却认真地为他父亲擦拭着脸上的血渍。孙大胜情绪失控，一把将儿子抱住，放声号哭起来。

一个大男人的哭声，本已让人消了些怨气，孰料孙大胜又犯起浑来，仰天长啸：“滚，都给我滚！这是我家，以后，你们谁也不要登我家的门！”

孟广才搀着岳母，杨琼菊和杨琼芬二人随后，朝门口鱼贯退去。

关门的那一刻，杨琼芬从门外探头进来，伸着一根指头，指戳着孙大胜：“孙大胜，你等着，本姑娘跟你没完。不管你是孙大圣，还是天王老子，咱们走着瞧！”

门“砰”的一声，从外面关死。

孙大胜愣着，意识到自己方才的鲁莽。心里后悔，又有些不甘。眼巴巴瞅着儿子，鼻音浓重地问：“国栋，你饿吗？饿了爸给你下碗面条。”

4

第一次尸检报告下来，已是秋凉的天气。杨琼娥的死，俨然已成旧话题，被大家翻篇儿了，接下来对死因的认定，才是人们茶余饭后热衷的谈资。

“听说，公安局派人带着尸体样本，去了北京，做了一个叫什么‘毒化物’的检验？”

“咋去了北京？咱们当地公安局，没这方面的手艺吗？”

“不是没这方面的手艺，毕竟人命关天。为了使检验更加精准，法医秦琼亲自去的。”

“秦琼？就是那个老婆最近跟人跑了，经常借酒浇愁的秦琼？”

“没错，就是他，法医科科长。”

“你门路挺广，咋认识他的？”

“也不算认识，就是在饭店喝酒，碰过几回面。这家伙喝酒没啥品行，有一回，我俩差点吵起来……一位酒鬼法医，整天迷迷瞪瞪，难怪把尸检报告给整错了。”

“咋整错的？”

“具体咋错的，我也说不清楚，反正是错了。听说，老杨家的人，对这份尸检报告不认可。杨家的三丫头，在公安局闹得可凶啦。”

“杨家的三丫头？大丫头二丫头我认识，三丫头没见过。”

“比她的姐姐们可是厉害多了。仗着自己有文化，挑理头头是道。她还放狠话说，不把她大姐夫孙大胜弄进监狱，这辈子誓死不嫁。”

“她多大了？在哪儿工作？说话这么硬气，上边应该有人吧？”

“二十八，快三十了吧……有啥人呵，听说大学毕业，找个工作也不咋地。有人在省城见过她，在酒店卖酒，把客人都给喝趴下了。”

杨琼芬见过一次法医秦琼。提取尸体样本之前，在张队长的主持下，秦琼曾专门就尸检的种种事项，对家属做过一番详细解释。

所谓尸检，意在检测尸体中的药物成分。杨琼娥的尸体中，到底有没有药物成分？是什么药物？这种药物能否迅速导致她的死亡？弄清楚这些，杨琼娥究竟是服药自杀，还是暴力致死，便会真相大白。

杨琼芬认真听完了法医论述，当时只觉得他神情涣散，高颧骨上，隐伏着一丝丝蛲虫样的血丝，一副宿醉的模样。但他的口齿还算利落，对专业术语的解释也十分认真，便没做多想。

现在，当杨琼芬手里拿着一份尸检报告的复印件，默读一遍，再想想法医当时的样子，心里除了愤懑，不由得感到一阵阵气馁。

“依据对死者血液和尿液的检测，死者每毫升血液和尿液当中，含有2100微克氨基比林，160微克咖啡因。据此认定，死者杨琼娥，系口服氨基比林咖啡因药物约40片，中毒死亡。”

天色暗沉。透过窗户，杨琼芬看见母亲胳膊上挓一只篮子，从院门口慢慢走进来。她又去给国栋送饭了。虽说当时，被大女婿扫地出门，却一直对外甥放心不下。每天变换着花样，做好不重样的饭菜，拐几条街，送到门口，也不进门，敲几下便走。每次做饭前，都会掐算着斤两，饭菜做少了，唯恐国栋吃不饱；做多了，便会咬牙切齿地诅咒几句：你孙大胜若是吃一口我做的饭，不是噎死，就是呛死。

母亲进屋，揿亮电灯。看着发呆的杨琼芬，脸上是一副疑惑不解的神情。

“咋回事？你大姐家那么热闹，聚了一屋子人，吵吧喊的。你大姐刚死，他孙大胜别不是要操办喜事吧？”

杨琼芬沉默。心里明白，此时的孙大胜，定然也会收到一份内容相同的尸检报告。

门外传来一阵脚步声。杨琼菊、孟广才两口子随后进来。

杨琼菊显然听到消息，惊诧地问：“咋会这样？他孙大胜，不会是给公安局送了礼吧！”

孟广才说：“听说收到尸检报告，孙大胜装模作样大哭了一场，说公安局是他的青天大老爷。”

屋外传来阵阵爆竹声。西北方向的夜空，随即被焰火照亮。母亲走到窗口，扒着窗玻璃朝外看，嘴里嘀咕：“不年不节的，没事放啥炮仗！没听说谁家操办喜事呀，这两天，又不是黄道吉日。”

“准是孙大胜放烟花庆祝呢。他还放出话来说，要请街坊四邻到他家喝酒，为他证明清白。他老姨，咱们这次，人可是丢大了！”

孟广才说着，蹲在杨琼芬对面，一脸沮丧。

杨琼芬眼前一黑，转过身去，想将手中的尸检报告放入抽屉。无意间，脑子里忽地起了一个闪念，她瞪大眼，想认真再看一遍尸检报告的内容，怎奈二姐挡在她身前，身体遮住灯光的大半，使那纸面上，落下一层碎屑般的暗影。她伸手，粗鲁地推开了她。

暗影消隐。白纸黑字，瞬间被灯光擦亮。“依据对死者血液和尿液的检测……”怎么会有尿液？从大姐的身上提取样本时，包括孙大胜在内，所有亲属都被挡在门外，她却能想象到大姐躺在铁床上的样子——杨琼娥赤身裸体，双目微闭，似在假寐，实则死不瞑目。他们剖开她的身体，取走她的胃，他们从她的腹腔中提取凝固的血液，又从胃里提取残留的胃液……可提取尿液，又有什么用途？况且她记得非常清楚，秦琼读那份尸体样本清单时，根本就没提到“尿液”二字。

杨琼芬心跳加快，霍地转身，看着杨琼菊。

“这份报告有假！他们果然在糊弄咱们。他孙大胜当了多年的供销科科长，手眼通天，保不准会施什么下作手段。”

5

张队长的解释，听起来有些词不达意。他避开家属，找来秦琼私下问话。

“去北京那两天，你没喝酒吧？”

秦琼起初否认自己喝酒，直到张队长指明检验报告中那处明显错误，秦琼这才不得不承认。他说自己在送交尸体样本后，觉得没啥事，确实和北京的朋友喝了一晚上酒。本来，第二天上午拿到尸检报告，能提前一天返回滦州，结果喝酒误事，错过车次，只好第二天返回。

张队长责备他道：“你说你，老婆跑了就这么一蹶不振？去了红的来绿的，老婆还可以再找。去办这么重要的事，咋还忘不了喝酒。”

秦琼重新看了一遍尸检报告，摆出一副无所谓的样子：“笔误！纯属笔误，医生把‘胃液’写成了‘尿液’。放心好了，医生跟我是老熟人，专业方面没的说。以前检测尸体样本，和他打过十几回交道，肯定不会出错的。”

张队长说：“把报告写成这样，还说不会出错？”

秦琼梗一下脖子：“只是笔误，又不会影响分析结果，没啥大不了的。”

张队长正色，想说什么，却只是“哼”了一声，不想和他申辩。

打电话到北京求证，对方承认说是笔误。

“笔误”也好，“失误”也罢，却被杨琼芬抓住把柄，让人再次领教了她嘴皮子的厉害。

“笔误？人命关天，你以为这是给你们领导写报告？即便给你们领导写报告，出了笔误，会不会丢了头上的乌纱帽？你们不总说人民警察爱人民吗？你们就是这样‘爱’人民的？把人民的生命当儿戏？你们配穿这身警服吗？”

杨琼芬手指点戳着那份尸检报告，好像直接戳在张队长的脸上。

“这不仅是笔误的问题，更大的问题在这儿——我问你张队长，你犯过头疼脑热的毛病吗？对药的属性做过专门调查吗？知道‘脑清片’的成分是啥吗？不清楚的话，我给你普及一下。脑清片，成分为氨基比林咖啡因，用于缓解感冒、上呼吸道感染引起的发热、头疼等症状。即可用于神经痛、风湿病、牙疼还有月经痛……说白了，就是普通的止痛药。一个体重130斤的成年人，吃40片止痛药不至于死人吧？况且，我看过那瓶药的出厂日期，都过期半年了。这不是砒霜，不是敌敌畏、氰化钾吧？就算吃了敌敌畏也还有半个小时的抢救时间呢，大不了，烧得满嘴燎泡，就算死人，我大姐也未免死得忒快了点吧?”

杨琼芬的嘴里像剥豆子一样，疑问一个接着一个；又像在背书，显然是有备而来。张队长哑口无言，只能赔笑。脑门上浸出的热汗，并非天热的缘故。对杨琼芬最后提出的要求，想都没想，连连表示认同。

杨琼芬继续得理不饶人地发出警告：“这份尸检报告，漏洞百出，自相矛盾，你说我们能认可吗？我请求你们公安局，找更专业的尸检部门，重新给我出一份报告……给我一份文字说明，别跟我整那些没用的口头承诺。”

对于杨琼芬提出的要求，公安局领导也很重视，遂打了一份报告，请市局派有经验的法医，专程来滦州进行第二次尸检。

市局来的法医素质很高，工作效率自然也高。当天抵达，当天下午便开始工作。晚上十点半左右，一份新的尸检报告，再次递交到杨琼芬手中。

大家坐等在公安局的会议室里，无不神情疲惫，睡意丛生。报告本该明天公布，因市局派来的法医明天另有任务，急着上路；又考虑到死者亲属心情迫切，再有什么疑问，也好当面探讨。

尸检报告还未来得及细看，走廊那头，传来孙大胜的哭声。

“还想咋的？她们还想咋的……”

杨琼芬一听，不由得后背生凉。将尸检报告拿在手里，认真看了一遍。因有先前的经验，况且此前，她通过同学的关系，找了一位从事这方面工作的专家，电话中详细询问过与“尸检”相关的所有程序。面对这份尸检报告中，杨琼娥的死因仍是“药物中毒导致死亡”这一结论，虽有无奈，并不至于气馁。她再次悄悄拨通电话，向那位专家咨询。在专家的授意下，她随即向警方提出疑问，只不过，面对市局派来的法医，说话的口气听上去客气多了。

“尸检并非儿戏，需要取样、化验、分析、测算、讨论……我虽然尊重你们的工作，也对你们付出的辛苦表示感谢，但这份结果，很难让我信服。我说一下自己的意见，我对这份报告不认同，真的很难认同……”

杨琼芬如此客气的否定，换来法医耐心而又从容的解释：“我们是严格按照规定做的尸检，既然你不认同，我们也不会发表任何意见。”

本地一位副局长有些厌烦，以开玩笑的口吻道：“市局法医给出的报告你不认同，那还想咋整？”

杨琼芬说：“咋整？重新做尸检呗。除了做第二次尸检，你说还能咋整！”

“重新做尸检？尸检程序大致相同，难不成，把省厅、公安部的法医都给你请来？我们可没这个能力。”

杨琼芬看他一眼，道：“我也不想指望你们公安局了，我要自己联系复检单位。”

此言一出，举座震惊。

孙大胜撒起泼来：“你还想咋着，你还想咋着！市局的法医都给请来了，折腾了大半宿，你还信不过人家？我们这一家子，死了一口，你非要把我也逼死？逼得我上吊，剩下你那傻外甥，你能落下啥好儿？”

杨琼芬挑一挑眼皮，绵里藏针地问道：“孙大胜，莫非你心里有鬼？”

“我心里有鬼……我心里有啥鬼？”

“你心里没鬼，咋这么怕我重新做尸检？”

孙大胜不搭腔，转身离去。边走边说：“你做！有能耐，你把你大姐的身子揪碎了，运到联合国去做。有能耐，你把天捅个窟窿，把黑的说成白的。大不了，就是我孙大胜挨颗枪子的事儿。”

6

杨琼芬独自去了一趟省城，又从省城去了一趟北京。此行目的，一是要将自己眼下的工作做个了断，更为重要的是，她在同学和那位专家的帮助下，几经辗转，联系到一家能够让她认可的复检单位。详细问明情况后，杨琼芬再次返回省城。她有一位男友，关系维持近半年，已到谈婚论嫁的地步。

当晚，杨琼芬将男友约出来，找了一家火锅店。

男友问:“看你挺累，喝点不?”

杨琼芬说:“喝点就喝点。”

一杯酒下肚。杨琼芬问:“你还着急跟我结婚吗?”

男友说:“当然急了，急得我都‘尿醋’了。不是在你这儿卡着嘛，非要我先买房。房子咱俩看过了，父母给的首付款刚打到我卡上。”

杨琼芬点头，话题急转直下，简单讲了一下家里忽遭的变故。男友听后，一脸沮丧:“这么说，结婚还要等一阵子了?”

杨琼芬说:“不用等，咱俩马上就能结婚。我的意思是，咱俩先结婚，至于房子，先租个地方住。买房的钱，你先拿出来借我用用……等我把大姐的事料理清楚，慢慢想办法，再买房。”

男友愣住。搛起一筷子羊肉，涮料没蘸，送到嘴里，好似被烫着。沉吟半晌说:“买房的钱，是我爸妈的全部家当。是他们种大棚蔬菜，一分一厘攒起来的，是给我娶媳妇专用的。这笔钱借与不借，我还真做不了主，得跟我爸妈商量一下。”

杨琼芬等了一天，未等到男友的电话。主动打过去，对方关机。第二天早起，她便坐上返回滦州的火车。

慢车一站一停。车窗外的农作物与植物，青绿、枯黄间杂。缓慢的旅程，好似延缓着季节的更替，也好似，让她在经历巨大的心理波动之后，心情变得舒畅起来。她时而闭眼假寐，时而眯缝着眼，看对面一对喁喁相谈的情侣；时而又将目光投向远处，长时间发呆……只当火车即将在滦州站停靠，她忽地背起行李，站在车厢连接处拨通了电话。

“喂，哪位?”对方问。

“是我，我的声音都听不出来了?”她嗔怪地说。

“哦，小芬哪，你咋换号了？你在哪儿啊?”

“我在火车上，马上到站了。陈世成，你找个地方，咱俩今晚聚聚吧。”

对方问:“还招呼其他同学不?”

她答:“不跟你说了吗，就咱俩。谁也甭招呼，我有正经事跟你商量。”

陈世成选定的聚餐地点，是在“滦州剧院”旁边的一家餐馆里。从剧院门前经过时，看见一块巨幅海报，悬挂在门楼上方。海报上画着一位民国时期村姑装扮的女子，手捧一纸诉状，目光凛然，望向远方。陈世成的开场白也与这幅海报有关。

“小芬，你知不知道，现在你都成滦州名人了。”

杨琼芬一脸困惑。

隔着橱窗玻璃，陈世成朝那幅海报指了指。

“这几天，不是冀东文艺‘三枝花’会演嘛，县里把评剧大家徐文月都给请来了，专门演了一场《杨三姐告状》。有人说，这出评剧，好像是专门给你演的，说你是现代‘杨三姐’。你们虽身处的时代不同，却都姓‘杨’，排行第‘三’；都是因为姐姐的死，开始打官司告状。”

杨琼芬苦笑。喝掉杯中酒，杯子一撂，赌气似的说：“去去去，别跟我整那没用的。陈世成，我问你件事，你和你老婆还有复婚的可能吗？”

陈世成身子后挫：“复婚？好不容易逃出虎口，我岂能再入狼窝。”

杨琼芬眼巴巴地瞅着他：“你们若没复婚的可能，那你能娶我吗？”

陈世成愣住，拔直腰背，问：“真的假的，你想通了？我的妈，从初中我就追你，你说能不想吗？做噩梦都想。”

杨琼芬一脸严肃：“陈世成，我没跟你开玩笑，我是认真的。”

陈世成与她隔桌相望，表情也渐渐严肃起来。

杨琼芬低头：“陈世成，我知道你事业有成，身边不缺女人，可我想嫁给你……实话跟你说，其实，我有自己的目的——我现在急需一笔钱，给我大姐做第三次尸检。你说跟谁去借？身边都是穷亲戚。现在唯一的办法，就是选择跟你结婚，你给我出这笔钱，也不至于抱太大委屈。”

陈世成说：“至于这样吗？照你的话说，我都快成了‘逼良为娼’的人了，以后咋跟同学们交代。”

杨琼芬嗔他一眼，表情虚弱：“人家把话跟你说到这个份儿上，能不能听你说句实话？”

陈世成不接她的话茬，虚张声势道：“小芬，这就是你的不对了，你直接跟我说借钱不就得了，凭咱俩的关系，我哪敢说个‘不’字。”

杨琼芬羞赧一笑，道：“人家跟你在说正经事呢！”

陈世成笑了，一脸得意的样子。

她将二人的酒杯分别斟满，身子仰靠在椅背上，叹了口气："陈世成，我太累了，真的折腾不动了，真的想嫁人了。'东西'是'新'的好，人还是'旧'的好。想来想去，觉得你这位老同学加老情人，老上加老，也算最好。况且你结过婚，我呢，还是黄花大闺女，差了管退。娶了我，你也不算吃亏。等处理完我大姐的事，我就准备留在滦州，好好跟你过日子。"

陈世成表情端正起来。说道："好！那就这么定了。从现在起，你大姐，就是我大姐，不管别人背后说啥风凉话，我都会支持你。我知道大姐自小疼你，她死得不明不白，你不查个底儿掉，肯定不死心呀。"

7

一位戴白色橡胶手套的法医，正在从专门用来储藏尸体样本的冰柜里取东西。"血液样本一号，肝脏样本二号……"他嘴里每重复一种样本编号，便会认真打量一眼手上的物件。由于戴着口罩，声音听上去含混不清。站在他身旁的另一位法医，动作慢了半拍，好像没睡醒的样子。每接过一件样本，也会同样侧头查看，而后在一张表格上认真登记。

杨琼芬、孙大胜一干人等，隔着一扇玻璃窗，从外朝里看。看见两位法医忙到最后，竟面面相觑起来。那位抓笔登记的法医一脸困惑，从里面出来，将张队长拽到一旁，悄声耳语几句。

张队长失口叫道："胃呢？那么重要的东西，咋有可能找不到……"意识到自己失言，赶忙闭嘴，朝杨琼芬看一眼，走到她跟前，沉吟半晌说："今天，你可能去不成北京了。"

杨琼芬问："咋回事？"

"你别急，先回家等着，等我查明白情况，再跟你说。"

尸体复检所需的重要器官——死者杨琼娥的"胃"，竟然找不到了。更为荒唐的是，翻遍所有记录，也不见登记造册。

如此重要的事怎能瞒得住？杨琼芬自然不肯回家。这天，她穿一件浅灰色风衣，化着淡妆，只等带上尸检样本，专程赴京。出了这样的差错，她便在公安局撒起泼来，拒不接受办公室主任的好言相劝，也不去休息室，她要让所有人听到她愤怒而悲伤的哀嚎。

"一个人就一个胃，没了胃，你说这尸检还咋做？咋能证明我大姐吃没吃药！秦琼你个王八蛋，你给我滚出来，还我大姐的胃！第一次去北京，你不是亲口告诉我去做病理的吗？送检样品里竟然没有胃，压根就没有，你压根就没带着胃去！这还用说？那份尸检报告肯定是假的。你是不是收了别人的贿赂，和凶手串通一气，先做假结论，看掩盖不住，又毁'胃'灭迹，消除罪证。没有了胃，难怪第二次尸检做得那么草率。你们把我们小老百姓，简直当猴儿耍呀！"

秦琼正在反省，已被调离法医科。虽主动戒了酒，却难掩一脸晦气，躲在一间没挂标牌的屋子里，无颜面对一脸肃然的张队长。

问起“胃”的出处，秦琼自知责任重大，无须遮掩，坦白道：“第一次做完尸检，医生问我需不需要保留？我稀里糊涂的，随口说不用了，留着那玩意又有啥用……”说到这儿，秦琼叹了口气，“谁知道哇，这次尸检，会生出这么多枝节。我也算自作自受，你们领导，该咋处置就咋处置吧。”

张队长问：“你和孙大胜以前认识吗？”

秦琼一愣，明白张队长话里有话，连声说：“不认识，真的不认识。现在只是面熟，你们可以去调查。”

张队长叹口气道：“出了这么大事故，家属又这样豁出命来跟咱们闹，领导肯定招架不住。万幸，你和孙大胜以前不认识……也没其他办法可想，你先回家待着，别和死者家属碰面。等我和领导商量商量，看能不能想出其他补救办法。”

秦琼想说什么，听到外面传来哭闹声，随即沉默下来。他想悄悄走掉。刚一出门，杨琼芬不知打哪儿冒出来，身后跟着孙大胜在内的一干亲属。杨琼芬疾步上前，一把揪住秦琼的衣领，挥手要扇耳光，却一下掀掉戴在秦琼头上的帽子。一边责骂，一边作势，扬言要扒掉秦琼身上的警服，让他光屁股走出公安局大楼。

孙大胜站在一旁，一脸焦虑。看他的神情，好像已和杨琼芬尽释前嫌，此刻成了站在同一战壕里的战友，嘴里表达着同样的愤慨。

“这身警察衣服你穿着也配？扒掉算了。你说你把我媳妇的胃给整丢了，分明就是要我背一辈子黑锅。当时我咋跟你说的？去北京做完检验，无论如何，也得把那些玩意给我带回来，也好让我媳妇落个全尸。你嫌麻烦，你给我开个证明，我自己去取呀。实在不方便，我买个盛冰棍的箱子，也能背回来。这下可倒好，你不但没带回来，还把它扔垃圾桶里了。心也忒狠！让我媳妇落不着全尸，分明想让她们一大家子人，活活冤枉死我！”

办公楼内一片混乱。局长亲自出面，安抚死者家属的情绪，对秦琼的渎职行为，表示一定要严肃处理，并承诺说，他们已就此事向省公安厅详细咨询，省公安厅的相关技术人员回复说，没有“胃”，还有其他器官，尸检照样可以做。公安厅不日将派人去一趟省城，将省专家接到滦州，为死者杨琼娥做第三次尸检。

8

半个月后，省公安厅的一位主任法医师，一位副主任法医师抵达滦州，为死者杨琼娥做了第三次尸检。

按照尸检报告中所说，此次尸检，因尸体的某些器官已经腐烂，再加上没有了“胃”，只能提取死者肝组织与肺组织的样本进行检测。至于对胃液的检测，也只能参照以前的检验结果，以及死者生前口吐白沫、浑身抽搐等症状，做出如下分析结论：

死者杨琼娥，完全符合氨基比林咖啡因中毒的临床表现。为药物中毒身亡。

事后人们议论说，也真够难为公安局领导的。按照常理来说，这第三次尸检结果，不可谓不严谨，也不可能存在徇私舞弊的嫌疑。你想呵，他孙大胜又不是什么皇亲国戚，有谁愿意为了包庇他，丢了自己头上的乌纱帽？完全可以认定，第一次尸检的错误，注定是个“笔误”。弄丢了“胃”，只是法医秦琼玩忽职守所导致，不会藏有别的猫腻。

杨琼芬对第三次尸检结果仍不认可。

不认可的理由，不知是她自己想出来的，还是背后有高人指点。

她提出异议说：“对于胃液的检测，只能参照以前的检验结果，这不自相矛盾嘛！以前的结果都是秦琼伪造的，那这次的尸检结果，又有什么意义？你把一种结论建立在‘假’的基础上，你说这样的结论，能站得住脚吗？”

她说得似乎很有道理，也似乎，有那么一点鸡蛋里挑骨头的意思。

公安局领导料定她不会善罢甘休，便从外围展开攻势，先做其他亲属的思想工作。据说，已经通过环卫局，给她二姐杨琼菊安排了一个较好的工作岗位；又据说，准备给她二姐夫孟广才在城市管理行政执法局安排一个工作岗位，省得他天天蹬着三轮，满大街去说三道四。至于做思想工作的效果如何，眼见得杨琼菊和孟广才两口子老实多了，能管住自己的嘴巴了；还据说，孙大胜带着他的傻儿子，给丈母娘和他的小姨子们去下跪了。孙大胜不求别的，只求让他老婆早日入土为安。说到“入土为安”，老太太似乎也有点坐不住，和杨琼芬吵了几次。杨琼芬现在等于众叛亲离。老太太毕竟年岁大了，想得比较周全，她说："即便能把孙大胜送进监狱，咱们又能落下啥好儿？以后你那傻外甥谁管？难不成，你想养他一辈子？"

杨琼芬仍不肯松口。有点走火入魔、误入"歧途"的意思。也有那么一点"咬定青山不放松"的劲头。

她这劲头，显然用错了地方，失道寡助，也得不到任何人的同情。对待她这种人，也难怪公安局态度强硬。领导一再表示，鉴于此事影响恶劣，必须到此为止，已经向死者家属下达了尸体火化的通知。

上午十点钟左右，杨琼芬起床，不去洗漱，而是站在窗前，神情落寞地看着窗外的落雪。

母亲正在院子里扫雪。雪扫去一层，便会落下一层，不知这徒劳的清扫，又有什么意义。国栋站在一棵柿子树下，手握一根竹竿，正在打柿子。

院子里的这棵柿子树，每年都会结满柿果。树冠底部的柿子，伸手就能够到，留在树顶的柿子，一是够不到，二是即使用竹竿打下来，也会在泥地上摔个稀烂，还不如干脆给鸟雀留一口吃食。等到冬雪下来，枝头的柿果像燃尽的灯笼，复归黯淡，果肉却变得愈发甘甜。国栋前几天跑到姥姥家，吃得饱穿得暖，就赖着不肯走了。他眯眼，仰面向天，漫天飞雪中看不清目标，只是胡乱挥打。不时有冻得硬邦邦的柿子，"噗通噗通"落在地上，溅起一层层雪沫。

手机响了。杨琼芬看也不看，将手机丢在一旁。她心里明白，电话是公安局打来的，通知她下午两点开会。昨晚，张队长已事先和她通了电话，苦口婆心地劝她："别任性了，明天的会议，你参不参加，都不会影响领导做出的决定。开会只是走个过场，也是下最后通牒——杨琼娥的尸体，13号上午必须火化。"

国栋用袄襟兜着柿子，从屋外跑进来。撩开炕被，将柿子摆放在炕头。不待融化，拿起一只，用变声期的嗓音问："老姨，你吃不吃？"见杨琼芬不理他，便盘膝坐在炕上，兀自吃起来。他用一只勺子，戳破柿子表皮，剜出里面的果肉，嘟嘴，吃得津津有味。吃完一只，将柿子皮摆在炕沿上，不时吸溜一下流到嘴角的鼻涕。

母亲回屋，掸掉落雪，忧心忡忡地看了杨琼芬一眼。见炕沿上摆着四五片柿子皮，惊叫一声，挥起笤帚，作势要打。嘴里骂道："你个记吃不记打的东西，早起吃了仨鸡蛋，又吃这么多柿子，知不知道，柿子和鸡蛋混在一起吃有毒哇！别再把你给毒死了。把你毒死，倒也省心，只是你爸个龟孙，又会来我们家找麻烦。"

国栋一边躲闪，一边不高兴地说："姥姥，你别骂我爸爸成吗？"

姥姥说："我就骂他。你个吃里扒外的东西，吃着我家的，还忘不了护着你爸。"

国栋不恼，反倒笑起来，认真说："姥姥，你看我吃了这么多柿子，啥事没有。要不你也吃几个，看会不会毒死。"

听了国栋的混账话，站在一旁的杨琼芬，先是皱皱眉头，然后憋不住乐了。她拿起手机，先是给陈世成打了一个电话，随后，开始洗漱。

不多时，杨琼菊和孟广才两口子从外面进来。也不说话，一个闷头坐在炕上，愁眉苦脸地看着国栋；一个蹲在火炉前，专心致志地捅着炉条，一铲一铲地往炉子里添煤。略显清冷的屋子里，瞬时变得暖和起来。杨琼菊偷看一眼对镜梳妆的杨琼芬，见她洗完头，用吹风机吹干齐肩长发，又端着眉笔，描画眉毛。描完了眉，又用玫红色唇膏涂嘴唇，略显肥厚的双唇努着，抿磨几下，抵近镜前，用指尖将多余部分擦掉。

梳妆完毕，杨琼芬穿好衣服，拎起一只黑色女士坤包，招呼不打一声，就走出门去。

母亲坐在炕头，打起了瞌睡。国栋好像柿子吃多了，肚子果真疼起来，埋头趴在姥姥身边。蹲在炉子前的孟广才，冲杨琼菊使个眼色。杨琼菊这才醒悟，赶忙下炕，趿拉着鞋，追到门口，冲着杨琼芬的背影喊："老三哪，大雪泡天的，你干啥去呀？"

杨琼芬头也不回地说："陈世成约我喝酒。"

杨琼菊一愣："下午两点公安局开会，你可别忘了！"

"忘不了！"杨琼芬说着，已走出院门，穿米色羽绒服的身影很快消失在雪幕中。

杨琼菊回屋，望孟广才一眼，似有不满："这么重要的事，还跟人出去喝酒，也不知咋想的。别不是，又在想啥幺蛾子吧？"

下午一点半左右，杨琼菊和孟广才两口子来到公安局会议室。母亲想随同前来，但风雪阻路，只能陪国栋待在家里。

孙大胜随后也到了。

宽敞的会议室里，三人隔桌而坐，互不搭理。一位年轻警员在一旁忙碌，摆完桌牌，又往每一只茶杯里填放茶叶。孙大胜表情拘谨，话显得有点多了，想必他已对会议内容了然于胸，看完桌牌上的名字，知道这次参会的人员，除了公安局局长、县政法委副书记，其他几个人的名字，却是闻所未闻，他问年轻警员："这是哪位领导?"警员告诉他，是从市局专程赶来的领导。"这位呢？""报社记者。""这位呢？"年轻警员烦他，也不答话，捅捅他的后脊梁骨，朝椭圆形会议桌对面指了指："这是领导的座，你是家属，坐对面去。"

孙大胜讪讪地坐到对面。隔着两把椅子，和孟广才、杨琼菊并排坐着。听到孟广才和杨琼菊悄声说话。随即，杨琼菊开始打电话。

"到哪儿了？一会儿就该开会了，你咋还不来呢?"

放下电话，杨琼菊走出门去。

年轻警员出门去打开水。此时，会议室内只剩下二位连襟。两人无意中对望一眼。扯开烟封的孙大胜，见孟广才冲他一笑，拉长着脸，顺势丢一根烟过去。孟广才接了。二人刚将烟点着，被回来的警员瞧见，呵斥一声："会议室不能抽烟，想抽去外面抽。"二人赶紧将烟掐灭。

杨琼菊迎到妹妹时，恰好看见她从"惠康药店"走出来。

雪越发大了。断续的雪片使眼前的街景变得疏离，杨琼菊察觉到妹妹的一丝异样。只见她面颊绯红，目光冷凛。一张红唇，在白雪映衬下显得愈发娇艳。走路的姿势磕磕绊绊，显然喝了不少。她也不好抱怨她什么，反倒觉得她有些可怜。走到现在这一步，妹妹的工作不仅丢了，听说，还想嫁给离了婚带着一个孩子的陈世成……她跨前几步，挽住妹妹的胳膊，嗅到一股浓烈的酒味，不禁忧心地问道："没事吧？喝这么多，过会儿开会，好多事还要等你拿主意呢。"

杨琼芬一副醉态，连连说："没事没事，有事才怪呢。喝了八两，哪会有事！"身子倚在姐姐身上，嘻嘻笑着，朝身后指了指，"陈世成陪我喝了半斤，想不到就喝趴了。现在，还在饭桌上吐呢。"

三点一刻，她们赶到会议室。

领导们已经到齐，正襟危坐在会议桌旁，显然正在等着她们。家属就座后，会议这才开始。由张队长主持会议。先介绍莅临会议的各位领导，又介绍在座家属。介绍到杨琼芬时，只见她起身，冲对面深鞠一躬，复又坐下，脸上醉态全无，表情变得肃静而安然。张队长介绍完毕，又简单介绍了第三次尸检的过程。随后，公安局局长做总结性发言，宣布此次会议的重中之重："尸体明天上午十点，必须火化。"口气虽不容置疑，却仍是要按照惯例，征询在座家属的意见。

孙大胜自然举双手拥护，说了一番感激涕零的话。

这边厢有些冷场。杨琼芬端着空茶杯，正去往门口的暖瓶处续水。杨琼菊刚想开口说话，她已回到自己的座位旁，也不坐下，只是站着，身子微微摇晃，一副醉醺醺的样子。但代表这边家属讲话的人，非她莫属。

此前，领导讲话期间，她一杯又一杯地喝着水，脚步踉跄，频频去门口续水，给人造成一种错觉，好似游离在会议内容之外，并未把领导的讲话放在心上，此刻站着，显然要成心捣乱。

杨琼芬顿了顿，开口说道："领导做出的决定，我也没啥意见。这一年多下来，确实给领导们添了不少麻烦……作为死者家属，我只有一个小小的请求，希望你们领导和专家给我一个明确答复——40片过期的止疼药，会不会在半小时内致人死亡？"

话已说完，杨琼芬站得更加坚定，环视着对面。

对面无人应答，目光纷纷躲闪开去。

"你们只需要回答我这一个问题——40片过期的止疼药，会不会在半小时内致人死亡！"

杨琼芬敲一下桌子，再次重复了方才的问话，口气变得咄咄逼人起来。

仍旧无人应答。

这问题若细究起来，说简单，也并非那么简单，甚而有一点刁钻。坐在会议桌对面的领导，不经意间互相看一眼，目光游离。那位抓笔记录的报社记者，此时停笔，手托下颏，呆呆地看着杨琼芬。

沉默中，时间好似凝固。

杨琼芬又去门口续了一杯水，步伐稳健。

谁也未曾料到，等她返回座位，放下水杯，手中不知怎么就多了一只白色的药瓶。她嘴角微翘，表情轻蔑，使那红唇显得愈发生动。她遽然旋开瓶盖，用指尖戳破顶部瓶封，从那药瓶子里，倒出一把乳白色药片。蜷在掌中，一仰脖，全部磕进嘴里。

由于药片数量过多，她腮帮鼓凸，意欲吞咽，细瘦脖颈上暴起根根青筋。硬生生实在吞咽不下，便擎起茶杯，吞一口茶水，意欲用茶水将药片送服。茶色水汁从她的嘴角溢出，唇角带出一粒白色药片，她便伸出舌尖，擩进嘴去。再次仰脖，这一次，直接将剩下的药片全部磕入嘴里。只听到那药瓶子发出一阵“哗啷啷”的声响，旋即落在会议桌上，弹跳一下，跌进会议桌中间塑料花簇拥的凹槽中。

杨琼菊率先站起来，叫一声：“妈吔，你想干啥呀！”上前捽住杨琼芬，意欲阻止她的举动。主动权却已掌握在杨琼芬手中，姐姐的阻止，不起任何作用。

杨琼芬闭紧嘴巴，再次端起茶杯，如法炮制。怎奈茶水已被她饮尽，她便唇腮鼓动，一边咀嚼，一边吞咽，看上去像一个饥饿的人，意图通过药片，来缓解她的饥饿——实在勉为其难，干涩药粒和嚼碎的药沫封住喉咙，引发阵阵干呕。她身子弓着，止不住咳嗽，又唯恐将药片咳出来，便用手紧紧捂住嘴巴。

杨琼菊拧着身子，面向领导，欲哭无泪地说：“她想自杀……她吃了一瓶子药，她想死，你们快救救她！”

一屋子人全都骇住，呆若木鸡般愣着。

杨琼芬终于将整瓶药吞完，然后迅速恢复常态。抬手在唇间抹了一把，先前涂得规整的红唇，顿现满口“血污”的惨状。她弓身站着，手杵桌沿，冲对面的领导狰狞一笑。

“你们不是说我姐吃40片过期的药就能死吗？我倒要让你们看看，我刚才吃了100片药，从惠康药店刚买的，氨基比林咖啡因片，看能不能死。你们不信，可以到药店去查……”

说罢，泪眼迷离看着她的姐姐，“姐，我吃了这100片药，要是死了，咱这官司就不打了，就当我给大姐陪葬，也算大姐没白疼我一回。如果我死不了，咱倾家荡产，也要把这官司打下去。人命关天，和谐社会，我就不信，没人替咱们主持公道。”

说罢，她身子摇晃，忽地歪倒在会议桌下。

黄昏时分，雪就停住了。朔风吹过，小城内腾起阵阵雪烟。清冷的街道上不见行人，这城市，看上去更像是一座冰封的空城。幸亏路灯提早亮了。随着路灯燃亮，千家万户灯火氤氲，使这平原腹地的小城，孤寒中平添了几许暖意。

县医院的急诊室内，灯火通明。乱作一团。

先一步收治的病人，是一位跟老婆怄气，吃了耗子药的中年男人。这男人身材壮硕，裸着上身，胸脯上胸毛浓密。看上去是条汉子，却极为怕死。不待医生将胃管插入他的口腔，他便将手探进嘴里，自行救治起来。等插入胃管，便是一阵惊天动地的呕吐，完事后，躺在床上动也不动，泪眼婆娑地对医生说：“大夫，我还觉着恶心，好像没吐干净。你能不能再给我洗一次胃。”他老婆是位干瘦的黄脸婆，表情木然地站在一旁，说：“死不了你呀！那包耗子药，都买一年多了，说不定药效早过期了。”

杨琼芬被摁倒在洗胃床上。有警察陪护，别人也不知她什么来头，起初将她当成一名犯人，见她视死如归，更是有些不明就里。

孟广才和一名男护师按住她的手脚，使其不能乱动。杨琼菊忍住哭泣，双手箍住她的脸，使其不能发声。洗胃机发出嗡嗡噪声。抢救室内弥散着一股腥臭味，越发加剧了人们对死亡的恐惧。医生用石蜡油涂完胃管外壁，见杨琼芬嘴巴紧闭，便用麻黄素冲她的鼻腔喷了一通，意图使其张口，将胃管顺势插入，但杨琼芬头摇得像拨浪鼓。医生示意捏住她的鼻子，致使杨琼芬不能呼吸，只能乖乖张开嘴巴。医生趁势，想把“开口器”插入口腔，孰料她“绝境求生”，竟然一口叼住钳管，死咬着不放，牙齿咯嘣作响，像一头殊死挣扎的母兽。

好一番折腾后，医生实在无计可施，只好征求张队长的意见:“这样的病人，我算是没办法救了。”

张队长满头大汗，说话结巴:“没办法也得想办法。真要出了人命，谁也担不起这个责任。”

“洗胃”不成，便“激光排毒”。针头刚找准血管，杨琼芬就像疯了一样，出手和医生争抢，被扎得满手流血也不放松。又做透析。管子插好，稍不留意，她便满床打滚，折腾得湿汗淋漓，也不知哪儿来的力气。她真是豁出去了，六亲不认，情急中，将孟广才的脸挠出好几道血口子，又咬破杨琼菊的手背。她冲姐姐喊道:“你傻呀，你是惦记我还是想害我呀?不能让他们给我洗胃。洗了胃，这药就白吃了。”

医生最终放弃对她的救治，是死是活，只能听天由命。

或许经不住这一番折腾；又或许，那100片药开始侵蚀她的肠胃，杨琼芬开始独自承受所应承受的痛苦。热汗濡湿了她的鬓发，听从医生的嘱咐，她倒是忍住口渴，没再喝一口水。双颊烧得赤红，嘴唇暴起一层白色硬茧。躺在床上，怎么也躺不住，意乱神迷，不时挣着身子，一边干呕，一边像犯了瘾症似的，手舞足蹈。直到后半夜，身子委顿，瘫软下去。

她睡着了。

她足足睡了一天一夜的时间，仿佛死去一般。时而面色沉静，时而呼吸急促。医生定时走进病房，为昏睡中的杨琼芬量血压、测心率。她倒是乖巧多了，摊手摊脚任人摆布。

第三天早上，杨琼芬醒来。像是做了一个长梦，身心俱疲。也不说话，侧卧着，怔怔地看着窗外的落雪。

杨琼菊喊她一声："老三，你可吓死我了！"

她理也不理。

母亲坐在床沿，握住她的手，摩挲着，痛哭流涕道："三丫头哎，你咋这么傻呦！你说你要有个三长两短，让妈可咋活吔。"

杨琼芬仍旧不理。

呆了片刻，她忽地掀开被子，麻溜下床，说了一声："出院！咱们回家。"

9

杨琼芬"以身试药"一事，不说在外界影响多大，单说在滦州，就几乎造成轰动。

轰动效应，追溯起来，其实有源可溯。

首先要说一说“评剧”这一剧种。所谓“冀东文艺三枝花”，说的是乐亭大鼓、评剧、皮影这三种艺术形式。评剧创始人成兆才先生，便是滦州“虫儿庄”人。成先生孤寒一生，为滦州留下了一笔无形的文化遗产。评剧最杰出的剧目之一，当属《杨三姐告状》。外地诸君或许对这出戏并不了解，但提及剧中杨母的扮演者——赵丽蓉女士，大家肯定知晓一二……其后又有滦州籍著名作家肖波先生，写过一本章回体长篇小说《杨三姐告状》，后又改成剧本，拍成电视剧，在国内影响甚巨。

而《杨三姐告状》里的人物故事，不仅确有其事，而且实有其人。出于文本需要，将故事内容简短赘述如下：

民国七年，河北滦州发生了一起命案。土豪高贵章之子高占英，流氓成性，与其大嫂裴氏、五嫂金玉通奸。杨二姐劝夫改邪归正，高占英非但不听，还伙同裴氏、金玉及其祖叔高拐子，将杨二姐害死。杨三姐随母到高家吊孝，发现可疑之处，要求辨明二姐死因。高家百般阻挠，试图掩盖事实真相。杨三姐愤而赶赴县衙告状。县官受贿，贪赃枉法，判高家赔偿了事。杨三姐不服，又赴天津检查厅上告。新任厅长沽名钓誉，立即准诉，经开棺验尸，查明真相，将凶手法办。杨三姐作为一介村姑，历经抗争，凭借一己之力，告状得胜，最终得以为二姐申冤。

揣摩这两桩时代背景不同的案子，便会觉得相似之处颇多。同是妹妹为姐申冤，又同为“杨”姓，排行老三，人们便把杨琼芬比作现代“杨三姐”。不同之处在于，她大姐夫孙大胜并未有和他人通奸之实，只是涉嫌家暴。若将“县衙”和“公安局”对比，说贪赃枉法也好，沽名钓誉也罢，实有亵渎之嫌。针对此案，公安局上下始终秉持公道，至于个别人玩忽职守，只能算是一粒老鼠屎坏了一锅好汤……杨琼芬“以身试药”的事，经过多家媒体报道，在社会上引起了巨大反响。公安局迫于压力，只能中止火化程序。

轰动效应仍在发酵。

当然是以传闻的方式，在人们口中传播。说的是经高人指点，杨琼芬开始多方搜集证据。有一位姓“朱”的老师找到她，说她儿子的前女友，因两人闹矛盾，吃了两瓶氨基比林咖啡因片而丧命。当时的症状，和杨琼娥死前症状一模一样。经过四十分钟的抢救，人也没能抢救过来。后来有人找过她，详细询问死者的临床表现。此人不是别人，正是孙大胜。孙大胜打听这些干吗？况且他打听的时间，恰好在杨琼娥死前一个月。综合起来分析，足以证明，杨琼娥所谓的自杀，其实是孙大胜蓄意已久的阴谋。

另一桩轰动效应，说的是有一天，杨琼芬忽然接到一个电话，是人民检察院技术中心的一位副主任打给她的——这当然不是传闻，而是确有其事。

这位副主任是一位法医专家，更是一位传奇人物，在全国法医界享有极高声誉。他在电话中说，他从报纸上读到杨琼芬“以身试药”的报道，颇为感动，愿意助她一臂之力。但他又说，虽说要帮她，却不会有任何倾向，不会根据申诉人的材料而妄下结论，而是会以公安机关的药物中毒检测报告为依据，给出合理推论。他又解释，对于同样的依据，不同的人会有不同的看法，得出的推论自然不同。

杨琼芬再次去了一趟北京。

回家后等了没多久，公安局便收到一封信函，专家给出的推论果然不同凡响。

第一次尸检报告分析说，死者杨琼娥的血液样本当中，每毫升含有2100微克的氨基比林和160微克的咖啡因，胃液样本当中的存量更大，分别为每毫升1500微克的氨基比林和1300微克的咖啡因。依此推断，杨琼娥为服药40片致死——若以此推论，死者杨琼娥体重为65公斤，她身体整个血液的存量，大概为5200毫升。若只以5000毫升来计算，1000毫升血液里会有2.1克的氨基比林。按照具象的说法，相当于15片药物的含量。那么5000毫升血液里，应有75片药物的含量。而血液只占体重的百分之八，便应该有数以百计的药物分布在身体细胞当中，这个数量想想都很可怕。死亡现场留下的药瓶，标明只有40片存量。况且说，即便能吃掉上百片，也要花一定时间被身体吸收，才会导致死亡……这便说明了一个问题：原来给出的结论，存在较大的不合理性。若说它合理，只能有一种解释：在送检的血液和胃液当中，人为加入了大量的氨基比林咖啡因。至于当事人孙大胜所描述的死者临死前的症状，虽和氨基比林咖啡因中毒症状吻合，但也只能算作旁证。根据法律，活人的证词，总会随着自己的意志而发生改变。

依据专家给出的推论，杨琼芬向滦州市公安局再次提出尸体复检的申请。

对于此次申请，公安局也颇认可，并支持杨琼芬自主选择鉴定机关。运送检验物证时，由两名警察全程陪同，并表示，只要检测结果不是药物致死，便马上立案，对罪犯决不姑息。

杨琼芬又去了一次北京。

这次回来，等待的日子里，春天就来了。杨琼芬待在家里，不时会有人慕名前来拜访。说起“赴京”一事，她对“尸检”只字不提，只不厌其烦地说起此番在京城的见闻。听说北京奥运会就要开幕了，那是咱们国家百年不遇的盛世。北京城变成了一个大花园。她还说远远看见过鸟巢，真的像一个银色的、供鸟栖息的巢穴。

国栋在一旁问：“老姨，你能不能带我去看奥运会？顺便去鸟巢逛逛，看有没有鸟蛋。”

杨琼芬垂首不答。

国栋在一旁哀求。

无奈，杨琼芬只好敷衍他道：“那也得等你妈的事有了结果才能去呀。”

国栋不禁雀跃。

一旁的邻居看着，心里鄙夷：“这傻小子，真不知道啥是愁滋味。等事情有了结果，说不定，你爸孙大胜，也就快挨枪子儿了。”

据说那家鉴定中心，不算国内最大的一家，但也算可信度很高的一家。

因死者的尸体已经腐烂，并经过多次器官提取，早已变得面目全非，于是检测中心想出了一个另辟蹊径的办法，通过对肝脏的化验，照样能得出接近真相的结果——因为肝脏有解毒代谢的功能，通过对代谢物的了解，分析“氨基比林”经过肝脏排解，定会脱去两个“甲基”，再由肺脏呼出，变成二氧化碳。如果人在存活状态下，肝脏会出现“氨基比林”代谢物，也就是“安替比林”。检查出“安替比林”，便能证明杨琼娥是暴力致死；检查不出，才是中毒死亡——打个最直接的比方，电影《九品芝麻官》中，主角查出死者死因是毒物淤梗在喉，便证明死者是遭暴力殴打致死后，才被人将毒物投放进体内的。

肝脏化验的结果，并未查出氨基比林代谢物。综合起来分析，鉴定中心给出如下结论：

死者杨琼娥为药物中毒死亡的可能性排除，并对杨琼娥的死因做了进一步分析——从鼻子的压痕和脖颈处的掐痕来推断，杨琼娥死前可能遭受过扼住颈部和捂住口鼻的攻击，挣扎中咬破舌头，嘴角才会血流不止。

下达最终结论当天，公安局门口有数百人围观。警方虽设置了警戒线，仍阻止不了人们的热情。人们站在马路对面，引颈围观。

会议开了将近一天。

数位专家进行了充分讨论，并对第四次尸检结果提出疑问和补充意见。其中一些专家认为：第四次尸检的结论并不严谨。在如此复杂的局面下，公安局只能综合专家给出的意见，并结合先前相关部门的审核，认为孙大胜虽有杀人嫌疑，却没有足够证据来证明。本着“疑罪从无”原则，只能维持原有结论。

10

尘埃落定后，杨琼芬如约嫁给了陈世成。很快离开了滦州，据说去了外地发展。她的结婚与离开，给人一种逃离的感觉。但人们每每提起这位滦州姑娘，总是没有二话。警方虽解除了孙大胜的杀人嫌疑，但他老婆的死因至今未明，看来杀妻的黑锅，他注定要背一辈子了。

生活很快重新步入正轨。

有人曾给孙大胜张罗续弦，并有女人表示愿意嫁给他，却被孙大胜一口回绝。老婆尸骨未寒，他唯恐有人再猜疑他有杀妻动机，并一再表示，这辈子，就这样一个人过了。也算对自己清白的一种证明吧。

没有女人的日子毕竟难过，况且家中还有一个傻儿子需要照顾，孙大胜的日子日渐落魄下去。

大多数时候，家里只有他们爷儿俩。

和大多数时候一样，傻小子孙国栋依旧喜欢叉着腿，骑坐在一张红色的塑料凳子上，边看电视，边打瞌睡。

屋子里很是嘈杂。除了头顶电风扇发出的嗡嗡转动声，还有电视机里解说员亢奋的声音。除了这些声音，孙国栋隐隐听到了一阵说话声，从厨房的方向传来。像抬杠拌嘴，又像喁喁叙谈。他眼睛半睁半闭，朝声音的方向看去，看见他爸爸孙大胜，骑在一个人的身上，正在掐那人的脖子……躺在身下那人，不是别人，正是他妈杨琼娥。杨琼娥手脚乱蹬，嘴里发出含混的求饶声。

国栋吓了一跳，睁眼细瞧。这一瞧不打紧，他发现他爸他妈拥在一块，原来并非打架，而是在偷着亲嘴。以往孙大胜出差回来，进了家门，总会猴急着要跟杨琼娥亲热，被国栋瞧见过数次。他们想转战屋里，终究也会被识破。往往这时，二人便会假装下厨房做饭，趁国栋不备，偷着亲嘴。若被国栋识破，便佯装吵架，嘻嘻哈哈扭打在一起……国栋看着，想哭又想笑。很快，他被窗外的爆竹声惊醒。

时间定格在2008年8月8日这天晚上。北京奥运会开幕式的绚烂焰火，唤醒了大地上无数焰火的绽放。寂寂的滦州小城内，人们也在举国欢庆。

国栋隔窗看了一会儿，便被电视直播中盛大的场景吸引。他骑坐在红色的塑料凳子上，瞪大眼睛，看到一双大脚，正从夜空中踏过，仿佛要把脚下的城市踩扁、碾碎，不禁惊喜而又诧异地叫了一声。

“爸，爸，快看哪……得长多高个儿，才有这么一双大脚。这傻大个能在天上走。咋只能看见脚印，看不到他人哪？爸，爸，你快看。”

他的父亲孙大胜，歪倒在一旁的沙发上睡着了。

沙发前的茶几旁，滚落着几只空啤酒瓶子。孙大胜光着膀子，穿着一件肥裤头。昏黄灯光下，只见他蓬头垢面，鬓角平添了几许白发，微侧着头，嘴角流着哈喇子，睡得沉寂而荒芜。任国栋怎么喊他，也不醒。

溯河春醒

再没有哪一年的春天，会给他留下如此深刻的印象了。

或许是因为饥饿的缘故，抑或是心情沮丧的缘故，回家的那一路上，他并未留意到春天的阴云正在身后的天空积聚，使那个渐行渐远的叫作“偏凉汀”的集镇，破败的屋舍更显荒凉，渐渐瑟缩成一带荒冢的模样。走上那条通往溯河的小路，周遭是寂寂无人的旷野，丝毫不见春意萌生的景象。在那个春天之前，以及其后数年与春天相关的所有记忆里，三月末，清明前，本不该是那副样子——天地间灰蒙蒙的，柳树与杨树在阴冷的雾气中悬浮。野菜本已在向阳坡上肥了根茎，却经不住人们围剿，全都成了赖以充饥的果腹之物。翻掘过的泥土，将返青的野草覆盖，好似要让它们再经历一次破土而出的考验；又像紊乱了习性的土拨鼠，在那一刻，于少年的肠胃里锲而不舍地打洞……倒是不远处的一片洼地上，两株野桃树绽开花苞。影影绰绰，虽显幽寂，却构成了那年春天最为明亮的一抹记忆。

他无心留意那两株桃树，而是故意放慢脚步，和父亲拉开一段距离——其实，他是在暗自生着闷气。

从这个角度看去，父亲的身影更显矮小，腰背微弯，好似驮负了千钧重载，正沉默而仓皇地走着。从清晨到正午的这段时间，他们父子俩几乎没说过一句话，即便方才在偏凉汀的集市上，也是通过眼神的交流，才让他得以窥察到父亲内心的焦灼、无奈、失落以及决绝——他或许另有打算。不然，怎么会做出那样一个轻率的举动呢！

他不禁为父亲担忧起来。实在不敢想象，等过一会儿，到了家，作为一家之主，父亲又该如何来面对他生病的妻子，严厉的母亲，以及除他之外，那三个饥肠辘辘的儿女？

春天的雨水不觉间降临在人间，打湿少年的脸。不是牛毛细雨，也非倾盆大雨，更像是面对空荡荡的饭桌时，弟妹们脸上那伤心、绝望的泪水。他感知不到雨水的凉意，头脑渐渐清醒起来。紧走几步，撵在父亲身后，只为将他的忠告，大声地予以告知。

“爸，过会儿到家了，你先把东西藏起来吧。不然我奶奶会生气的。”

父亲不应，只顾在前默然行路。

“爸，晌午吃啥？明后天，家里还有啥可吃的？”

父亲仍旧不语。

少年不由心生了恼恨，却只能暗自生着闷气。等走到溯河岸边的时候，骤雨裹挟着冷风，变得越发密集，打在他的脸上，灌进他的嘴角，使他尝到一丝泪水的咸涩。看上去，溯河高大的堤岸更像是一道山冈。一条小道缠绕其间，经人畜踩踏，早已变得坚实而陡峭。因淋了雨，更显湿滑。他仰面向上，透过斜斜雨幕，看到父亲爬坡的身影。驮负在背的一样东西，箍紧了他的背，沉甸甸地坠在屁股下面。看上去，父亲倒更像是一个被绳索捆缚，负罪登攀的人了。

他拼了力，手脚并用，开始向高处攀爬。

从他们那个村到偏凉汀集市，有十几里路程，中间要经过这一条“溯河”。夏季河水汹涌，过河想走渡桥，便要绕一段远路；从冬到春的这段时间，河水枯瘦，岸滩上不知被谁摆放了类似跳板的石头，便能直接涉水过去。路倒是近了，却要翻越两道堤坝。若是一个能吃得饱饭的人，别说两道堤坝，即便翻越两座高山，又算得了什么！早上出来，他的肚子虽然饿着，心里毕竟有着念想，走起路来还算轻快。等到回程，冷雨打湿身子，用“饥寒交迫”四个字来形容，一点也不为过。况且，他当时的心情，已低落到极点，俯身攀爬时，手脚打颤，右脚好不容易找到一个支撑点，左脚却无处安放。伸手，想抓住一处攀援，可双腿一软，身体一下子失衡……一个不慎，他便从那高高的堤坝上滚落下去。失足与坠地之间的落差，虽不至于要了他的命，但失去平衡的那一瞬，却觉得天旋地转，脑壳重重磕在一道泥坎上，很快便失去知觉。

他瘫倒在泥泞里，身子侧卧，昏迷的样子，看上去更像在熟睡。

一段日子以来，他的每一次熟睡，实则更类似于一种昏迷。

无论熟睡还是昏迷，都是抵御饥饿的一种办法。“早点睡吧，睡着了，就不觉得饿了。”母亲和祖母总是这样说。

每一个晚上，他都会早早睡下，却总是在半夜里饿醒。那种醒来后的感受，起初像万千条虫子，麻酥酥地在肠胃里爬，使他欲醒无力，欲睡不能。迷糊间，又好似有一只硕大的老鼠，钻进他的肠胃，肆无忌惮地开始造反，冷不丁地，还会在心尖儿上咬上一口。

记得此前，家里不知多少天没吃过一粒正经粮食了。麸糠掺黄菜叶蒸成的馍，吃到嘴里，已算难得的美味。待到米瓮告罄，祖母不知想了什么办法，从外面兑了些高粱稗壳和隔年的红薯秧子，在石碾上碾磨，又用筛箩筛了又筛，一家人方可将那“吃饭”的仪式，形同虚设般延续下去。只是难为了祖母，纵使她有一双巧手，也很难将那些粗疏之物，烹制成食物该有的样子。只见那黑黢黢的馍四分五裂，根本无法成形。不容咀嚼，吞进咽部时，它们更像沙子，或细小的砾石。掺杂在馍里的植物的细小芒刺，犹如一把把锋利的刀片，将咽喉切割出一道道难以复原的伤口。

他终究在那清寒的春夜里睡去了。熟睡的样子，看上去真的像是一种昏迷。

此前，在食物尚算充裕的日子里，每天早晨醒来，他都会有这样一种类似的感受。即便叠一叠被子，也会累得精疲力竭。他并不知道，那并非饥饿的原因，对于一个身体正在发育的男孩来说，营养的缺乏，恰似令他感觉得了一种难以治愈的疾病。

一只手在他的头上拨弄。

他无力醒来。直到那手，探伸到肩胛下方，将他托拽起来，这才猛地惊醒。睁眼，看见父亲站在床前，轻声说："醒醒吧，跟我去赶集。"

譬如赶集这种事，他可没少参与。直到那一刻，才猛地想起来，家里吃不上饭的日子，已有十多天了。之所以记得如此清楚，只因在他们那儿，一直用"集日"的划分，来沿袭一种结绳记事的习惯。五天为一个"集"，十天为两个"集"。难道说，他们一家人陷入这无米成炊的窘境，都是不曾去赶集的缘故吗？罢了罢了，其他的话，还是不想多说，说多了心里会更加难过。可细究起来，却果真如此——家里的存粮早已吃完，要想不饿肚子，只能去集市上卖掉一些东西，方能买回赖以活命的粮食。作为家里唯一的劳动力，父亲要按时参加生产队的劳动，像赶集这种任务，只能落在母亲肩上。那些拿到集市上售卖的家织土布，便是母亲一个人，起早贪黑，一梭子一梭子织出来的。母亲体弱，作为家中的长子，他便要担负起驮回粮食的任务。

当时，母亲患病已达半月之久，家里又能拿出什么东西，去那集市上售卖？

他这样想着，忧心忡忡，却感到一种莫名的庆幸。待整装完毕，出得门来，一眼便看清了院子里的情形，心情不由得变得更加沉重。

黎明前的黑暗中，祖母和父亲呆呆地站在院子里。凉薄的曙色模糊了他们的身影，反倒使父亲膝下一只羊的身影变得更为明晰。

细数他们家庭中的成员，除了祖母、父母，以及三个年幼的弟妹，往往，他会将这只羊，也当成家庭中一个重要的成员。六年前，双胞胎弟妹降生，母亲草草结束了生育。这只羊，由父亲牵回家中。就好像，它成了父母生育的一种延续——这也更符合农村人持有的生育观念：养儿不仅防老，亲人之间，也该相互照应。仿佛一切的遵循，都在沿袭一种古老的遗训。他和大妹不仅能帮父母料理家务，还能担负起照看弟妹的任务。这只羊，更是了不起，从来家的第二年，便产下第一胎羊羔，第三年产下两胎，第四年和第五年，连续产下三胎。它不仅用奶汁喂大了两个弟妹，更是贴补了大部分的家用。诚如祖母所说："这只羊，比一个成年劳动力都强！"

可从去年起，母羊垂垂老矣，再不能受孕，吊在胯下的乳房日渐干瘪。这些个年来，它对家里人卖掉它的孩子，从不忧戚，只会变得日益安静。如今，这个家庭再也容不下它了吗？可想想家里饥馑的景象，也实在没什么好抱怨的。他只能顺从地从父亲手里接过拴羊的缰绳，只待走出院子，扭头见祖母踮着小脚，撵在他们身后，将一盆清水泼在门口，嘴里念念有词，那意思是说：羊出了家门，好生地去吧。只愿你找个好人家，躲开屠户嗜血的刀子。

时隔多年，他还会梦到那只羊。梦到它站在一片青草地上。通体雪白，好似超凡的圣物。它的眼睛温和地瞧视着他，垂在胯下的乳房依旧饱满，温润的红色中点缀着暗紫色的褐斑。

如今，他已把在偏凉汀集市上卖羊的过程全都给忘记了，好像是一种选择性记忆。他只清楚地记得：那只羊，卖了18块钱。

18块钱，又能买回多少粮食呢？

他也给忘了。他没能记住当时黍米、高粱、玉米的价格，以及小麦磨成面粉后，脱下来的麸糠又该是多少钱一斤。按照以往的经验，若是手里攥着这么一大笔钱，无论是他的父亲还是母亲，定会买下一半粮食，再买一半麸糠，回家混着吃。他只记得当时，父亲手里攥着那笔钱，急惶惶赶路的样子。他尾随其后，目光须臾不离父亲攥钱的左手，唯恐一个不慎，出了什么闪失。

正是上午10点钟左右的光景。他们卖掉羊只的地方，俗称“牲口市”，从此处往北，绕过一片空场，便是贩卖粮食的所在地，俗称“粮市”。而这个所谓的集市，只是依傍偏凉汀简陋的村街而设。虽有明确划分，交易的摊位，却显得寥落而芜杂。那一路上，他嗅到炸煎饼果子的香味；看到蹲坐在街旁的一位老妇人，怀抱一只羽毛绚丽的公鸡；一个中年男人正在收拾摊位，将一些不知其名的物件摆放在手推车上。车架的另一侧，驮着一只粪筐，鲜湿的牛粪还在冒着温吞的热气。在母亲以往兜售布匹的地方，他看到一位熟悉的邻村大婶，脚下铺开一块包袱，家织土布整齐码放，靛蓝与青灰间，覆了一层尘土。她呆滞的眼神，让他感到一种未能如愿的焦虑与凄惶……愣神之际，父亲已不见踪影。他来不及同那大婶打声招呼，只是加快脚步，拐过巷口，这才发现父亲驻足在一棵树下。

那是一棵长在十字路口的歪脖子柳树。本来没什么稀奇，只是斜伸出来的枝杈上，悬吊着一张手抛渔网。网底，用两根秫秸撑开，呈“十字”形状，好似一朵悬空开放的喇叭花。当时还有太阳，阳光从斜侧方照射过来，使那渔网，呈现出一种细密的质地。网端收紧，是一种焦糖色；网底开放，是一种疏淡的橘黄色。或许刚刚刷过油漆，空气中还能嗅到一股淡淡的桐油味。铅制网坠闪闪发亮，好似经过河水的洗濯，往下滴淌着淋漓的水渍。有风吹过，网格状影子悬空浮荡，在地上投下一层细碎的斑影……父亲探身，一边拨弄着网线，一边同那卖渔网的人说着什么。那卖渔网的人，身材精瘦，瘪嘴猴腮。他蹲在树根底下，像一只蹲守在船头的鱼鹰。窄小额头上罩着一片渔网的斑影，好似无数细小的皱纹，正在放大开来。

他心里着急，又为父亲的散漫而感到无奈。

父亲或许并不知道，每一次，当他和母亲来赶集的时候，卖掉了布匹，必是要十万火急地奔赴粮市。若晚到一步，便很难买到粮食。有时，他甚至不得不提早过去，好说歹说，央求卖主匀一些粮食给他，算是事先预定，只不过免交了定金……他站在父亲前面三米开外的地方，皱着眉头，用眼神一个劲儿地催促着他。父亲这才醒过神来，撇开卖渔网的人，走过他身边，瞟他一眼，眼中露出一丝愧疚的神色。

终究是去晚了。等父子二人赶到那粮市上，只看到两个卖粮的人。先是问了一份高粱米的价格。卖主用指头比画了一下，狡黠地说：“要不要？要了就这个价给你。”父亲嫌要价略高，况且在他前面，有人正蹲在那里讨价还价。父亲的问价，无意助长了卖主的气势，引起买主的恐慌和不满。掠人之美的事，父亲是断不能去做的。等他们去看另一份粮食时，双方已谈妥价钱，两条口袋结为至交，嘴对嘴探进对方的袋囊。卖主将粮袋夹在腋下，将粮食慷慨地倾泻给对方。只是过秤时，为了秤杆的高低，双方起了争执，并为一根扎粮袋的口绳，闹得不亦乐乎。

就是在那一刻，他的心几乎提到了嗓子眼。看了父亲一眼，见父亲的神情中除了无奈，还有一种事不关己的淡定。不待有所表示，他便向来路跑去，他要替父亲作出决定：无论如何，必须买到那仅存的一份粮食。可是紧赶慢赶，还是晚了。等他央求成交的双方，匀一些粮食给他们时，卖主不无得意地说：“先下手为强，哪容得你挑三拣四。”买主铁青着一张脸，始终一言不发。显然，他们方才的问价，注定抬高了粮价。买主心生嫉恨，想要从他那里匀得一些粮食，想必也是枉然。

那一刻，计划虽已落空，他的心里倒不至于太过凄惶。退一步讲，手里有钱，总能想出买到粮食的办法。他和父亲站在空荡荡的粮市上，彼此对望一眼。他甚而冲父亲笑了一笑，虽是无奈，却好似在安慰着他。父亲却一副心有旁骛的样子，好像在心里做着其他打算。

奇迹并未出现。

走遍整个偏凉汀集市，那些卖杂物的摊位间，没有一个卖粮人出现。随着天气转阴，赶集的人们，也陆续散去了。

原本空旷的集市，变得越发萧索，父亲这才开始有些慌乱。他并未把自己的想法及时告知给父亲。道理明摆着的：即便在偏凉汀买不到粮食，也可同人打听打听，看看邻近村子里有无存有余粮的人家。登门买粮，价格虽然偏高，宁可少买些，好歹也能让家里人吃得上饭——这是以往的经验。他和母亲就这么干过，父亲怎么可能不知道呢？

饥饿将他席卷，令他脚底踉跄，几乎跟不上父亲的脚步。多亏了父亲，出人意料地，竟给他买了一根煎饼果子，算是对他的犒赏，也算对他的解救。他吃着那根已经变凉了的煎饼果子，庆幸地想：若非快要散市，卖煎饼果子的人，肯定不会降价，父亲也未必舍得，给他买这平日里难得一见的好东西……正在胡思乱想之际，他看见父亲，止步在那棵歪脖子树下，开口问着什么。

他没能听清父亲的问话。只见那个卖渔网的人，缓缓摇头，似在心里做着权衡。他蹲在树根底下，显得干瘪而冷凛，看上去，更像一只蹲守在船头的鱼鹰。他想卖掉那张渔网，无法卖掉，更是无法掩饰脸上的失望。那张悬吊在树杈上的渔网，撑在网底的秫秸已经撤掉，说明他已“军心涣散”。

父亲慢慢走开了。

事后他经常回想：闪念间，父亲怎么会做出那样一个轻率的举动？当时的情况下，那样一个举动，不仅荒唐，而且愚蠢。某种程度上，等于舍弃身家性命，下了一个毫无胜算的赌注——更像一个昏聩的暴君，义无反顾，实施了他的预谋。

而预谋，若无人相助，未必能够得逞。

时隔多年，他还会时常怀想一个名叫王秉义的人。只因他的出手相助，父亲才能得偿所愿。由此，他会妄加揣测，仿佛纠结于一个深奥的命题：每个人的一生，总会遭逢几次邂逅与相助。有的秉承仗义之名，有的则意味着纵容。当时，他便将王秉义的“出手相助”，当成一次不乏恶意的“纵容”。他纵容父亲做出那样一个举动，好像面对一个输红了眼的赌徒，你还要借钱给他，这不等于坏了良心吗！

事情过了很久，他这才慢慢明白了其中的道理：王秉义的出手相助，对他们一家人来说，绝非“纵容”，而是“恩泽”。遗憾的是，他始终没问过父亲和王秉义之间，究竟有着怎样的交情。一直到父亲第二年去世，他也没有问过。父亲死后的第二年，据说王秉义也死了。死于一次出诊途中，作为一名悬壶济世的乡村郎中，他仗义疏财的豪侠秉性，更像是散失在乡间的一个传说。

“兄弟，赶集来了？”打了个照面，王秉义问。

“是啊。”父亲答。一副垂头丧气的样子。

“家里又揭不开锅了？”

“那倒没有……那边有个卖渔网的。那张渔网可太好了，网纲是胶丝的，网底是铅坠的，还有八成新……说句良心话，要价也不贵，那人可能急着用钱。如果错失机会，真是太可惜了。”

“以前因为打鱼摸虾，没少游街。老毛病又犯啦？老是让我伯母操心，咋就不能让她省点心呢！”

王秉义开着善意的玩笑。

父亲无言以对，只是苦涩地笑。惋惜之情溢于言表。

“真想买啊？”

“可不真想买。”

“那为啥不买？”

“这不钱不够吗，还用你说……”

“他要啥价？你差多少钱？要不，咱哥俩过去看看？”

“看也白看。没钱。”

“这不有大哥在吗，你怕啥。”

当时，他刚吃完煎饼果子，沉浸在对食物的回味中，因此忽略了二人的对话。因为王秉义的加入，接下来的那场讨价还价，好似一种裹挟，令他浑然不觉。

那张渔网的要价他给忘了，只记得最终谈妥的价钱，是24块。这还是王秉义作为中间人，动用他的三寸不烂之舌，请卖家给他一个面子的结果。卖渔网的人有些委屈，他解开拴在树上的网缰，顺势将卸落的渔网揽在怀里。“唉！要不是我娘生病，想去城里看医生，你说我咋舍得卖！”他叹息着，将渔网擩进父亲怀里，好像将自己的孩子托付给了他人。“别糟蹋了，用完多晾晒，十天半个月的，上一遍桐油。”他说。

“我懂！”父亲说。脸上是一副笃定的神色。

“他是行家。”王秉义在一旁不无赞赏地说道。

直到父亲将渔网搭上肩头，伸出皲裂的手，亮出一沓卷拢在掌心的票子，这才让我猛地警醒。再次回想了一遍从清晨到现在所发生的事情：那只羊卖掉了。卖掉羊的目的，只为买回一家人赖以活命的粮食。父亲怎么会孤注一掷，要买这样一件百无一用的东西？想到患病的母亲，无助的祖母，以及身处饥饿中的弟妹们，说不定，他们正等在家门口，眼巴巴地盼着他们回去呢……霎时，他便头晕目眩，心如刀绞，彻底看清了父亲的本来面目：平日里，他便是个懦弱、粗鄙、缺乏担当的男人。村里的好多人都瞧不起他。即便家里人，也对他抱有成见。母亲的沉默，只是出于一种对命运的妥协；祖母对他一贯的严厉，实则是一种恨铁不成钢的愤懑表达。

父亲的脸上，不见半点愧疚，只有一副得偿所愿，庆幸而欣喜的样子。直到王秉义践行他的承诺，从身上掏出几张票子，数也不数，递给了父亲，再由他递交到卖渔网的人手里，父亲的眼里，这才流露出一丝惘然，犹豫了一下，目光又变得决绝起来。鬼迷心窍般，将全家人的希望，轻易抛付了出去。

那张渔网售价24块。一只羊搭进去不算，等于从王秉义那里，又借了6块钱。

以后靠什么来还债呢？接下来他们一家人，又该如何渡过难关！

在三个大人庄重的交易面前，他不能做出任何表示。

很多年过去了，在他52岁生日那天，不知因粗疏还是因农事的忙碌，他竟然将自己的生日给忘了。等到吃午饭的时候，不知怎么又想起来，他淡淡地对妻子说："今天是我生日呀！"借由他的提醒，妻子恍然大悟。因时间仓促，没有任何准备，家常菜还是要烧几个的。他坐等在饭桌边，恍然想到自己活了这般岁数，也算幸甚。不仅度过了饥困中的一次次劫难，也曾跨过人生中的一道道沟坎。如今，两个儿子都已成家立业，能容他稍微喘口气了。不知怎么，面对妻子端上来的一盘菜蔬，他遽然大放悲声。

他盘腿坐着，如一个禅定的老僧。先是默默垂泪，尽力抑住从喉咙深处漫上来的呜咽。可越是忍耐，泪水却愈发汹涌。他微微垂下头去，试图看清白色瓷碟里菜蔬的样子，实在憋不住，尽情迸发出一声号啕。

是一碟凉拌菠菜。经过开水焯煮，显得碧绿鲜嫩。糯湿的菜团上，留有手指攥压的印痕。桃红色根茎裹挟其间，说明菠菜还没有完全长成。它们蛰伏在菜园的某个角落，无意成全了他的生日。撒在菠菜上的调料，应是陈年的豆酱。酱汁黏稠，豆豉泛黄。

哭声惊动了妻子。以为忽略了生日，他会抱有什么委屈。

他却哽咽着说道："看到这盘菠菜，我就想起了那年春天，真是伤心啊……"接着，他便说起那一年买粮的经历，当然是无数次说起。又絮絮叨叨地提起他的父亲，言语间满是追思和感念。

妻子说："以前，你不总是抱怨你爸吗？说他太颟顸，是个得过且过的人。一家人饿得要死，还有心用买粮的钱，买了一张渔网。"

他遏制了悲戚，转而变得恼怒，瞪眼问："我说过这样的话吗？"

妻子嘻嘻一笑，哄他道："你没说过，那就是听我婆婆——你妈说的。"说完，转身到灶间忙活去了。

他陷入沉默。开始自责。有没有说过类似攻讦父亲的话，他也吃不准。因为在他的记忆里，生命定格在38岁的父亲，早年确实是那个样子，这也是包括家人在内的很多人，对于他的评价。他再次回忆了那次买粮的经历，当回忆到父亲做出那个荒唐的举动时，忧愤之情依旧清晰。当时，他13岁，个头比父亲还要略高一些。若再多一些成熟的心智，他会不会对父亲有一番规劝？甚而，说出什么不敬的话来？

忤逆的行为，却是断断不会发生。他只清楚地记得，等他们父子二人回到家中时，他已完全原谅了父亲。

是什么让他原谅了父亲？是从堤坝上滚落、摔晕之后，父亲背他爬上堤坝的举动吗？

不是，显然不是。

他清楚地记得，当他从昏迷中苏醒，胸口感到一丝温热时，这才意识到，自己伏在父亲的背上。暂时的安逸，虽令他有一种久违的安全感，待他猛地惊觉，却心生厌恶，挣扎着从父亲背上下来，自己慢慢爬了上去。他瘫坐在坝顶，实在无力动弹，只能微闭双目，两手抱头，臂肘撑住膝盖。因为方才身体所受的伤害，让他越发觉得委屈。

是父亲问过的一番话，得到了他的谅解吗？当时父亲凑过来，小声而担心地问："难受吗？疼不疼？"从眼角的余光中，他看到父亲微微抖颤的双腿。雨水濡湿他的裤脚，一只裤脚绾着，露出枯瘦的脚踝，破旧的布鞋上沾满泥泞。他没有应声，将头埋得更低。又听父亲说道："我背你。赶紧回家，下午还能赶上出工。"

显然不是……父亲说出的这些话，显然不会得到他的原谅。记得当时，他的情绪显得尤为激动，当父亲伸手过来搀扶他时，他推了一把。倒是最末了父亲所说的那句话，对他有所触动。

是啊！即便两手空空，日子还很长久。父亲要赶回去按时出工，方能挣到那所谓的“工分”，等到秋后，扣除各种摊派，一家人方能分得些赖以活命的口粮。

他毕竟是个懂事的孩子，挣扎着站起来。起身的过程，仍闭合着双眼。等眼睛睁开，未及看到父亲跌落泥泞的惨状，反倒面对了一片崭新的山河。

说那山河“崭新”，只因眼睛久久地闭合，猛然睁开，洞之所见，一切宛若新生。一切旧貌，瞬间改换了门庭。雨不知何时停了下来。春天的阴云仍显滞重，却暗自汹涌。仿佛一艘大船刚刚驶离了驳岸，又好似一整块坚冰从中间坼裂。石破天惊，有阳光从云层里刺破而出。随着骤然的撕裂，倾泻而出的光线犹如一把巨型拂尘，缓缓移动。所经之处，愁云惨淡的乡野，转瞬跨入春和景明的气象——柳树的树冠原本只冒出一点鹅黄，瞬间便萌生出绿意。野草原来早已占据了各自的领地，只不过这一簇那一簇，难成气候。他还看到一抹殷红，说不清是先前看到的那两株野桃树，或是其他的桃树。三株两株，或为更多。影影绰绰，无处不在。画龙点睛般，骤然唤醒了整个山河。

却哪里又有什么“山河”呀！只不过是平原上微微起伏的丘陵。站在高处，因视觉的差异，便消弭了所有的起伏。又像登高远望的人，一瞬间忘记了心中所有的烦愁。当他从一种莫名的欣喜中醒过神来，低头看见溯河时，只见河水漫涨，水阔处清冽，浅滩处浑浊。因有雨水的注入，仿佛暗自蓄集着涌动的力量……目光错落间，这才发现父亲跌坐在泥泞里，面色苍白，额头沾满泥痕，忧伤而怔怔地望着他。

不知不觉，他的心里竟升起一丝悯意。伸手过去，将父亲搀扶起来。

直到如今，他也很难说得清楚，是父子间的恻隐之心，疏通了他的心结，还是他所看到的那样一幅溯河春醒的画面，仿如混沌初开，启蒙了他的心智，让他和父亲尽释前嫌。

总之，那一瞬间，他把心中所有的愁怨都给放下了。

担心却总是有的。等临近家门的时候，他本想再次提醒父亲一声："先把渔网藏起来吧，被我奶奶看见，又该生气了。"

却为时已晚。离家还有半条街的距离，便远远看见祖母站在门口，手搭凉棚，看着他们父子亦步亦趋地走近。窘迫无所遁形，证据更是无法掩盖。祖母看清父子二人的情状后，什么都明白了。一甩手，丢下牵在手里的妹妹，一声不吭地闪身回了家中。

出乎意料的是，祖母并未像以往那样责骂父亲。母亲在病榻上悄无声息，弟妹们也不知躲到哪儿去了……这样一种境遇，反倒让父子俩更感不安。父亲成了主犯，儿子便是从犯。渔网丢在屋地上，仿佛一个无法消除的罪证。接受审判似的，父子二人垂头坐在饭桌边，偶尔对望一眼，又慌不择路地闪开目光。

过了很久，这才见祖母颠着一双小脚，从外面携风带雨地走了进来。"咣当"一声，将一只菜碟丢在他们面前。

"吃吧！吃了这顿没下顿，我看这日子咋过！"

他探头，见那菜碟里，是一把焯过的菠菜。碧绿鲜嫩。

根茎处泛着一抹水蜜桃红，显然还没完全长开。菠菜上覆着一层酸酱。他看一眼那酸酱，肠胃起了一阵反应。手握筷子，头抵桌沿，眼泪止不住“吧嗒吧嗒”地落下来。

父亲嗓音涩滞，在一旁劝他：“吃吧……”

“都是你害的！眼睁睁看着孩子们挨饿。你个不知好歹的东西，买这么一张破渔网，又不能吃又不能嚼，我恨不得……”

祖母骂着父亲，却一掌，掴在他的后脑勺上。

“哭！就知道哭……你还委屈了？老大不小的，你爸不靠谱，你就不能在一旁劝劝他？爷俩穿一条裤子，没一个好东西。”

“吃吧……总会想出办法来的。”父亲含糊其辞地说道。

祖母离开后，他这才呜呜咽咽地吃了起来。吃得快要盘光碗净时，这才想到，从早上到现在，父亲还没吃过一口东西。他要赶去生产队出工，不吃一点东西哪能成呢！想到这儿，他便把那仅剩不多的菠菜推了出去。抬头，猛地看见父亲已站在门口，一副整装待发的样子。只见他的两只裤脚高高挽起，身上添了一件夹袄。新买的渔网搭在肩上，手里拎着一只竹篮（盛鱼的鱼篓，显然要用竹篮代替）。神情肃穆，却又信誓旦旦地说：“出工不赶趟了。咱爷俩，不如去溯河里碰碰运气吧！”

人们嘴上常说的“碰运气”，往往带有一种漫不经心的腔调。可对当时的父亲来说，已被逼上绝路，他又怎么可能会漫不经心，只能是义无反顾。懵懵懂懂，他便跟在父亲身后，将全部的希望，托付给了一条河流。

即便以前有过打鱼摸虾的经验，父亲看上去，仍显得战战兢兢。他选择了一处合适的水域，网缰缠在右手腕上，渔网顺势展开，两手并用，将整张渔网梳理成“铺天盖地”的阵势。赤脚踩入浅水，两臂悠荡，身子一拧，奋力将渔网抛了出去。空中不见伸展，“哗啦”一声，砸在水面上，抛成了一根“扁担”的形状。等小心翼翼将渔网收回，只见那网兜里，除了湿冷的水苔，还有一根朽烂的木棍。

一网不成，再来一网。

随着渔网一次次的抛落，父亲抛网的技术渐趋成熟。每次抛掷，总会在空中停顿片刻。渔网落水的形状，渐渐形似一朵花开，又如一片云落。网兜里的内容，也跟着丰富起来。

除了鲫鱼、鲶鱼、麦穗鱼、柳根……还有尾鳍金黄的鲤鱼，以及身量修长的草鱼。每见有白色鱼身在网兜里鼓动，都会令他心里泛起一阵狂喜。父亲把鱼丢在岸上，他便一一捡进竹篮。小鱼好似捡到细碎的银两，大鱼又似淘到一块黄金。种类不同的鱼，慢慢盖住竹篮底部，而后渐渐丰盈了整个竹篮。

直至天色近晚，父亲这才收了网，嘴里发出一声叹息。看他的神情，俨然一副涉险过关，如释重负的样子。他呆呆地站着，面对黄昏中的河流，忽然石破天惊地说了一句：“菩萨保佑，多亏你们成全啊！”

他听了，不禁一愣。随之将这句话牢牢记在心里。

——真的是救命般的成全。

只是，他却把那“成全”，仅仅记在了一条河流的身上。因为接下来的日子，他们父子俩起早贪黑，从河里捕到的鱼，让家里人有了赖以活命的食物。到了夏天，河水暴涨，鱼类应运而生。每次的渔获，总会多得出人意料。他和母亲，穿街走巷，担负起贩鱼的任务。再用贩鱼得来的钱，从集市上买回粮食。

他记得，到了那一年冬季，河流封冻之前，他们一家人不仅渡过了难关，还用卖鱼攒下的钱，还掉了欠下王秉义的债，除此之外，手里还略有剩余。

直到如今，他这才明白这样一个道理，如同悟透一个玄机：所谓成全，并非只是一条河流的功劳。

一只羊献身，一张渔网才会出现。溯河里的鱼，仿佛受了众神点化，又像穷人得遇了贵人。不图回报，便使那走到穷尽处的人，最终得到搭救。乡间里那些朴素的事物，仿佛暗中接传着一道道“旨意”，不声不响，前赴后继，共同造就了一段属于草木的传奇。

除此之外，他也终究明白了父亲的良苦用心。当年的那个举动，对于父亲来说，不啻于一场疯狂的冒险。若是放在自己身上，生活中再次遭逢了难处，设身处地想一想，是否具备那样的勇气？

只是人世更迭，乡村里的事物正在暗自凋零。不知还会不会有那么一道道“旨意”，在人世间广为流传。困厄能否得以普渡，草木能否再造传奇？

虚拟爱情

大四的某一个晚上，我们开始炮制一个并不存在的人。

一个刚回宿舍的女生，说她方才在学校商店碰到龚敏洁。龚敏洁买了一大包吃食，径直去了男生宿舍，把东西送给了一位男生。

“你们猜那男生是谁？”女生故意卖着关子，瞥了一眼躺在铺位上的余丽。

“是谁?”有人问。

“就是珠宝鉴定系的那个……古巨基。”

“古巨基!”大家惊跳起来，一起望向余丽。

“望我干吗？她俩是老乡，她送他东西，关我屁事，你们望我干吗！”余丽也斜着眼睛，憋不住笑，却是一副歇斯底里的样子。

“别人送东西不关你事，但龚敏洁送东西，这不明显挖你墙角嘛，她不知道你和古巨基在谈恋爱？太臭不要脸了。”

大家七嘴八舌地议论着。

此时有人提议：“得想个法子治治她！”

想个啥法子呢？

惩治龚敏洁的种种办法，我们几乎都用过了。譬如：某一天大家私下里商量好，集体对她保持冷漠；又会在某一天，集体对她施予热情……种种办法，对龚敏洁来说似已司空见惯，很难触及她的灵魂。况且，龚敏洁大部分时间都很知趣，除了忍气吞声，还会经常买来零食讨好大家。

很惭愧地说，这个捉弄龚敏洁的点子，是我想出来的。

大四那年，我们逐步实施了这样一项计划：凭空炮制出一个不存在的人——由我本人申请一个QQ号码，密码是“龚敏洁”的全拼，身份设定在珠宝鉴定系一位男生的身上（身份暂且保密，以免穿帮）。这个号码并不私密，而是相当于公共空间。龚敏洁除外，宿舍里的每一个女生，都可随时登录。谁有时间，便由谁对龚敏洁实施诱惑。利用一个男生的身份，对龚敏洁展开“爱情”的攻势。

我们似曾留意过龚敏洁情绪上的波动，又似乎没太在意。四个月的实习期，让我们疲于应对。只当闲来无事，才会漫不经心登录那个QQ，化身成一名叫作“乔峰”的男子，勾搭并诱惑龚敏洁。如果有人事先登录，其他人还可作壁上观，在一旁出谋划策，指手画脚，真是不亦乐乎。

我们这么做的初衷又是为了什么呢？只是单纯为了捉弄龚敏洁吗？还是为了讨好余丽？还是，唯恐被一个群体抛弃，落得和龚敏洁一样的下场？

我已记不清当初报考这个劳什子学院的动机是什么了。这个设有首饰设计专业、鉴定与加工专业的所谓“视觉艺术学院”，敷衍了我们对大学生活的全部美好想象。前两个学期，除了上一些不痛不痒的课，比如美学欣赏、宝石学、设计概论等等，实在无可赘述。女生宿舍内的混乱，却让人印象深刻。除了廉价的香水味，寝室里还会弥漫着一股“后宫”才有的戾气。当时，后来曾风靡一时的宫廷剧尚未横空出世，不过将305女生宿舍比作后宫，却再恰当不过。后宫佳丽八人，选择这样一个浮夸专业，每个人的性情，自然都是有些华而不实的。

最初龚敏洁被任命为舍长，应是她的高考成绩在起作用。犹记得她刚来报到时，单纯性情一览无余。戴一副黑色的大框眼镜，脸上是一副呆萌的表情。摘掉眼镜，也很难说她的长相属于清秀，还是属于妩媚。有时你会觉得她长得还算好看，小巧的身材，狐媚的眼睛，颧骨有点高，却让人看出一点苦相。加之不擅于打扮，很难在男女生比例失调的学院里引起注意。

表面的尊重只是一种假象，你也很难想象，女生间频生的龃龉，会由怎样一个不经意的细节引发。大到一个飞短流长的传言，小到一个含混不明的眼神，都有可能导致相互间的猜疑和嫉恨。女孩与生俱来的干净与整洁，只以自己的睡铺划分出明确区域。打扫卫生最初按人头轮换，龚敏洁有着敦促的职责。是谁最先打破了这一规矩？大致是一位女生来了例假，延迟了一个轮次的值日，当需要她补足空缺时，她却因家里有事，临时离开了，导致宿舍内的卫生状况出现混乱。记得另一位女生因不愿值日，和龚敏洁吵了起来，女生说宿舍卫生遭到宿管老师的批评，责任并不在她，而是在那位离校的同学身上。龚敏洁据理力争，却显得软弱无力。

此时余丽站出来发话："你是干什么吃的？你不是舍长吗？舍长难道不应该为大家多尽点义务吗？"

矛头直指龚敏洁，并非余丽"仗义执言"，而是她和那位不愿值日的女生私交甚好，更因她喜欢珠宝鉴定系那位长相酷似"古巨基"的男生。那男生和龚敏洁同乡，平日里素有来往。余丽在少女时代看了《情深深雨濛濛》后，便迷上了明星古巨基。见到冒牌古巨基，自然一发不可收拾。当时她问龚敏洁："你和古巨基什么关系，是否在谈恋爱？"龚敏洁的脸"腾"一下红了，矢口否认。等余丽对那男生展开攻势后，龚敏洁的态度却并不明确，仍同那男生保持着暧昧的往来……这些事，大家心里都很清楚，觉得龚敏洁不够磊落。如今有余丽站出来指责她，似乎代表了大家的利益，大家自然会在一旁煽风点火。

龚敏洁呆若木鸡，站了一会儿，闷声不响扫起地来。碎发和杂物扫进簸箕，颇像她碎了一地的威风。

很难想象一个单独的个体，被集体孤立后有多么可怕。每个人好似都被魔鬼控制，不论是施暴者还是受虐者。龚敏洁被孤立，始作俑者虽说是余丽，但305女生宿舍的每一个人，无不参与其中。正像那个人人都可登录的QQ号，正像那个被大家炮制出来的并不存在的人。

好在随着大学毕业，云烟散尽江湖远，一切都只当是少不更事吧。

毕业后，我的生活过得并不如意。

当初，信心十足地投递简历——珠宝设计师、珠宝鉴定师、政府劳务派遣人员、公司白领、酒店领班……都曾是我考虑过的职业范围。视野虽足够开阔，却没能得到命运的眷顾。最后，只能去一家大型商场，做一名首饰专柜的推销员。每天的工作，除了为妇人推荐金玉饰品，触碰她们冰凉或烫人的耳垂，还要时不时地，在买单的男人中间插科打诨，颇像一个卖笑的小姐。面部肌肉每天都很僵硬，工作之余，是很难笑得出来的。试想，一个整天板着面孔的胖姑娘，谁会喜欢？就连她的父母也概莫能外。

母亲虽然疼我，却只把心思用在了嘴巴上。每遇街坊、同事，唯一能做的，便是推销她的女儿。她竟然曾对一位离过婚，四十岁高龄的小老板动过心思。认为我学无所长，长相一般，能嫁给这样一位小老板也算最好的归宿。她唠叨个没完，与我父亲形成鲜明对比。我父亲看似寡言，实则自视甚高。他重男轻女，怎奈生育枝头上只允许我一枝独秀。他曾像对待男孩子那样要求过我，盼我将来能成就一番事业。不过这么多年下来，他对我的期望退而求其次——认可了我的女孩身份，原谅了我始终一塌糊涂的学习成绩，以及得过且过的懒惰性情，最终心灰意冷。他理想中的女儿，起码也该是一位淑女吧。不说举止优雅，也该仪表端庄、聪慧可爱。

而他现实中的女儿，却是这般的死气沉沉。出门前从不知道认真打扮自己，没有朋友，喜欢窝在家里，蓬头垢面地看电视连续剧。出于对美食的钟爱，她日渐纵容着自己腰间的赘肉增长，不会为自己的肥胖感到半点羞耻。

我清楚地知道父亲对我已极度失望。他沉默的隐忍，其实更像对我的抛弃。一个本该幸福的三口之家，很难有凑在一起吃顿晚饭的机会。终于，在一个没有任何冲突发生的情景下，在餐桌上，我以工作不便为由，对他们提出要在外租房子的想法。

我一个人搬出来住，貌似寻求独立，实则是在逃避。

一个人的生活难免会感到寂寞。就是在这样一种情况下，有一天晚上，旧事重提，网上闲逛，我忽地想起那个快要被遗忘的 QQ 号码。

随手输入“龚敏洁”的字母全拼，登录的那一刻，我转身去拿了一包零食。

待我取零食回来，发现这个 QQ，像笼中放出的一群蝈蝈，发出饶舌而又急促的嘀嘀声。头像闪烁不停，仿佛一群渴望自由的人，一群有倾诉欲望的人，终于从囚禁状态中被解放出来。点开头像，一连串问候和倾诉出现在显示屏上。

“你在吗？”

“你怎么不说话？”

“我毕业了，找不到工作……”

从最初的留言来看，自从毕业分手，龚敏洁每隔一段时间，便会在 QQ 上写下一些留言。除了对这个叫作“乔峰”的男子表达着深切的关爱，她更多讲述了自己毕业后的经历，以及生活中的种种烦恼。乔峰的沉默，说明我的那些舍友们，自打毕了业，谁也不曾登录过这个 QQ。

这个并不存在的人，像一具汪洋中的沉尸，被我不经意打捞上岸。我能想象到这样一幅画面：龚敏洁戴着一副黑框眼镜，坐在显示屏对面，表情恍惚而哀怨。照亮她的，唯有显示屏发出的稀薄荧光。紧贴她背部的黑暗，和我身处的黑暗几相吻合。久不得回复，她并不失望，而是将这个曾经对她示好的男人，当成一个精神上的寄托，当成一个虚拟的、可倾诉的对象。

她的境遇，和我大致相同——遍寻工作无着落。最后，只能去一家寄宿制私立学校，当了一名宿管老师，好像过上了另一种校园生活。她写下这样的留言，却又说道：“性质和大学生活完全不同。孩子们虽然淘气，却比我当年的那几位舍友可爱、好管理得多了……我现在住在学校里，很少回家，实在受不了父母的唠叨。”

翻遍所有留言，我先是呆住，而后不由自主地笑出声来。拍拍沾有食物残渣的手，关掉这个只有一位好友的 QQ，打开经常使用的我本人的 QQ，本想将这消息传达给其他室友，却惊讶地发现，那个和我关系最好的舍友，无故将我拉黑。其他人的头像也是一片死寂，个性签名久未更新。我顿感无趣，关了电脑，上床睡觉。

第二天，我无时无刻不在想着这件事。

想着龚敏洁的倾诉，好像她的倾诉，全都对准我一人。

想着她的境况，似乎比我还要不堪……我陷入沉默，心里感到些许的难过。下班回家，迫不及待打开电脑，给了她一条回复。不知出于何种原因，随手换了登录密码。我这样做，大概是怕其他人窥探到我的隐私吧。

当天深夜，龚敏洁有了回复。

她的回复，除了惊奇，更是表达了一种感激的心情。好似找回一串失而复得的珠宝，好似在寂寞的等待中，从未被对方遗忘；又好像，她的倾诉和热情，最终有了回报。只不过这些回复，我是在第二天晚上看到的，当即和她聊起来。我化身成“乔峰”，用略显歉疚的语气，虚构了一段毕业后的生活。

“真是对不起，太忙了，”我说，“工作刚稳定，还需要加倍努力，所以这段时间也没时间上网，也没和你打声招呼。”

我虚构了一个颇有名气的珠宝公司，它在几百公里之外的另一个城市真实地存在。据我所知，当初炮制这个不存在的人时，被我们附加身份的那位珠宝鉴定系的男生，确实应聘到了这家公司工作。而这些消息，都是我从另一位名叫王硕的同学那里听到的。王硕和我生活在同一座城市，高二那年，曾是同一年级的同学。大学期间没有太多交往，因他和余丽喜欢的“古巨基”同处一系，经余丽吩咐，我曾通过他，暗中打探“古巨基”的信息，搅和过那件乱七八糟的事。

有了真实背景的依托，我的虚构便可自由发挥。那想象出来的生活，本来就是我所憧憬的——“实在太忙啦！刚随部门领导去了一趟日本的三重县，那里的伊势湾出产的珍珠太有名啦，我们公司，准备和那里最大的一家公司进行长期合作。”

“是吗！真的吗？太好了，真为你感到高兴，祝贺你。”

龚敏洁发出一连串的感叹，又发过来一堆鲜花和拥抱的表情。

“你到底是谁啊？告诉我你的真实姓名好吗？”说过一番闲话之后，她这样问，“在学校你总是闪烁其词，不肯告诉我你的真实身份，让我猜了好久。可现在毕业了，大家各奔东西，总可以告诉我了吧？你到底是谁？我不会去骚扰你的。”

“我是谁，有那么重要吗？知道有一个人暗恋你就成了。”

“我就是想知道，真的很想知道。幸福总不能一直处在这样一种虚幻的状态里，我一直在猜你到底是谁，却一直猜不透。”

她发过来的文字，像一个天真少女的呢喃，我能想象到她说话的样子。

“当初，你是怎么知道我那么多事的？知道我们女生宿舍那么多事的？你好像潜伏在我身边的一名特工，时刻关注着我。”

“我是乔峰，不是特工；那不是潜伏，而是守望。”

此时，我注意了自己的措辞，应该符合一个懂得幽默的男人的气质。

她发出感动与害羞的表情。再次恳求道：“告诉我，你是谁。好吗？求你了。”

我想了想，决定让这个并不存在的人，在龚敏洁的生活中变得具象起来。

“我叫沈健。你想起来了吗？有印象吗？你还是继续把我当成乔峰好了。金庸笔下的乔峰，他被阿紫和木婉清暗恋，但我这个乔峰，暗恋的只是一个叫龚敏洁的女孩，哈哈哈……”

她想了半天，在我的提示下，似乎想起来那么一点儿。

“噢，你够帅的！那么骄傲，怎么可能会喜欢我这样的！别不是拿我开玩笑吧。”

“你觉得呢，”我说，“你不知道暗恋一个人，心里会有多么痛苦。”

怎么说呢，当我化身乔峰，同龚敏洁隐秘交往的那段期间，并未怀揣任何目的。从某种角度来说，我应该感激龚敏洁才对。是她对爱情的渴望、她的怯懦、她屡屡遭受的挫败，以及困顿中沉渣泛起的自闭与彷徨，帮我修正并完善了自身。实际上，她所经历的一切，亦是我生活中的全部经历。在龚敏洁面前，我因有另外一重身份，所以不敢有丝毫懈怠，甚而连颓唐的情绪也不敢表露。不仅要安慰和鼓励她，还要为她指点一二。

龚敏洁对乔峰的依恋如旧，仍然会有很多疑问。她曾用困惑的语气，来表达心中的焦虑。那个曾对她极尽勾搭之能事的男子哪儿去了？是因为他身份和地位的转变而移情别恋了吗？还是他改弦更张，爱上了别的女人？

为了使自己的虚构有更多依据，我开始和王硕频频接触，生活中也算多了一个朋友。有意无意，我会在 QQ 上向他打探沈健的消息。甚而有过一两次聚会，沈健成了我们谈论的中心话题。王硕问我：“你对沈健这么感兴趣，莫不是喜欢人家吧?”我不置可否，半推半就。王硕奉劝我道：“那小子家境不错，据说有一个亲戚，有很深的背景。”他意味深长地看我一眼，“你喜欢他，没用的，他不会看得上我们这种人的。”我懊恼起来，直截了当地说：“喜欢又怎么了！喜欢又不是罪过，我又不想嫁给他。”王硕笑了，开玩笑道：“好，等以后有机会，我一定把你的‘喜欢’转达给他。只是最近这段时间，这小子好像出国了，我也很长时间联系不上他了。肩膀不齐，所谓同学之间的情谊，慢慢也就淡了。”

龚敏洁对疑问的表达，总是小心翼翼。她对我加以试探，我便以沉默作答。实在不能敷衍，便任意虚构出一个珠宝商女儿的形象。她美丽端庄，我们在一次去泰国尖竹汶的旅途中相遇，产生了电光石火般的爱情。我将尖竹汶当地的风景，以及红色宝石的精美图片从网上下载下来，发给她看。我这样做的目的，只想用一种虚构的身份和地位，两相比照，让她产生自卑，从而放弃对所谓爱情的幻想。其实，我也并不想这样做，不想用爱情的手段来欺骗她。试想，一个在现实中同样渴望爱情的女人，被另一个女人追求，不说恶心，也是一件相当无趣的事。至于她会不会和我断绝来往，当时并没多想。

她消沉了一段时间，很快又变得热络起来。不时打听着乔峰和珠宝商女儿的关系进展如何。我继续虚构：“我们订婚了，不日将去‘不丹’旅行结婚。你知道‘不丹’吧?那里被称作最后的香格里拉，曾是梁朝伟和刘嘉玲举行婚礼的地方。我们将结婚地点选在那儿，并非出于对明星的崇拜，而是那里，有着众多辉煌的寺庙。我未婚妻的妈妈，是一位虔诚的佛教徒，受其影响，自小，她便对那里充满向往。”

她再次沉默，又再次复归热情，并为这虚构的恋情，献上最诚挚的祝福。

由此推断，龚敏洁该是处在怎样一种孤独的境况中。显然，她仍放不下对乔峰的幻想，不能作出任何了断。我清楚地知道，她向来都是个缺乏自信的人。大概能维持这份友情，对她来说也足够幸运了吧。

有了这样一种推断，我变得肆无忌惮起来。仿佛在虚拟世界里，成了一个无所不能的人。我曾问过她对宿舍每位同学的看法。她似乎不想多说，却出乎意料地提到我的名字，说我是整个宿舍，最值得她信赖的人。我大为惊讶。惊讶之余，又很感动。问：“何以见得?”她说：“只有这位同学偶尔会帮我打扫卫生，不像其他人那样，拉帮结派。或许，因为她有点胖？自卑？像我一样，很孤独，没有其他朋友吧。”

她的话，戳中我的痛点，引我憎恶，于是故意揭她老底道：“你是否喜欢过古巨基?”

她沉默片刻，答道：“喜欢过。”

我再次求证：“听旁人讲，当时余丽问你，你为啥不敢承认?”

我的语气咄咄逼人。不想她的回复，却颇有玄机：“因为没有爱的勇气。”

“他喜欢你吗?”我问。

“当时不知道喜不喜欢我。后来才知道，他是喜欢我的。我们打小就认识，我始终以为我们之间，只是那种朋友间的信任和喜欢。”

“你们可谓青梅竹马喽。那又怎样？因为这个男生的原因，余丽才会排挤你，记得学生会组织的一次活动中，她让你当众出丑。”

“嗯，”她反应平淡，似乎不愿多谈，“不说这些，不谈他。他死了。”

她的回复，有些出人意料，让我以为那只是一个玩笑，便回给她一个恶作剧的表情。

“他真的死了！”她认真回复道。

“什么？死了，真的死了！怎么死的？”

“出车祸死的。去外地工作刚刚一年多，他就出了车祸。临死前，我去看他，他说他曾经爱过我，要不是因为后来我疏远他，他也不会选择去外地。说这样的话，你不要见怪，当时我之所以疏远他，一是因为你在毕业前追求我，另一个原因，便是我实在看不清我和余丽之间，他究竟喜欢谁。”

我深感震惊。想起毕业后不久，便听说了余丽和那男生分手的消息。而龚敏洁同这位男生的爱情悲剧，难道是由于我们的恶作剧造成的吗？

“真是对不起，想不到因为我，耽误了你俩。”

我代表乔峰或沈健，对她作出诚挚的道歉，心里感到深深的自责。

“没关系，”她说，“我们都长大了，世间的苦，总该要承受一些。现在想想，大学期间很多人在谈恋爱，不就是一种应付寂寞的游戏吗？不就是这样吗！你当时是出于真心喜欢我，还是恶作剧……”她再次重复了这样的问题。

“真的。你单纯，不世故，心地善良，待人真诚。还有什么……赞美的话其实我早都说过了。总之在我眼里，你真的很不错，没有任何缺点。”

此时我的赞美，并非谎言，而是对龚敏洁的一种客观评价。

“那就好。”她变得开心起来，回了我一串拥抱的表情。

此后，龚敏洁虽断了对乔峰的念想，却仍旧没有中断与我的倾诉。

她在工作岗位上经常受人排挤；经人介绍，同三个男人先后见面，却接连遭受三次挫败；她46岁的母亲忽然心梗离世，令她险些失去活下去的勇气……面对这种种不堪，我唯一能做的，唯有对她尽力安抚。季节更替，我会说一句：“天冷了，注意保暖哦。”得知她患了感冒，又会说一句：“记得吃药哦。”我将温暖和怜惜隔空传递给她，毫不吝啬。有时会想，要是有一个人这么关心我该有多好，哪怕他并不存在，哪怕他只是别人的凭空虚构。

而我的生活，又能好到哪儿去呢？我母亲在这一年冬天到来的时候，突发脑血栓，虽保住了性命，却要在轮椅上打发残生。不得已，我又搬回家中，只为帮父亲一把。我的父亲变得更加沉默，一整天都听不到他说一句话。家里死气沉沉，笼罩着一种衰败的气息。只会听到母亲因脑血栓后遗症，不时发出的无法控制的笑声，令人倍感荒诞。我无望的婚姻仿佛搁置于荒岛，无人搭救。别说王子，就连公主身边的小矮人也不曾出现。我虽受了王硕的影响，顺应潮流，开始做起“微商”生意，生活却并没有因此有任何起色。

两相对照，有时我会了然无趣，甚而生出一种愤怒的感觉。时常在想，保不准哪天，在一个恰当的时候，我就要对龚敏洁道出全部的真相，拆穿这骗人的把戏。无聊的虚构，最终使我厌倦。何必把这样一个并不存在的人，编造得如此光鲜亮丽？让我和龚敏洁的生活，因他的映照而越发黯淡。他有什么理由，过着那样一种锦衣玉食的生活？就像现实中的很多富人，他们有什么理由，在穷人面前高高在上？

我终究有些舍不得。舍不得生活中这唯一的乐趣，舍不得那种被别人依赖和倾慕的感觉。

“我离婚了。”

有一天，我突发奇想，开始左右乔峰的命运。

“出身和地位决定一切，我们俩的世界观和人生观完全不同。富家女太矫情了，真难伺候。离婚，是我提出来的。她又哭又闹，寻死上吊，也没有用。”

“怎么会离婚呢？大好的前程你就不要了吗？你为什么离婚，会不会影响工作？”龚敏洁的问话，充满担心。

“影响太大了！珠宝商撺掇我们领导，处处为难我。老子决定辞职。此处不留爷，自有留爷处。”

“你辞职后能干什么呀？你会后悔的。”

我果断安排乔峰辞职。虽成立了一家公司，理所当然被人骗了一笔，生活立马陷入窘境，只能做一些零散生意。今天搞个项目，明天包个工程，折腾来折腾去，完全是瞎折腾。差点就让乔峰去街上摆摊了，或是开一个低端的网店，来赚钱糊口。开网店做微商？倒和我的经历吻合。聊起来，也不乏谈资，不至于这么被动，不至于为编造那些漏洞百出的情节，伤透了脑筋。

她对乔峰的遭遇报以同情的态度，并深表无能为力的遗憾。反过来，开始关心起我来。

随着乔峰的光芒散尽，我和龚敏洁在网上的交往也开始变得乏善可陈。我不知道该怎样维持这段虚构的友情，是继续编造下去，还是让它断然夭折。

好在，有一天，龚敏洁给我发来一条留言："我也辞职了。离开了那所寄宿学校。"

语词寥寥，不作任何解释。

"你辞职后准备干什么呀？难道像我一样，等着饿死吗？"

"我当然不能等着饿死……我开始在家里写小说了。"

"写小说？"

"嗯。"

我险些笑起来。凭她的资质，想当作家，好像有癞蛤蟆想吃天鹅肉之嫌。虽说有人在网络上写小说赚了大钱，但那绝不是普通人能干的活儿。

"有一部叫作《后宫·甄嬛传》的小说，最近在网上很火，你是写那种类型的小说吗？"我问。

"我不写那样的小说。我写纯文学。"她发过来一个高傲的表情。

"纯文学是什么鬼？"

"就是那种在杂志上发表的小说。"

哦，我想起来了。想起龚敏洁当初在学校，确实喜欢看一些文学类的杂志。接下来我问她："你不工作，只写小说，吃什么花什么呀，难道有人包养你吗？"

她沉默片刻，如实道来。

她说有一位老板，生意做得很大。他虽识字不多，却是一位很有情怀的企业家。创办了一份企业文化杂志，诚意聘请她当这本杂志的主编。是季刊，一年四期。

"很清闲的，不用坐班，编稿子之余，我就可以待在家里写小说。我想成为一名作家，那是我小时候的梦想。"

"待遇如何？"

"待遇还不错。年薪几万。总之够我花的。"

她的回答，显得太过从容，让人觉得有显摆的意思。

"那位老板真是很赏识你呀！"

我不阴不阳地回她道。然后呆呆地坐在电脑前，想象着龚敏洁所过的那种悠闲的生活，心里泛起阵阵寒意——并非出于嫉妒，而是联想到自己的处境，心里更加无望。

"哪里呀！只能暂时改变一下生活方式罢了。等写阵子小说，写烦了，实在写不出什么名堂，再想其他办法，走一步算一步吧。"

之后的一段时间，我从不主动联系她。龚敏洁或许正忙于她的小说创作，也很少搭理我。对于她写小说这件事，我一度感到好奇。她的小说会写些什么内容？是自己的亲身经历，还是对生活的任意虚构？换一个角度来讲，若条件允许的话，我倒觉得自己也有写小说的能力。此前，我不是已经完成了一段完美的虚构吗？塑造出一个并不存在的人，并让他严丝合缝地嵌入了现实的生活，让龚敏洁为之倾倒。只是接下来，我是否还有继续虚构下去的勇气和兴趣？觉得实在没什么必要了。我的虚构，只是出于对龚敏洁的同情，而现实生活的改变，却无疑给了我一记抽象的耳光。

若不是我贸然向龚敏洁开口借钱，我想这个故事或许应该结束了。

必须声明一下，当时借钱的初衷，没有半点欺骗龚敏洁的意思，那天，真的是出于无奈。

那几年，微商生意发展得很快，有人在互联网上接连创下奇迹。不说后来那些叱咤风云的大鳄，单说我的同学王硕，微商只做了半年，就赚到了人生中的第一桶金。我的生意却难见起色，止步不前。一次聚会，我不耻下问，向他探寻成功秘籍。他瞟我一眼，抿一口红酒道："胆子不够大，格局实在小。"

在我虔诚的求教下，他鼓励我放开手脚。比如"针对顾客的留言，你要鼓动你的亲戚朋友，把你的商品吹得天花乱坠。若遇到给你打差评的客户，不仅要施予小恩小惠，还要用信息轰炸的方式加以骚扰，直到他们苦不堪言，败下阵来。前提嘛，你必须要加大投入，先把生意做大，才能做强。"

他对我关照有加。有时，会将一些瞧不上眼的生意介绍给我。那一次，面对一批价格低到让人眼红的商品，我拿出家里的全部积蓄，仍差一千四百五十块钱。

人的一生中，竟会遇到如此多的难处，虽不起眼，却很难迈过。这样小小的一笔钱，让我左右为难。我没有向王硕借钱的打算，唯恐他瞧不起我。而父母的积蓄，已经快被我掏空了……我忽然就想起龚敏洁。想起她，心里便有一种莫名的温暖。想起她再不是那个囊中羞涩的女人，而是年薪数万的未来作家，想来，她应该有些私房钱吧？我随意编了一个还算光鲜的借口，抱着试试看的态度，向她发出求助。

想不到，她竟会慨然应允。

我在银行坐等，不时向营业员打听。焦虑的样子，并非只为等来一笔汇款，而是借此检验我们之间的友情。隔了半个小时左右，营业员告诉我，两千块钱到账。随后，龚敏洁从 QQ 上给我发来一条留言：“够吗？不够你就尽管开口。”

我自是感激不尽，心里却五味杂陈，有一种难以言说的羞愧和歉意。我承诺等钱筹措上来，会及时返还给她，并向她表达了真挚的谢意。龚敏洁仍旧十分客气，给我的留言如是：“缺钱，你就尽管说话。”

同龚敏洁借钱的过程，是一个循序渐进的过程。起初每次借钱，我总会抱定一种感激和虔诚的态度，尽量不拖延还款时间。可借的次数多了，便渐渐麻木。在一种虚假身份的设定下，直至到了无法收场的地步。

同龚敏洁在网上如影随形地交往六年之后，我们最终确定了“恋爱”关系。

是龚敏洁主动示好，向我提出来的。当时，如果没有这个并不存在的人横亘其间，我自会觉得，她就是我生活中最亲近的人，甚而胜过现实中的任何一个亲人……有时我会身不由己，将自己当成那个叫作乔峰的男子，从一个不存在的人的身上，品尝到爱情的滋味。

冷静下来，我也会感到惭愧。虽然警醒，却很难罢手。难以厘清的困局，让我逐渐堕入迷途。很多次，都是龚敏洁主动问我缺不缺钱，并鼓励我放开手脚，拓展自己的生意，她愿意做我坚强的后盾。她的慷慨，看上去更像恋人之间的信任，有时又会觉得，如一种漫不经心的引诱。我发财的欲望得到纵容，变得盲目而贪婪。从最初经营小商品生意，继而开了一家卖低端茶叶的网店和一家卖劣质化妆品的网店。然而，表面的繁荣，终究无法弥补经营上的漏洞，所见收益，只是那些越积越多的滞销商品。

从那时起，我便觉出我的人格出现了分裂。那个并不存在的人，成了豢养在我体内的宠物，日益壮大。他操控了我的心智，对我颐指气使，每当我在借钱这件事上稍有犹豫时，他便会跳将出来，对我指手画脚，并代替我作出决定。

这一年八月，龚敏洁向我提出见面的要求。

说到“见面”，当时我也颇感困惑。若从龚敏洁的角度来分析，她对这种网络恋情显然心存疑虑，提出“见面”的要求，应该尽早才对。但在我们交往的过程中，她却显得优柔寡断。我们也曾谈及过那所谓“恋情”的实质，提到“恋情”尽头的婚姻生活。她会不安地问我：“你不会嫌弃我吧？”我说：“我怎么可能会嫌弃你呢，难道你做了什么对不起我的事吗？”她说：“没有，我所做的一切，都是为了你。”她在电脑上打出来的每句话，经过语词的修饰，给人一种奇怪的感觉。仿佛，她真的进入了某种所谓的创作状态，她写下的每句话，都有一种似是而非的文学的情调。有时，我会假戏真做，提出马上动身去见她——“半夜起身，坐飞机，中午就能见到你了。”她顿然慌了手脚，一番沉默之后，她说她跟着企业考察团，正在外地考察一个项目；或是她遇到了创作上的难题，正在某地体验生活。等她时间充裕，提出想要和我见面的请求时，我也自然会以各种借口搪塞……有时，便会觉得那所谓的“见面”，更像“俄罗斯方块”，通关虽简单，我们却都是游戏的生手，各自心怀鬼胎，很难将坠落的方块顺利消除，只能深陷在游戏开始的部分。

她终究正式地、甚而严肃地向我提出了“见面”的要求。

当时分析，应是她借给我的那些钱在起作用。她提出这样的要求显得合情合理。但——“见面”对我来说，却如大限将至。

“哪有时间见面啊！在外面跟人谈项目呢。等项目谈妥，还要去一趟肯尼亚……要不这样吧，你太想见的话，咱俩就通个电话吧。”

无奈之下，我只能继续虚构，好在此前已埋下伏笔。好在当时，智能手机尚未普及，视频通话仍是一个虚幻的愿景。

电话通了。

我听到龚敏洁似曾相识的声音。有一点柔弱，带一点嗲气，又有那么一点点自负。我若真的是一个男人的话，当即会爱上她。我尽量变粗声线，拿捏着语气说话，却不知会不会被龚敏洁识破。将近15分钟的通话时间，我芒刺在背。虽然漏洞百出，言不及义，也算言谈甚欢。等通话结束，我几近虚脱，不禁胆寒起来。

不会被她识破吧？如果识破了怎么办，会有怎样的后果？

从那时起，我便意识到危险的存在，想即刻罢手，从此一拍两散。却一直想不出筹钱的对策。

好在我们的关系，仍一如既往地发展下去；好在，正当我为如何还清龚敏洁的欠款绞尽脑汁时，竟然意外收到一封邀请函。“视觉艺术学院”校庆之际，我们系的同学要组织一场联谊会。

说真的，我并不想去。

不是不敢面对龚敏洁，而是我对所有聚会都感到厌倦。畏惧的同时，又有那么一点点渴望，显然是那个并不存在的人在我心里作祟。他在鼓动我，让我去满足他窥探的欲望，并能从龚敏洁身上，获取一些相关的信息。一番犹豫之后，我还是决定前往。

我大学所在的城市，金玉其外，败絮其中，正如所有的联谊会那样，我在校园内找不到一丝慰藉。学校正在放暑假，整个校园看上去破败而荒凉。我站在宿舍楼下，遥看305宿舍的窗户。窗口下方的阳台上，一只红色高跟凉鞋丢在那里，显得怪异而凄凉。爬山虎几乎遮严了窗户，仍能隐隐感受到，蛰伏在305宿舍内的一股戾气，魔鬼一样啸叫而出，令人不寒而栗。当我低头向接待大厅走去时，一眼便看到龚敏洁。她穿戴时髦，影子一样从草坪上走过。我没敢上前同她打声招呼，而是躲在一棵冬青树下，远远地看着她。见她站在方才我站过的地方，仰头观望。时空如电影画面一样切换，使我倏然想起若干年前，那个站在楼下喊“龚敏洁”名字的男生，那个已死去多年的男生，那是他第一次来女生宿舍找她。

见面自然是躲不过的。

男生的热情，有着山呼海啸般的气势。一个你记忆中没有任何印象的男生，会像亲密爱人那样扑过来，一把将你抱住；而印象中一位还算熟悉的男生，他当年的意气风发哪儿去了？竟会变得如此落魄。女生之间的相见虽很克制，却难免会发出做作的欢叫。我和龚敏洁打了个照面，也只是如陌生人般点了点头。

我要刻意同她保持距离，暗中观察她的变化。

看上去，她依旧沉默，是一种置身事外的安静。幽怨的神情，已褪去当年的呆萌。黑框眼镜不见了，应是戴了隐形眼镜，或是做了视力矫正手术。她的衣着还算讲究，举止也算得体，接近一种成熟女人的味道，俨然成了这个时代还算成功的女性。那种成功，并非依附在世俗的评判之上，不像那些做生意的同学，热络中不乏功利的企图；不像那些仕途中谋取到一官半职的同学，客套中自有一种欲罢不能的傲慢。以她淡然的神情来推断，她确实过上了一种从容而优雅的生活。无意间，我却从她的表情中，窥到一丝风尘的败相。她微翘的唇角和施了粉黛的颧骨，仍有一丝隐约的苦涩。仿佛命运，在一个人脸上留下的不可剔除的印记。似乎没有人在意她的这些变化，别人眼里，我知道，龚敏洁，仍是那个历经蜕变，终究成不了天鹅的丑小鸭。

她自然不会成为同学们关注的焦点，即便我们305宿舍的女生重聚，合影留念，她仍旧显得郁郁寡欢。同这个假作欢愉的集体，保持着适度的距离。显然，她仍未从当年的阴影中解脱出来。

其他的舍友们，生活境遇大多并未超出我的想象。其中一人结婚了，两人待婚（龚敏洁并不应算在此列），算上我在内，三人仍处在婚姻无望的状态。每个人虽都情绪高涨，光鲜亮丽的外表下，仍掩不住神情中流露出的疲惫与茫然。比起另外两位没有到会的同学，我们这些人也算幸运了——一位同学毕业后去了广州，此后音信杳然。据说，她的家人仍在四处找寻她的下落。余丽算是最惨的，一年前患了乳腺癌，两个月前悄然离世，让人感到一种猝不及防的伤感和恐惧。

正当聚会行将结束之时，龚敏洁这才变得活跃起来。

当年和我关系最好的那位同学，好像忘了当初拉黑我的尴尬，在我面前长吁短叹。“人生如梦啊！”她说，“我们还是要好好珍惜同学之间的感情。”她暗中捅了我一下，瞥了一眼正在和其他同学攀谈的龚敏洁，小声问：“你还记得乔峰吗？还记得那个我们共同使用过的 QQ 吗？”

我心里一惊，问：“哪个乔峰？什么 QQ？”

“就是为了捉弄龚敏洁，申请的那个 QQ 嘛！龚敏洁正在四处打听，谁认识一个叫沈健的男生，这个男生，应该是珠宝设计系的吧？当时我们不是把乔峰的身份，设定在他的身上吗？说不定，她就会来找你问的，你可啥都不能说。当初，我们做的那件事太荒唐了……”

她带着无解的困惑，还有那么一点愤慨，被另外一群同学喊走。

龚敏洁向我走来。

喝了一杯红酒之后，我已微醺。她向我走来的那一刻，我险些忘掉自己的身份。几年下来，我与这个世界相处，反抗或求饶，冲突与和解，都能认清自己的身份，清楚自己，不过是个卑微又懦弱的胖姑娘。而与龚敏洁在网上的相处，却让我荒唐地认为，自己有征服这个世界的能力。此刻，我在真实的龚敏洁面前，陷入恍惚。直到她坐在我面前，寒暄几句后，果然问到“沈健”时，我这才警醒起来。

此前，我已有了矢口否认的打算。等到开口，不知怎么，一个影子从我的身上跳出来，隐伏在对面一群觥筹交错的男女中间，他冲我意味深长地微笑，打着莫可名状的手势。他不是“乔峰”，自然也不是什么“沈健”，而是另外一位陌生的男子。衣冠楚楚，面色因过分修饰，显得过于苍白，像一张浮夸的面具。眼瞳渗着血红，就连嘴巴，也好似抹了血样的红色。我最终认出了他——不是别人，正是那个豢养在我体内的魔鬼，那个被我们凭空虚构出来的人。

“沈健呀，我认识他。”

我脱口而出，竟然说出这样的鬼话，就连自己都意识到被那魔鬼操控。

龚敏洁也愣住了，一副吃惊的模样。很快变得平静下来，悄悄地，认真地打量着我。

“你们很熟吗？”她问。脸上的笑容渐渐褪去，表情僵硬，好像在掩饰着什么。

“当然很熟啦，我们关系可好了。”我信口开河道，“我和他的一位亲戚认识，是通过这位亲戚联系上的。前些日子，我们还见过面，你们也很熟吗？”

“我们在谈恋爱。”她小声、直言不讳地说道。

"哦，是吗？"我的神情为之一振，好似抓到一手好牌。"他人挺不错的，听说现在事业发展得很好，在一家国企做高管，最近好像去了肯尼亚。"

"可他老是跟我借钱，让人觉得不踏实。"她小声咕哝，认真地看着我。

我愣了一下，故弄玄虚问："你们没见过面吗？"

"没有……只是通过几次电话，始终没有见面的机会。"

"哦，没见过面……也难怪，你会有这样的担心，况且借了钱给他。但我觉得，他的人品应该没问题的。你不信任他吗？"

"也不是不信任，就是有点……"龚敏洁变得不安起来。

"哦，我明白了。你觉得不借给他钱，会影响你们的感情；借给他钱，又有点不放心。"

"嗯，应该是这样。"她看着我，字斟句酌道。

"应该不会有事的。据我判断，他的人品绝对没问题，你应该相信你们之间的爱情。"

我说到了"爱情"。说过这样一句莫名其妙的话后，忽然觉得，我和龚敏洁在网上的交往，真的像一场触不可及的爱情。

她呆呆地看着我，一脸困惑。最终苦笑起来，眼里有着无尽的含义。

接下来，我以沈健的身份，准备同龚敏洁继续维持这段虚拟的爱情。她却保持了沉默。我的搭讪和问候，再也没有得到过她的回应。她好像察觉到了什么，像在故意回避。回想我们俩之间能交往，都是她太过单纯的缘故。她将自己的感情，倾注在一个并不存在的人身上，想来，都是出于对爱情的渴望。而我，又做错了什么呢？如果我有能力还清她的借款，将真相告诉她，那么我只不过是一个温良的骗子。而龚敏洁，注定会失望，甚而会因感情的挫败而一蹶不振……这样一种想象，虽有些一厢情愿，却出于我真实的顾虑。觉得如果将真相告诉了她，着实有些残忍。清点我从龚敏洁那里借来的钱（借钱的数目和时间，都被我记在一个本子上），已累积到二十多万。我不禁害怕起来，觉得自己深陷于一个黑洞，跌至洞底，根本没有爬上来的可能。

那些日子，我魂不守舍，惶惶不可终日。没有更多地担心自己，反倒沉浸在同龚敏洁失联的惶惑与忧伤中。每当夜深人静，我会静伏在电脑前，向她发出求救般的问候。

“你还好吧？”

“你怎么了？”

“你怎么不理我了？”

“昨天，你宿舍的同学和我联系过了，说你们一块参加了学校的联谊会。说你好像对我有点担心，她还教训了我一顿，不该老是跟你借钱，不该这么长时间不跟你见面……请你放心好了，我会很快把钱还给你的，我是真心爱你的。”

借由这种种的表达，我深切体会到当年和“乔峰”失联时，龚敏洁心里的那份孤独和无助。现在，我却成了另一个孤独无助的人。我蓬头垢面，彻夜蹲守在电脑前。电脑的荧光映亮我浮肿的脸。每当这时，空虚的感觉便会使我饥肠辘辘。我像做贼一样，吃光了冰箱里储存的面包、火腿肠、巧克力，有时还会半夜起来，泡一桶热乎乎的泡面。食物的热量，使我有了抵御痛苦的能力，心中的苦涩也随之化解。食欲得到满足，我会变得心态平和，躺在床上，感伤的情绪却会暗暗滋长。我开始自暴自弃，半个月的时间不到，体重出现严重反弹，再次攀上一个新的高峰。

几天后，因生意所迫，没办法，仿佛被施了咒，我再次以沈健的名义向龚敏洁开口借钱。

仍旧没有得到回复。

她怎么了？

看着死气沉沉的QQ头像，我首先猜测她会不会出了什么事——病了？家里出事了？随即我以沈健的身份，给她打了一个电话。电话虽然打通了，却被对方直接挂断。没办法，我又以自己的真实身份给龚敏洁打电话。电话打通了，仍被对方挂断。

直到此刻，我虽心慌意乱，却未感知到危险的迫近，而是沉浸在同龚敏洁失联的痛苦之中。我甚至作出一个大胆的决定：准备以同学之名，前往龚敏洁所在的城市，去她家中探访，以便查明真相。

那个并不存在的人，那个隐伏在心里的魔鬼，此刻跳将出来，阻止了我这样荒唐的想法。他和我并排躺在床上，先是对我进行一番安抚，而后加以恫吓，提醒我要冷静，想一想这么做的后果。

“你想想和龚敏洁的交往，真的做到滴水不漏了吗？”他阴阳怪气地问我。

我呆呆地看着他，不知此话何意。

“你欠她二十多万，真的有能力偿还吗？”他看着我，脸上露出幸灾乐祸的表情。

“这才是我所担心的。但我并没骗她呀，没想过要伤害她。都是你怂恿我的结果。”我同他争辩。

“你看，你看，又怪罪到我头上来了。即便有我的份儿，也算咱俩共谋。”他眨着血红的眼睛，诡异地瞧着我。

“现在该怎么办？”我虚弱地问。

“现在吗，”他启开血红的嘴唇，不假思索地说道，“继续和她保持联系，继续伪造你们的爱情。”

“你说得真轻巧，我实在编不下去了。”我气急败坏，口干舌燥，嘴里泛起一丝苦涩。

他似有洞察，将床头柜上的一块巧克力拿过来，掰成两半，塞进我嘴里，堵住我从喉咙深处发出的呜咽。

“她或许就死了。死了一了百了，你就不用还她钱了。”他狞笑着说。

我愣住。觉得他太过阴毒，心里却有一种柳暗花明的感觉。大口嚼着巧克力。口腔被甜蜜包围，脸上却流淌着伤心的泪水，委屈地嘟哝着：“你太坏了。如果她死了，我会更难过的。”

“好了好了，别装圣人了。你以为她真的是你的爱人吗？你们俩真的在谈恋爱吗？还是睡吧，很快，她就会联系你的，你最终会弄清这到底是怎么一回事。”

他抬手，在我眼前抹了一把。

我倏地醒来。深陷暗夜的包围。直至天明，也无法睡去。

白天，我仍旧被感伤情绪所困扰，无端有了一丝庆幸的感觉。这奇怪的感觉，让我有一种深深的罪恶感。

忽然接到王硕打来的一个电话，他约我出去坐坐。我以没心情回绝。他却神秘地说道：“你来吧，来见一个人，心情就好了。”我问：“谁呀?”他说：“你来就是了，来了就知道了。”

2010年的夏天，在我的记忆中显得如此诡异。记得当时，虽然全球性经济危机爆发，但经历了2007年全球股市大热之后，炒股已变成了大多数人的发财梦想。我神思恍惚地走在街上，耳朵里听到的，都是路人关于股票的谈论。路过一家小吃店，看见一个操外地口音的厨师拿着翻盖手机，正在寻找飘移不定的信号，叮嘱着什么人，替他买几股刚刚上市的创业板股票。一位老板娘模样的乡下妇人，叉腰站在店门口，正在对他破口大骂。

走进酒店包房。王硕指着一个男人问我：“还认识他吗?”

我摇头。

他神秘地眨了一下眼睛，问：“真的不认识了?”

我仍旧摇头。

“这不就是沈健嘛！以前你还老是跟我打听他的消息。他刚从国外回来，路过咱这儿，找我聚聚。他住的酒店离你家不远，我忽然想起你来，想起以前，你不是暗恋过他吗?”

哦，他就是沈健。那个经305宿舍集体炮制，被我冒用了身份的人，如今真实地出现在我面前。

对于王硕毫无顾忌的玩笑话，沈健只报以淡淡的微笑。他同我握手。举止得体，身体略微发胖，看上去，更有一种尊贵的从容。说实在的，大学时我只远远地瞧过他几眼，并无任何接触。即便当下，在我心目中，他只不过是一个不折不扣的陌生人，一个隐秘的、被我赋予了某种形式的人。

我们落座，共话大学时代的生活。他竟然还记得余丽，记得那位长相酷似古巨基的男生……不知怎么，话题一转，忽然说出“龚敏洁”的名字。他说这次回国，有位同学在电话里跟他说，这个他没有任何印象的女生，正在四处打探他的消息。“我们不在一个系，从未有过交往。龚敏洁是谁啊？”他笑眯眯地问。一脸困惑。

王硕开玩笑道：“可见你的魅力，甚至影响了她们的人生。”扭头问我：“你认识龚敏洁吗？”

我慌乱地摇头。

他们暂且将我放过，说起了各自的生活，以及他们所熟知的一些同学的消息。又说起我听不懂的股票。王硕不遗余力，同沈健打听股票行情。沈健颇有见地预测一番。王硕虽听得认真，却一副不以为然的表情。

我无从插言，忽然被一种恐惧感慑住。慌忙起身，同他们告辞。

当天夜里，我收到龚敏洁发来的一条莫名其妙的留言：“我写的小说登出来了。给你寄上一本。收到后，请你认真读一读吧。我希望你认真读一读。”

隔了一天，邮局送来一个包裹。

打开来看，是一本名为《女子文学》的杂志。封面印得花花绿绿，一个长相富态的男人，摆出一副指点江山的架势。封二有专门介绍他的文章，给了无数美誉。他是著名企业家，很可能热爱文学，很有可能，出钱赞助了这本杂志，理所应当，他的照片便会占据杂志封面，供所有女性读者瞻仰。杂志的内容乏善可陈，设有小说、散文、诗歌栏目。龚敏洁的小说发在头条。内容占了大半本杂志，更像为她单独出版的个人专著。

利用晚上的时间，我开始通读这篇叫作《虚拟爱情》的小说。

这是我第一次读到龚敏洁的文字。平心而论，文笔还算精致，故事却缺乏新意。小说里的人物，多用字母代替。比如主人公 G，以及其后出场的 H、Y、S、L。小说从 G 和 H 初中时若即若离的爱情写起，两人上了同一所大学，因性格缺陷，羞于表达，又因 Y 的加入，使这段朦胧的爱情很快变为烂俗的三角恋，令 G 很是痛苦。此时，S 开始在 QQ 上展开对 G 的追求，导致 G 和 H 的关系彻底中断（用字母替代名字，让人看得晕头转向，削弱了故事的吸引力）。S 总是一副很神秘的样子，始终不愿透露自己的真实姓名。但他的追求非常大胆，极尽撩拨之能事。一直到大学毕业，G 始终对 S 念念不忘，她想继续维持这段感情，不断在网上跟他说话。虽得不到回复，却把他当成精神上的寄托……读到这儿，我不禁哑然失笑。发现小说中的情节，完全照搬了龚敏洁自己的生活。小说中的 G，明显就是“龚”姓的第一个字母；H，则是那个长相酷似古巨基的男生；而 Y，应该是代表了余丽；S，想必就是沈健的代称吧。那么 L 呢？会不会代表了我？

故事将如何往下发展，只能继续读下去。

毕业后，又过了很长一段时间，G 忽然收到 S 的回复。爱情虽虚无缥缈，却令 G 更为渴望。由于 S 事业有成，G 感到很自卑。后来 S 说，他恋爱了，恋爱对象是一位珠宝商的女儿，G 更加自卑。爱情无望，本想中断和 S 的联系，G 却很珍惜这段难得的友情。接下来，他们在网上的交往不咸不淡，好在后来，S 离婚，生活一落千丈，这才重燃 G 对爱情的渴望。只是接下来发生的事，令 G 深陷痛苦的泥淖。

S 开始向 G 借钱。G 为了帮助 S，把自己的积蓄拿出来借给他，却得不到他的满足。G 只好向所在公司的老板求助。老板以借钱给 G 的名义，顺理成章地占有了她。小说中用了大量隐晦的词汇，讲述了 G 和老板的奸情。其中不乏大段痛苦的道白。G 不仅忍受了老板畸形的欲望，并且为他数次堕胎。对于爱情的憧憬与担忧，使 G 深陷痛苦之中。她也曾对两人的恋情产生过怀疑，却无力改变这种局面。她觉得对不起 S。爱情成了她生活中的唯一希望，却只能以亵渎的方式，将身体当作筹码。

读到这里，我的心开始往下坠。设想小说中的 G，若是指代龚敏洁的话，那么因我的私欲，竟然会让龚敏洁遭受如此的不堪。

故事的走向，忽然急转直下。

一个偶然的机会，G 接触到一位大学同学，从这位同学的嘴里，G 得知了一个令她震惊的消息——S 毕业后，虽去了那家珠宝公司，却早已娶妻生子，定居国外。听到这样一个消息，无疑如五雷轰顶，G 这才明白，网上的 S，其实另有其人。

我从床上惊坐起来，感到阵阵窒息。密密麻麻的文字，让我心生恍惚，终究明白，故事的前半段，是在复述我和龚敏洁在网上的交往。而G为了爱情所遭受的困厄，以及这个忽然冒出来的同学，是真实的发生，还是龚敏洁小说中的虚构？而我又刚刚见过沈健，得知他确已定居国外，娶妻生子，可见小说中的内容，并非完全出自虚构……读完小说中G的一段悲伤欲绝的道白之后，令我深感震惊的，不光是她的愤怒，还有接下来她要实施的一个计划，小说中这样写道：

“是谁欺骗了我？太可怕了！G想。从接到添加好友的申请，G便觉得这一切都很怪诞。她首先想到冒充S的这个人，先前对她所说的那些甜言蜜语，乱七八糟，口径很不统一。有些话，甚而前言不搭后语，显然并非一人所为，联想到室友对她的排挤和孤立，G恍然大悟，终于明白，这个欺骗她的人，应该是同学中的某一个人，或一群人，有人在恶意作弄她，故意要看她的笑话。是谁这么恶毒？她的心里，慢慢浮出一个计划，决定查明此人究竟是谁，到底想要对她做些什么！”

我平定呼吸，继续将小说读了下去。

接下来的内容，再次延续了我和龚敏洁的故事。此处的叙述，不乏精妙之笔，颇有一些侦探小说的味道。G首先怀疑捉弄她的对象是Y（这不由令我感到窃喜），调查的过程，却显得尤为艰难，此时的G，不仅要承受被欺骗的痛苦，还要应对生活的压力。好在，她的心态已发生转变，决定心安理得地被老板包养，过着一种金丝雀般的生活……S仍不断地向她提出借钱的请求，借由 S 的贪得无厌，G 想出一个大胆的复仇计划。

清点被骗走的钱数，金额已达十几万。G 除了心疼这些用自己身体换来的钱之外，更感到一种无以复加的愤怒。为此，她认真研读了一些法律方面的书籍，如果金额达到二十万，S 会涉嫌诈骗，将被判处三年以上十年以下的有期徒刑。三年到十年，惩罚一个贱人，也足够了。只是令 G 深感困惑的是：这个 S，到底是谁？羞耻之心让她没有勇气去公安局报案，只想凭借自己的力量，搜集证据，继续借钱给 S。让其借钱的数目，达到法律严惩的界线。二十万，应是悬在 S 头上的一柄达摩克利斯之剑。

读到此处，我不禁胆寒。分不清这是小说的虚构，还是现实中龚敏洁的真实想法。以此为鉴，有时我亦分不清现实与虚构的界限。那么小说中所写到的，显然是龚敏洁在现实中的真实想法了，她要一意孤行地开始复仇。

为查清欺骗者的真实身份，G 伤透脑筋。机会终于来了，她收到了一封来自母校的邀请函。于是心生一计，如约前往。她问了很多同学一个相同的问题：谁认识 S？谁和他有联系？怀疑对象被一一排除。那个最让她怀疑的对象 Y，因患癌已离开人世，让 G 略感失望。当问到从未怀疑过的一个人时，此人的回答，令 G 深感震惊。那个欺骗了她多年感情的人，竟然是 L。

不用多说，小说中的 L，自然指的是我。

看过小说中一段照搬现实的对话，我这才如梦方醒。我的自作聪明，最终在龚敏洁面前露出了马脚。龚敏洁用巧妙的排除法，剥掉了我的伪装。

接下来，她会采取怎样的行动呢？真的会去警察那里报案吗？让我以诈骗罪，遭受三年至十年的监禁？参照小说里的内容，我猜不出结果。

小说中的G，陷入纠结的心态。她首先回忆了和L的交往。L是最让她感念的一位舍友，是她大学时代唯一的温暖记忆。接下来她用一段花哨的文字，感叹了一番人心的叵测。接下来，安排小说中的G，将自己发表小说的杂志，寄了一本给L，并留言，让她认真读一读……小说到此戛然结束，留给读者无尽的遐想。G最终是否原谅了L？还是将L送进了监狱？

我惶惶不可终日。猜不出龚敏洁的真实意图。在对那篇小说的一次次重读中，找不到任何一根可救命的稻草。只能用那个QQ号，对龚敏洁道出全部的实情。

我的忏悔不乏真诚的态度，愧疚的语气，显得可怜而又迫切。密密麻麻的文字，被我在键盘上一气呵成地敲出来，几乎没有停顿。好像我自己，也成了一位文思如泉涌的作家。

一段几千字的文字表达，接连发送出去，龚敏洁却始终没有在网上出现。

我感到绝望，浑噩中变得清醒起来。出于无奈，只能对父亲道出原委，以求得到他的帮助。社会经验更胜一筹的父亲听了，看罢小说，不无嘲讽地说道："你以为自己手段高明，骗了人家。其实，早就被人家套牢了。"

"怎么办呢？"我哭丧着脸问。

“除了坐牢，还能怎么办。”我父亲说。思忖片刻，他又说：“倒不如，先去派出所自首吧，以求得到宽大处理。再想想办法，堵上对龚敏洁的亏欠，求得她的原谅。实在不行，就把家里的房子抵押出去。”

在父亲的建议下，我先是找到一位律师咨询。尔后，自己去辖区内的派出所投案自首。

那是一个风和日丽的日子。所遇路人，脸上无不是一副安然的神情。这并不意味着我今后的生活，将会有什么改变——只会变得更糟。我将在恐惧和羞辱中度过，以此来偿还对龚敏洁的所有亏欠。

我的自首，让警察感到吃惊。

在他们的经验里，好像从未遇到过没有受害人举报的情况下，诈骗犯主动来投案自首的先例。我在他们忍俊不禁的追问下，先是说自己“良心发现”，后又变得歇斯底里，哭丧着脸道：“你们管那么多干吗！把我抓起来就是了。”

一位警察郑重表态，说必须要找到当事人，取得证据，方可立案。而另一位警察，则以半开玩笑的口吻说：“姑娘，牢饭，可是要按定量吃的……”他的言外之意，明显是在嘲笑我的肥胖，是对我人格缺陷的一种歧视和侮辱。我却没有勇气向他提起控诉。

从派出所回来，我已做好不久便会被抓的准备。忐忑不安中，我待在家里，不敢出门。过了几天，没有等来警察上门，却接到他们打来的一个电话。

警察说：“我们找当事人调查过了。当事人的态度，仍旧出乎意料。那个叫龚敏洁的人，说你确实借了她的钱。但你们是朋友，朋友之间借钱怎么会触犯法律呢？她说你在搞恶作剧……老大不小了，咋这么一点底线都没有，跟警察搞这样的恶作剧，吃饱了撑的是吗！我奉劝你一句，好自为之，不要跟法律开这种玩笑。再这样胡搞下去，真的对你不客气。你以为我们警察很清闲吗？那么多的网络诈骗案，还在等着我们去调查。"

我蒙了，不敢相信自己的耳朵。想问个明白，警察却已挂断电话。

当天夜里，我终于等来龚敏洁在 QQ 上发来的一条留言。

"现在想想，其实我俩都挺可怜的。你骗了我，改变了我的命运。而你呢？又得到了什么？"

我得到了什么！

我不置可否，心中五味杂陈。呆呆地坐在电脑前，随即又看到她发送过来的另一条留言。

"我挺佩服你的勇气。抢先一步，去警察那里自首。我不忍心把你送进监狱，但这并不代表这件事就这么结束了。你必须把我的钱还给我，就当是我借给你的吧。我会给你留出足够的时间。如果你做不到，我已保存了足够的证据，仍会考虑把你送进监狱。"

这条留言后面，她又发来一条我不懂出处的留言：

我信罪得赦免。我信身体复活……

珠玉记

控带四时，经纬三才。

——东汉徐岳

少年朱瞳初来南堡镇时，正是二月末一个萧索的黄昏。

沿河码头像一具鱼尸，仍未从初春的寒意中醒来。他细长的眼睛朝空旷的码头睃一眼，目光停留在窄瘦河道旁一片开阔的滩地上。那里，穿黑棉衣的渔夫弓着身子，正在给船板漆桐油。驳杂的渔船，像被切腹的大鱼，有的仰卧在河岸，被横竖交错的檩条架着，正在进行渔汛到来之前的休整；另有几艘渔船，像被大海遗弃的鞋子，有的倒扣，有的船舱进水，搁浅在岸滩上……朱瞳吸了吸鼻子，将铺盖从肩上卸下来，身子倚靠在系缆绳的铁锚上，朝四周随意张望。

他并未看到邻居四叔向他描述过的，码头上沸腾的景象，甚而一点端倪也没有。四叔说，每年一到捕捞季，沿河码头怎可用“沸腾”二字来形容。每当“穿河街”的沟汊里涨满潮水，满载渔获的渔船，一艘连着一艘，像大雨前搬家的蚂蚁，从狭窄河口进入，浩浩荡荡，呈扇形驶入沿河码头。船老大粗鲁的吆喝声，犹如惊雷，在充满鱼腥味的风中滚荡。那些赤脚裸背的渔夫们，好似鞭子抽打下的陀螺，肩挑六绳筐，脚步峻急地走在通往水产公司的大路上……也难怪啊，四叔说，耽搁半个时辰，不复新鲜的渔获便很难卖上一个好价钱。水产公司大院里，上千担海鲜排成数行，绵延几里，甚至将“穿河街”堵得水泄不通……“你去那里谋个营生吧，孩子，那里正在招兵买马，缺会打算盘的好手呢。”四叔说。

“我行吗?”朱瞳不安地问。

“你行，肯定行！”四叔阖了一下眼睛，殷切地看着他。其实，他并不能看清少年朱瞳消瘦的模样。“我的眼光错不了，孩子，你要没那份能耐，四叔也就不会舍了老脸，替你张罗这事。那可是凭真本事吃饭的地方。”

朱瞳歇息片刻，此时，黄昏已随海风而至。他正了正斜背在肩头的一只浅灰色布囊，布囊内响起珠玑错落的声响，坚硬的木框硌疼了他的背。他将软塌塌的铺盖再次负在肩上，迈步朝码头左侧的一条大路上走去。

不需问路，临行前四叔已叮嘱过他，沿着溯河西岸一直南行便是。朱瞳这才知道，紧靠自己村子的那条溯河，原来弯弯曲曲，最终通汇了大海。只不过海水与河水，在这个叫作“南堡”的地方有了交汇，能看清交汇处那道浑黄与湛蓝的交界……三条河汊从镇子里穿过，故这条街道名为“穿河街”。“你沿着中间一条河汊走，便会来到沿河码头。左拐，走上不到两百米的路，水产公司大院便到了……”四叔这样说着，抬手揩了一下眼角的泪。他患白内障的眼睛又感到疲累了，却让朱瞳觉得，那个讲述中的渔乡小镇，像活物一样烙印在四叔的脑海里。

朱瞳按图索骥，走了将近五百步，果然见到一处难以用“宽绰”形容的院子。说是院子，周围没有一点围挡，低矮的房屋一目了然。除了几幢与当地民居形状无异的棚屋外，斜角高耸的高大建筑，看上去倒像个新奇事物。朱瞳后来得知，那便是水产公司用来储备干鲜海货的仓库。

空旷的院场里铺满碾碎的贝壳，经由千人踩踏，早已如骨质般坚硬。朱瞳蹀躞步子，朝院场深处走去，并不觉得比来时路短了多少。他性子懦，怕见生人，烦愁怎么来应对那接待他的人。好在此刻，日头“咣当”一声，在他屁股后面沉落，让他心里多了些自在……一条黑狗不知打哪儿跑出来，“汪汪”叫着，像是要迎接他，却亲热过了头，咬住他的裤脚不放。

一幢棚屋内亮起灯火。朱瞳准备去拍那扇木门时，门却从里面打开了。一位瘦高个青年走出来，头几乎顶住了门框上沿。他诧异地问：“你干吗?”

奔跑的过程中，朱瞳肩上的铺盖散了，松松垮垮垂在肩后。那条黑狗，本无恶意，只是对朱瞳惊慌的样子感到好奇，到后来，不再咬他的裤脚，却对那床在他背上跳跃的被子充满好奇。

瘦高个儿青年从台阶上下来，手抄着裤兜，抬腿踢了黑狗一脚。黑狗叫一声，遁入夜色。他瞟着面前比自己矮了一头的朱瞳，再次问："这么晚了，你来这儿干吗？"

"我，我是来报到的。"朱瞳说。

"报到？"

"嗯，咱这儿，不是正招会打算盘的人吗？"

瘦高个青年"哦"了一声，想起什么似的。"你来早了一天，通知上不是说，明天才让报到吗？"

朱瞳说："我，我家离这儿远，要赶一天的路。所以，早出来了一天。"

"哦，那好吧，那就先住下。领导们不在。你们明天报到的这帮人，宿舍还没整理好，只能将就一宿了。"

朱瞳抹了抹额头上的汗水，随高个青年走入屋内。屋顶的汽灯发出嘶嘶的响声，灯光炫白，一时让他的眼睛无法适应。青年走到一张桌子旁，从抽屉里翻出一个本子，问："叫啥名字？"

听不到回应。青年看了朱瞳一眼，不禁笑了，说："你不能把被子搁一边儿吗？放下来说话。"

朱瞳把被子放在一张长椅上，凑到青年身边，舔着焦干的嘴唇说："我叫朱瞳。"

青年拿笔登记，又说："在这儿签个名。"

朱瞳睃眼，手指抵住表格上的横线，认认真真地填写起来。

歪在椅子上的青年忽地念叨一句："朱瞳……"随之俯身到桌上，抬手捅了一下朱瞳的肩膀，"朱瞳，你是朱瞳?"

朱瞳抬头，有些不知所措。

青年断定道："真的是朱瞳。"

见对方并无恶意，朱瞳的脸上堆起笑容，问："咱俩认识吗?"

青年说："蚕沙口中学读过书的人，谁不知道你朱瞳！咱俩，曾一起参加过一次数学竞赛……我叫李一平，比你高一个年级，虽然不在一个学校，但也算得上是同学吧。"李一平说着，伸手过来，与朱瞳相握。

朱瞳对李一平没有任何印象，仍旧拘泥。

李一平笑眯眯地说："也没长个儿啊，还是这么瘦。只是模样有点变化，路上遇到，都认不出来了。"

朱瞳苦笑。

李一平忽然问："我是初中毕业后，待在家里听到你消息的——你以全校第一名的成绩考上了滦州一中，为啥又中途退学了?"

朱瞳脸色一暗："家里困难，上不起学……"

"可惜了，可惜了！"李一平咂嘴。手指在桌面上轻轻磕打，这才想起来问："还没吃饭吧?刚好，我这儿还有半捋挂面，马上生火，煮面条给你吃。"

两人说话到很晚，李一平将朱瞳引入一间宿舍。借着洁白的月光，又被李一平引着，从院场里抱来几捆稻草，铺在床上，再把铺盖摊开在上面。

他睡得身体发冷，缩紧肩胛，两腿攒着。被子很薄，硬邦邦的，聚不起一丝热气。这床被子，整整三年也没拆洗过了。娘在世时，即便没钱添置新棉花，也会将粗布的被里被面浆洗一番。烂棉花套放在太阳下烘晒，会像新棉花一样蓬松……过了三更，朱瞳仍不能睡去。听到窗外的风声，和着海浪的喧哗声，不禁害怕起来。他并不清楚那是暗潮涌涨时分。却能想象，如铁器一样泛着寒光的海水，正在无边夜色下蔓延。

那天早晨，李一平临时有事，忘了跟人交代提前来报到的朱瞳。临近晌午，从院子里传来的阵阵说笑声，将朱瞳从噩梦中惊醒。

一个女生抱着被子，站在宿舍门口。醒来的朱瞳，起初不知自己身在何处，后来，看清女生那一头阳光中澎湃的秀发，不由愣住。

女生也愣住，尖叫一声。朱瞳随即也跟着叫起来，意识到贪睡的后果，却没办法补救。憋得发胀的尿脬，让他有一种生不如死的感觉。

朱瞳捂着肚子，撞开挡在门口的女生，将站在院子里交谈的人们吓了一跳。那些人，大多是来报到的新珠算手，也有水产公司的老员工。大家围在大腹便便的马经理身边，正在热络地说着什么。忽见一个半大小子，穿一件袖口绽线的秋衣，一条打了补丁的秋裤，脸色煞白，急急跑过，不禁好奇。让大家觉得难为情的是，这半大小子的裆部，竟然顶出一个锥形……再一看愣在门口的女生，大家不知道发生了什么。

众目睽睽之下，朱瞳蜷着身子在场院里乱转。院场廓大，一时间却找不到一处可供应急的地方，又听身后传来一声炸雷般的喝问："咳！干吗呢——你这是？"

朱瞳身子一震，定在那里。腿根一热，一泡尿泄出来，撒在腿裆里，顺着小腿流进鞋窠。

马经理快步走过来，看清眼前的阵势，憋不住笑了。

"哪儿来的小子？昨晚咋睡这儿了。"

朱瞳湿了眼眶，身子瑟瑟发抖，不知该如何作答。幸亏李一平骑车从外面回来，一个急刹车，停在马经理身边，小声解释。凑上来的人们听清原委，哈哈大笑。马经理忍着笑问："多大啦？你有十五吗？"

朱瞳拖着哭腔："十七。"他瞒报了岁数，给自己多长了一岁。

"还离不开奶嘴呢，来这儿能干啥！"马经理说完，甩手离去。

2

朱瞳并不知道，他们这一批前来应招的珠算手，拢共十三个人，老幼参差。其中年龄最长者，已近五十岁，年龄最小的，便是自己。13个人里边，唯一的一位女生，便是他的同学梁红。

朱瞳回到宿舍，尿湿的衬裤也没得换，颜面尽失。待在屋子里，不敢出门。听到外面的人声越发嘈杂，这才想到自己此行的目的，只能硬着头皮走出门去。门口碰到梁红，红着脸不敢看她。

来报到的人碰过头后，都将行李搬进了宿舍。唯有女生抱着一床被子，站在门口发呆。管后勤的老赵诧异地问："咋了，不收拾行李，站在这儿干吗？"

梁红朝朱瞳努努嘴，显得有些不好意思。

老赵这才恍然大悟，冲着朱瞳吆喝一声："赶紧，把你的行李搬出来，搬到男生宿舍。年纪不大，歪心眼儿倒不少，想和女生睡一块儿吗？"说着，冲梁红呲牙一乐。

男生都睡大通铺。十几个人，分三间屋住下。大家放下行李，开始攀谈起来。朱瞳这才知道，这些来应试的珠算手，以前大多在村里干过会计。年龄最大的老吴，按他的话说，摆弄算盘，比摆弄筷子的时间还长。他家人口多，五个孩子，挣工分不够开销，这才跑来这里应试。比朱瞳年龄稍长的小李，初中毕业后，也一直在村里干着会计的工作。他问朱瞳，"以前你在村里干什么行当？"见朱瞳答不上来，便不再理他。

扯一会儿闲篇，大家又说起这次应试。

"不是招你来，你就能来，最终谁走谁留，还要过五关斩六将。"年长的老吴说，"所有人都要通过三次考核，第一次考核，考乘除法……""那加减法呢？"待在一旁的小李插话问。"加减法？"老吴睥睨他一眼，"加减法那还用考吗？

加减法都不过关，你还来这儿干吗！通过了乘除法，还要考你的应变能力，这个应变能力，我就说不太清楚了。即便通过这两项考核，也不算完事，还要看你的实战经验。等到五月份，捕捞季一到，那就是骡子是马，拉出来遛遛……”老吴好似胜券在握，拿眼瞟着在座的其他人。见其他人脸上，皆是一副错愕的表情，不由咧嘴笑了。吧嗒两口烟，像电影里的某个大人物，振臂一呼道：“我说小伙子们，接下来都好好准备吧，考验你们的时候，马上就要到了。”

小李当即拿出从家里带来的算盘，临阵磨枪般操练起来。另有一个姓刘的年轻人，忧心忡忡地说道：“最后，咱们这些人里边，也不知道能留下几个。”

老吴舔舔厚嘴唇道：“听说，去年应招的一批珠算手，到末了，只留下来两个。”

姓刘的年轻人叹了口气，栽倒在铺位上。拿一根烟叼在嘴里，也不点火，双唇一翘一翘地说：“如果珠算不过关，我就尽量勤快点，力争留下，当个打杂的也好啊。我刚搞了个对象，临来时跟我说，我要留在这儿，她就嫁给我；留不下，那就没戏了。”

老吴笑一声道：“那你得把马经理溜须好喽！”

朱瞳面色苍白，盘腿坐在炕上，闷头听大家说话。小李打珠算的声音令人心烦，朱瞳忽然想起什么，返身上炕，连鞋子也没脱，翘脚跪爬着，将行李翻了个底朝天。愣了一会儿，将铺盖又抖落一遍，惹得老吴很是厌烦，问：“小子，找啥呀？魂丢啦！”

朱瞳不说话，跪坐在炕上。额头慢慢渗出豆大的汗粒。

倏地下炕，飞一般跑出去。

撞开女生宿舍的屋门，顾不得女生的讶异，朱瞳只顾弯腰，将梁红已归置好的床铺翻得乱七八糟。梁红也不恼，作为同学，她深知朱瞳的秉性。站在身后，拽着他的衣襟，笑嘻嘻地说："朱瞳，没想到，咱俩又要做同桌了。"

梁红的话，朱瞳似乎没听到，只顾翻找。无果。这才扭身，脸色煞白地说："是啊，梁红，你也来啦？"

梁红说："是呀！我也来了，你在找什么呢，朱瞳？"

朱瞳呻吟一声，险些哭起来，也不答话。细长眼睛斜睨着，脑子里像放电影一样，将自己昨晚至现在的经历，细细回放一遍。忽然甩手，跑出门去。

办公室里，大家正在开会。烟雾缭绕。马经理袖手，正在同大家讨论明天考核珠算手的方案。朱瞳招呼不打一声，推门而入。愣了一瞬后，弯腰就在桌椅间翻找。有人把腿挡在他面前，他便毫不客气地将那人的腿挪到一边。临了，惊慌失措地看了看错愕的众人，满头大汗跑了出去。看着他的背影，马经理问："这小子，谁招来的？傻拉吧唧，他想干啥？"大家随即纷纷议论。

朱瞳清楚地知道，他把从家里带来的一样东西，给弄丢了，但应该不会超出这所场院的范围。场院里找了个遍，没有任何结果，只能出院子，顺着来路找寻。找到沿河码头，也没有任何发现。他在沿河码头的石埠上呆坐良久，这才返回住处。此时，大家已吃过晚饭，正在屋子里乱哄哄地吹牛。

朱瞳感觉不到饿，只是瘫倒在铺位上，蜷着身子，默默流泪。正当大家聊得兴起时，忽听门外传来一声呼唤：

“朱瞳，朱瞳……你在吗？”

众人朝门口看去，见光影里闪出一个女孩的身影。扒着门框，朝屋内探身，也不进来。老吴一骨碌坐起来，连忙说：“呦，这不是小梁子吗？以后咱们就是同事了，快进屋来坐。”

梁红对他一笑，摆手。看到从炕上坐起来的朱瞳，勾勾小手指头，示意他出来。

两人站在灯光暗影里。朱瞳垂头，无心说话。梁红将手背在身后，俏皮地问：“你找什么呢？朱瞳。”

朱瞳嘴唇翕动，喉咙里咯咯有声。他对梁红的俏皮，感到厌烦。抬头瞄她一眼，见姑娘刚洗过头发，刘海湿哒哒垂在额际，两只眼睛，也像水洗过一样，暗黑里闪着熠熠光亮。

见朱瞳如此可怜，梁红便再不忍心戏弄他。嘻嘻笑两声，变魔术似的，一抖手，将一匹布囊托送到眼前。布囊的袋口软塌塌坠下去，现出一把算盘的形状。

“你在找这个吧？”

朱瞳叫了一声。一把将布囊拽过来，抱在怀里。胸腔起伏，紧紧地抱着。端到眼前来看，手指抖个不停，像盲人一样触摸着包裹里的算盘。这才想起来问：“梁红，你从哪儿找到的？”

梁红撇嘴：“床底下。我打扫卫生，在床底下发现了它。”

“谢谢你啊！”

梁红凑到朱瞳耳边，轻声说：“真是个好东西。我可从没见过这么好的算盘。拿来这里用，真是可惜了。”

“你看过了？”

“嗯。”

“是我祖上传下来的。我爹当年在鱼行做事，就曾用它……”说完这话，朱瞳意识到什么，沉默下来。

梁红也跟着沉默。她清楚朱瞳不愿提起自己的身世。叹了口气道：“你不该来这儿，朱瞳。你该去读书，你是一个多爱读书的人啊。”

朱瞳岔开话头问：“你咋也来了？升高中的考试，你不也考得挺好吗？”

梁红幽幽说道：“家里穷呀，没办法，不让上了。”

第二天，考核即将开始。

大家规矩地坐着，每个人面前，放着一把公司为选手准备的算盘。有人拿起新算盘，随意拨弄几下，觉得不趁手，又把自己从家里带来的算盘摆放到桌子上。

布囊摊在朱瞳的膝盖上，一手抵着，揽在怀里。另一只手，抚弄着那把崭新的算盘。指尖每挑动一下，便有一声清脆的钝响。他薄唇紧抿，鼻尖冒汗，脸色变得红润起来。感觉不到算珠在黑漆木框内梭动时，新鲜漆油的黏稠感，只是觉得每一颗算珠的起落，都让人心里踏实。他拨弄得兴起，索性将布囊放在桌子上。

坐在朱瞳身边的老吴，不经意瞥了一眼。只见布囊的袋口敞开，露出深红色木框。觉得那红木材质的木框，华丽而端庄，淡黑的木纹虚线张扬着，如宝物似的，晃了他的眼。他不禁好奇，抻过布囊，随手将算盘抽出来。等朱瞳发现时，用手去挡，算盘已被老吴拿在手里。

老吴手腕一拧，只听掌间，发出珠玑磕碰的声响，不似凡间的声音，恰似异兽的鸣叫。他随即罢手，算盘珠子也跟着哑寂，好似不满老吴的轻薄。老吴暗叫一声，感到手腕酸麻，仿佛触碰了不该触碰的物件，赶忙将算盘端端正正放回到桌面上，再定睛去看。

只见一颗颗晶润的珠子，聚拢在长约30公分、宽约15公分的红木算框内。一颗颗晶莹剔透，好似要洇润般化开。梁上作数“五”的两珠，是翡翠绿的；梁下作数“一”的五珠，上下两颗都是烟黄的，裹挟着中间的象牙白。若不是有“横梁”和“竖挡”的困囿，那一颗颗珠玉，真的似要化开，并要漫漶开去。仔细看，又见珠玉间的缝隙，透着红木材质的大度，小心呵护，对它们似有骄纵，像恋人；对它们面露威仪，更像老派的父亲。

倒背着手在屋子里巡视的马经理，此刻走过来，也被这把算盘惊了一下。他脚下拌蒜，肥胖的身子险些扑跌在算盘上。两手抵住桌沿，呼哧带喘地问：“这算盘，谁的呀？”

众人的目光，投向一脸惶恐的朱瞳。

“你的？”马经理问。

朱瞳点头。

“谁给你的？”

“我爹……”

“你爹叫啥？”

“朱……朱子谦。”

马经理“哦”一声，道：“我听说过你爹，当年名震天津卫的神算手。也听说过这把算盘。没想到，今天能有缘见到。这把算盘，可是比你爹的名头还响。据说谁用上这把算盘，只需用半个脑子，手不需拨拉，算珠便会随意念而动，结出的账目毫厘不差。只是后来，江湖上没了它的消息。”

“它不叫算盘，听我娘说——我娘听我爹说，它叫‘珠玉’。”朱瞳睁着一双细长的眼睛，认真解释。

考核开始了。

当监考员将试卷发下去后，宽敞的屋内便再不闻人声。此刻，正是潮汐退尽之时，窗外也是一片宁静。春日的阳光，从高大的窗户上呈束状打进来，投在每个人的脸上，每个人看上去都神思恍惚。算珠的磕碰声随即响起。起初寥落。若是一人执算盘，声音听上去便已令人欣悦，何况十几个人聚在一起，那算盘珠子交汇的声音，简直让人有些心动。

马经理不愧是打算盘的老手。他是早年从鱼行里慢慢熬出来的小伙计，考察一个人的珠算技艺，即便闭眼，静听算珠的起落声，也能揣摩出珠算手的水平。他慢悠悠地在屋子里打转，目光不时投向窗外。偶或哂笑，忽而皱眉。一记涩滞的算珠声响，完全出乎了他的意料，显然是一个生手所为，非但不入流，完全是个门外汉了。

他绕场一周，最终站在朱瞳身后。

朱瞳正在用公司统一配置的那把黑漆木算盘，演算数字。只见他塌肩缩背，一手抬起在算盘上沿，有些虚张声势，单手不时拨弄一下，另一只手隐在桌下。他拨打算盘的姿势，完全是小儿科动作，像在辨认算珠的数目，生疏地推上几颗，又生疏地拨下几颗。

马经理心里不悦，低声说：“小朱，你这样咋打算盘呢！”

朱瞳身子一抖，好像从游离状态中醒过来。眼里闪过一丝惶恐。马经理不忍看他怯懦的样子，叹口气，走回到前面，坐定在椅子上。

朱瞳在别人未及收手时，拨弄算珠的动作就已停下来。他呆坐在那里，神情忐忑。似对已完成的试卷，没有半点把握。等大家都罢手，这才将试卷交上去。马经理看一眼纸面上的数字，竟然毫厘不差。再看别人算出的答案，有的还算靠谱，有的却很离谱，不禁倒吸口凉气。当着众人的面，不好开口问朱瞳，于是心生一计，挥笔写下一串数字，临时起意，说是要考一考大家的加减法。

听说要考加减法，那些乘除法没有答好的珠算手，不禁摩拳擦掌起来。李一平准备报数时，马经理心生一念，像是故意为难这些新手似的，做了个手势，对李一平说："小李，你和他们一块儿算，我来报数。"

作为一名合格的珠算手，不会惧怕任何数字，唯独忌讳如"50""55"、"60""66"这样先后叠加的数字，因为报数字的人唱报这些数字时，因发音的缘故，口齿间常有些许的连贯，让精神专注的珠算手在听觉上产生误解，很容易将数字拨错。若想将拨错的数字从算盘上消解，不仅耽误工夫，账目也会功亏一篑——马经理就是藏了这样的心机，写下很多这样的数字，他要考验一下珠算手们的应变能力。其实，更想特意来看一看朱瞳的表现。

马经理一边唱报，一边拿眼瞟着朱瞳。凭借珠算手手指间发出的磕碰声，马经理发现了几个技艺相当娴熟的珠算手。而朱瞳，仍是用先前的指法，甚而比先前的表现还要糟糕。他低垂眉目，仿佛在梦游，手指不时在算盘上拨弄一下，停下来，手指悬空，思吟半晌，再拨弄一下。随着报数的声音越来越快，算珠的磕碰声越发频密，宛如下了一场急雨。雨声骤然消退，那记孤单涩滞的声响，便是从朱瞳的指间发出来的。

唱报声歇止。马经理清清嗓子，先是问一问李一平算出的结果。李一平的加入，有着一些炫技的成分。等李一平报出结果，马经理又单挑了朱瞳。

“小朱，你报一下。”

朱瞳报出的数字，和李一平报出的数字完全吻合。接下来，大家把自己结算的数字全部呈报上来，还有两人吻合，其中一位是老吴，一位是梁红。其余差之毫厘，显然全是错数。

“他是咋算出来的？”马经理瞟了朱瞳一眼，这样想着。

第二天，马经理把朱瞳单独叫到自己的办公室。

他对朱瞳打算盘的手艺还是有些担心，决计再考他一回。他将写满数字的纸页推给朱瞳，也不唱报，任他默打。朱瞳低眉垂目，坐在马经理面前。马经理也是蚕眉低垂，盯紧朱瞳的十指，想要挑出破绽来。只见朱瞳细长的手指在算盘上拨一下，再拨一下，目光才会不经意去瞟一眼纸上的数字，有些心不在焉，还会不时抬眼瞅马经理一眼。写满一页纸张的数字，在其他珠算手的演算下，通常会拨打几十下，才能算出结果。朱瞳只是不经意地拨打几下，一串数字，便错落有致地呈现在算盘上。

马经理探头，嘴里啧一声道：“小朱，你是咋算出来的？”

朱瞳不解，看着马经理。

马经理追问："这么多数字，要一个一个叠加到算盘上。你只是拨弄了几下，总数就出来了。你没在算盘上演算，又是咋算出来的!"

朱瞳眨眼，疑惑不解地说："这些个小数，还用在算盘上一个数一个数地算吗？只要不超过十个，我看一遍，它们的总和，就在心里了。"

马经理一惊："你，你这是心算?"

朱瞳搞不懂什么是"心算"，只是呆呆地看着马经理。

马经理的脸上，慢慢浮起一丝不易察觉的微笑。像女人一样探着手指，戳着那把黑漆木算盘，故意找茬说："你再打一遍，不能心算，要一个数一个数地，给我叠加在算盘上，一个数也不能错过!"

朱瞳再打，破绽百出。他打算盘的指法非但不入流，完全是一个门外汉。

马经理拉下一张马脸，神色凝重地说道："你以前，没在家里打过算盘啊?"

朱瞳不语。以前，他哪里接触过算盘啊，只不过临来时，在邻居四叔的督促下，临阵磨枪地演练了几天。四叔的眼睛看不到，自然不能手把手教他打算盘的指法。

马经理说："俗话说珠算珠算，要靠每一颗珠子来计算。你脑子再聪明，捕捞季一到，人山人海，闹闹哄哄，难免会扰乱你的心思。一分心，账目就会出错，要想留在这儿，你的基本功不过关，肯定不行。回去，好好给我练练打算盘的技术，别让外人看了笑话。"

第一轮考核过后，初来报到的十三个人里面，被刷掉五位。其中一位，便是和朱瞳睡一个屋的刘姓青年。他一边收拾行李，一边满不在乎地说："此处不留爷，自有留爷处。"老吴问："这就走了？也不想办法留在这儿当个打杂的了？"刘姓青年哼一声道："连个溜须拍马的机会都不给，打啥杂呀打杂！"老吴挤挤眼睛，偷着乐。大家这才知道，第一轮考核过后，刘姓青年拿了两条烟给马经理送去，马经理没收。他不是没有溜须拍马的机会，而是一不小心，被马尥蹶子踢了。

剩下的六位珠算手，算是被公司临时征用。最终能不能留下来，还要看他们在捕捞季的临场表现。更大的考验，显然还在后面。但大家在心里，还是暗自松了口气。

3

渔乡南堡，方圆百里。除了稻田，满目皆是苇草丛生的滩地。纵横交错的沟汊蠕虫般纠结，最终百转千回，融入大海。一条沟汊，便有一埠能容船的码头；一条沟汊，便能滋养一个破败的渔村。那些靠出海捕鱼维持生计的渔业队，星罗棋布，分散在大大小小的沟汊旁。

每年三月末到四月初的这段时间，是水产公司生意最为清淡的季节。公司为了增加收入，经常外派员工，将渔民手中零散的咸鱼、海米、海蜇、虾皮等存货，集中收购上来。这样不仅有了微薄收益，还能帮渔业队解决捕捞季到来之前，资金缺乏的问题。被水产公司分派下去的那些收购渔获的员工们，往往会被渔民们称作“跑沟”的。

这天，杨岭村渔业队队长老钱，远远看见水产公司下派的业务员，顺着七拐八扭的土路，正在朝村子的方向赶来。

是两位小“跑沟”。

骑在车子上的这位，老钱认识，不但知道李一平的名字，而且目睹过李一平打算盘的风采。作为上一年被公司留用的两名珠算手中的其中一位，李一平不但是公司里最年轻的珠算手，其精湛的珠算技艺，甚至不输于公司里的任何一个老家伙。让老钱更高看一眼的，则是李一平的大舅，他是一名公社干部。是老钱每次到公社开会，极力想巴结，却始终巴结不上的人物。

大老远，就见老钱笑眯了眼，冲着来人招手。私下里吩咐会计，赶快将村子里最年轻漂亮的姑娘喊来，做好接待工作。结了婚的业务员用烈酒伺候，没对象的业务员用姑娘伺候，这通常是老钱对付业务员的惯常伎俩。这跟“腐败”无关，他只为渔业队的利益考虑。况且，热情似火的渔家姑娘，都想找一个在镇上工作的对象。老钱这么做，也算相互成全。

李一平刹住自行车，同老钱打声招呼。老钱这才看到，身高腿长的李一平身后，坐着另一位“小跑沟”。正是朱瞳。

这位“小跑沟”，老钱还是第一次见。长得眉清目秀，更像个发育不良的孩子。头上裹一层尘土，怀里抱着一只黑色人造革皮包。他想从车子上跳下来，晃荡两腿，借以助力，但腿长显然不及车后架，又或是在车子上坐久了，两腿酸麻，只见他一个踉跄，跪跌在地。他拍打着膝盖上的尘土，想跟老钱打声招呼，老钱已经转身，跟李一平套起了近乎。

每次水产公司的人下来收购，老钱都会精心地安排。

一筐筐刚从酱紫色大缸中捞出来的蜇皮、蜇头，水渍淋漓，盛放在柳条编成的海篮子里。一字排开，等待过秤。给海蜇称重，可不像给其他海货称重那么简单。动作慢了、迟了，海蜇本身吸附的水分，便会白白耗掉。减了斤两，自然是难以挽回的损失。往往这个时候，买卖双方都会各揣心眼儿。

秤是杆秤。秤杆上镶嵌着星星样的秤花。秤杆末端，拴着一枚铁钩，上方系着绳套。秤砣用一根胶丝绳缀着。称重一筐海货，要用铁钩钩住筐上的麻绳，一根扁担从绳套中横穿过去，架在两人的肩膀上。个子矮的，往往要踮起脚尖，打不起，还要用两手托举到头顶上方，使货物脱离地心引力。找准秤花上的刻度，推动秤砣，称出准确的斤两。以往过秤，老钱会安排两位漂亮的姑娘来担秤。别看渔家姑娘腰肢纤细，个个都有把子力气。担起扁担，窄瘦的上衣被肩头扯动，露出一截白皙的腰腹。一边担秤，一边和监督过秤的业务员打情骂俏。每当因秤星误差产生分歧时，两位姑娘便会凑上前去，黏在业务员身边，帮着老钱说话……不过今天的情形有所不同，面对新来的这位“小跑沟”，老钱不需用美人计。老钱让李一平去渔仓验看咸鱼、虾皮的成色，安排了两位姑娘作陪。李一平虽对朱瞳放心不下，心里却很受用。

上一年，他来这儿收购，资格老的业务员由姑娘陪着去渔仓验货，而他，顶着粗粝的海风，在渔场上整整瞄了半天大秤。

李一平走后，渔场上更显寂寥。

上百个酱紫色的大缸排放在场院一角，盖大缸的罩棚已被掀开。十几个渔民，叉腿站在缸沿上，挥动长把笊篱，将蜇皮、蜇头捞出，分别盛放在呈一字排开的海篮子里。两位唇上生了棕红色胡须的渔家汉子，怀抱扁担，护法金刚般站在老钱身旁，虎视眈眈地盯着弱小的朱瞳。

老钱嘿嘿一笑，豆粒大的眼睛中眼神晶亮，他冲着朱瞳说一句："小朱，咱开秤吧！"

朱瞳心里紧张，却极力掩饰，好让自己像个成熟老练的业务员。他垂下星目，看也不看老钱说："不忙，咱照老规矩办。"

朱瞳说到的"老规矩"，是李一平路上交代给他的——收购蜇皮、蜇头时，要等蜇皮、蜇头放进海篮子里，还要再拖延上十来分钟的时间，等滤去合适的水分，才好过秤。这是买卖双方，约定俗成的规矩。

老钱趋前一步，拿出两包还未拆封的卷烟，塞在朱瞳手里，笑嘻嘻道："老朱（他此时竟然改了称呼），咱就早点过秤吧。等过完秤，那边还等着称别的东西呢。我让人准备好了新鲜的皮皮虾，还有满膏的大螃蟹，蒸在锅里。还有托人从天津捎来的好酒呢。"

朱瞳忙将卷烟推开。想到自己初来乍到，也不好让对方太过为难，点了点头。

称重开始，自然由老钱执秤。

两名精壮的汉子，身上像安置了马达，旋风般弯腰，将秤钩钩住绳套，直腰，扁担也不上肩，两手托举，勾起一筐，待老钱报过数，由朱瞳和一名渔业队的会计记在本子上，马上又钩起一筐。如是反复，一行人错着脚步向前，很快秤过数筐。

很快，朱瞳便发现了老钱执秤时的“猫腻”。

这位老钱，看似愚笨，实则骨子里精明。他手握秤杆时，指头还来不及拨弄，秤砣也未处在水平位置，便用另一只手托一下秤砣。每一秤的分量，自然都是虚的。

朱瞳撂下笔，瞄老钱一眼，做了一个手势：“停！”细长的眼睛盯住老钱，不卑不亢说：“老钱，你这么过秤，不怕秤砣砸了脚吗？”

这是买卖双方常用的一句贬损话。若是买方，看到卖方耍手腕，往往会说：“不怕秤杆挑了眼吗？”老钱见朱瞳不好糊弄，塌下腰，嘿嘿一笑道：“老朱，朱老弟，没啥问题吧。每一秤，可都是实打实的。”

朱瞳不肯让步，让老钱从头再来，将过好秤的海蜇重新秤过一遍。老钱灰了脸，不敢得罪，只能重来。这一拖延，海篮子里流掉的水分更多，老钱损失惨重。

偷鸡不成反蚀把米，老钱再不敢嚣张。担秤的汉子们神情委顿。朱瞳在跟老钱的较量中，算是占了上风，说话的语气也咄咄逼人起来。然而，姜毕竟还是老的辣，年轻的朱瞳，后来忽视了老钱过秤时的一个动作——老钱怀抱秤杆，犯了过秤时的大忌。他一只手将秤砣摆置得看似公平，另一只手，却在秤星落定时，虚张声势地往自己怀中一“带”，拇指神不知鬼不觉，摁一下秤杆尾部，秤头便会高高翘起。少不更事的朱瞳，只顾盯紧了秤星跟秤砣，自然将老钱手中的这一动作忽略。

全部的蜇头、蜇皮过完秤，朱瞳随即报出一个数字。这一举动，让一旁的会计很是不屑。

按照平日的算法，蜇头跟蜇皮，要抛除水分。蜇头按百分之八十三的水分折扣，蜇皮按百分之七十五的水分折扣，这就要使用到乘除法来演算，远非加减法那么简单。往往过完秤，会计总要算上半天，才能得出数目。哪有刚一过完秤，净数就算出来的？简直瞎胡闹！会计不满地看了朱瞳一眼，抱着算盘，蹲在渔场的角落里，去抠自己的账。

朱瞳自觉唐突。账码名目，需要买卖双方精打细算，都认可的情况下，才算成交。他站在拨打算盘的会计身边，心不在焉地看着渔场上的风景。

会计算过一遍，得出一个数字。朱瞳想也不想说："这个数，你算得不对。"

会计托一下缠着胶布的老花镜，抬头问："咋就不对？"

"不对就是不对。"朱瞳说。

会计心里不服。但用乘除法打算盘，还是有些心虚。又算一遍。

朱瞳摇头："还是不对。"

会计慌了，鼻尖沁出细汗。喊来援兵，让另外两名会计做他的帮手。三名会计凑在一起，噼里啪啦将算盘好一通拨打，最后得出三组数字。朱瞳伸手，指着其中一组数字说："这个数对。"

众人仍旧不服，恰好李一平从渔仓回来。请他复核，算出来的数字同朱瞳点出的那个数字分毫不差，众人这才不再说话。

回去的当晚，朱瞳在自己的皮包里发现了两包卷烟，诚惶诚恐给马经理送过去，并对马经理讲了白天的经历。马经理笑着，叮嘱他道：“那些渔把式，看着实在，个顶个狡猾，哪是你一个小毛孩斗得过的。”问朱瞳：“你吸不吸烟？”朱瞳说不吸。马经理说：“吸烟的话你就揣上，不吸就便宜我了。以后，务必记着，别人给的小恩小惠，千万不能要。这就像蛀心的虫子，一旦你开了口，良心早晚会被蛀空。”

初次经手的业务，看似圆满，实则出了大漏洞。

等收购上来的蜇皮、蜇头售给买家，一过秤，亏了不少斤两。按照正常的水分来折算，水产公司的账目上会有一个比较合理的数字。亏掉的那一部分，显然不在合理范围。马经理将朱瞳喊过来，详细询问老钱过秤时，用了怎样的手法。找来一杆秤，当场演练。最后一语道破天机：“你被老钱耍弄了。他在过秤时施了手腕，这叫‘挑秤’。”最后问朱瞳：“当时李一平干吗去了？”朱瞳垂头丧气，如实道来。马经理喊来李一平，当着大家的面，批评一通。也不追究，只说新手失误，给了二人一个改过自新的机会。

4

转眼间，朱瞳他们这批新来的珠算手，已在水产公司待满一个月，发工资的那天，公司临时决定放几天假，让大家放松放松，准备迎接即将到来的“捕捞季”。

大家收拾停当，急着回家。只有朱瞳坐在炕上，手里攥着刚发下来的工资。有人问：“小朱，不回家呀？领了工资，也不回去孝敬孝敬爹妈？”

朱瞳负气地说：“我不回去！”

老吴在一旁打趣：“还是小朱会过日子，放假也不回去。在公司值班，好歹也能得点补助。小朱，钱要好好攒着，等攒够了钱，就把那姑娘娶过来。对了……”老吴说着，冲大家眨了眨眼，“梁红也不回去，你们俩，商量好的吧？”大家说笑着，推起自行车，纷纷离去。

天黑后，梁红用新买的洗发膏洗了头，别上新买的发卡，从宿舍走出来。

水产公司大院静悄悄的，收音机里传出乐亭大鼓声。梁红蹑着步子，来到男生宿舍，敲了敲门，没有回应。再敲，仍无应答。梁红也不客气，用脚踢开虚掩的门扇，见宽敞的男生宿舍内，空荡荡的，朱瞳不在屋内。

梁红找遍整个场院，又向外走去。忽被不远处的一片火光吸引。火光的来处，靠近一条潮沟。赶过去，看见朱瞳跪坐在地，面朝东北方向，两手鞠在额前，似在祷告什么。

“妈，儿子终于挣到钱了。你咋就那么命苦，等不到这一天。别人领了工资，都能回家孝敬父母，儿子领了工资，不知道这钱该往哪儿花。妈，人间的钱，你没福消受，儿子就给你买些冥钱，烧给你吧。你在那边，可要收好。跟我爸在一块儿，添置些衣物，买点好的，相互照应，少遭点罪。以后，每到初一十五，儿子这边发了工资，就会把钱换成冥钱烧给你们。”

潮水在沟汊里涌涨。静寂里，泥沼被潮水覆盖，发出喋喋声响。朱瞳说着说着，静默下来。忽听身后传来一声啜泣，吓了一跳。他调转身子，看见梁红站在身后，不禁羞恼。起身问：

“梁红，你来这儿干吗？”

梁红不语，哭得上气不接下气。朱瞳慌了手脚，赶忙将她扶坐在沟岔旁的枯草丛中。

“梁红，你咋啦？你哭啥！”

“没哭啥。”梁红用袖管擦着眼泪，擤一泡鼻涕，说：“就是心里难受。”

“你难受个啥！”

“兴你难受，就不兴别人难受啊。”

“我难受，是因为今天发工资，大家欢欢喜喜回家。我想来想去，却是无处可去。别人挣钱，给父母花，给兄弟姐妹花。我呢，想花也不知道给谁花。”

梁红沉默片刻，俏皮地说道：“不知道给谁花，那以后，就给我花吧！”

朱瞳不搭腔。

梁红难堪。撇了撇嘴道：“给我花，看来还不愿意呀！”

朱瞳从愣怔中醒过神来，“哦”了一声，问：“梁红，你有把握留在这儿吗？”

梁红严肃起来，摇头道：“没啥把握……谁知道啊！留下留不下，谁也没有十足的把握。”

两人相继沉默。目光投向远处的沿河码头。月亮升起来，挂在涨满潮水的栈桥上，波光涌动的海面，仿佛抖落着一根又一根的银链。看着看着，不禁目眩神迷。

朱瞳说："必须留下！我没有退路了……等到捕捞季，算账我倒不怕，怕的就是珠算的基本功不过关，到时候，可别再出了什么闪失。"

梁红说："你脑子灵，留下肯定没问题。至于珠算的基本功，离捕捞季不是还有些日子吗，你好好练，肯定没问题的。"

朱瞳抬手，胳膊搭在梁红的肩膀上。吓了梁红一跳，她身子定住，动也不敢动。

"梁红，你也必须留在这儿。就像咱们在学校那样，咱俩在一起——都要留在这儿！"

朱瞳说着，这才意识到自己搭肩的动作不妥，将胳膊撤下来。

捕捞季以一种散淡的方式开场了。

那天临近晌午的时候，有人看见几个挑着六绳筐的渔夫从大路上走来，几十担渔获摆在院子里，使那廓大的场院更显空荡。大家虽然紧张，不多时，却已将账目算得清清楚楚。过秤员一边报数，一边和渔夫说着闲话，打问着遥远海上的消息。如是三番，这样的阵势又延宕几天，大家已在一种轻松气氛中熟悉了工作的全部流程，便有兴趣问一问那些长相奇特的渔获，哪些是面条鱼，哪些是皮皮虾，哪些又是华头鱼，并在晚饭时有幸吃到了它们，紧张的情绪随之更加放松。

那些新来的珠算手们，甚而私下里想：没什么大不了的嘛！那种传说中的阵势，显然是为了吓唬他们这些新手，故意编排出来的。

但他们中的很多人，并不清楚潮汐的退涨是以每半个月为一个周期的。经过几次潮水的懈怠之后，大海便会如期涌来一波大潮。成群结队的鱼群随大潮而来，满载渔获的渔船，出海归来的时间，会在昼夜轮换中，有一个缓慢递进的过程。

直至四月中旬的那天早上，天还黑着，珠算手们被吆喝着起床，愣怔间，听到外面传来的脚步声，愈来愈密集，心不由得往下一沉。

他们出了宿舍。看不清场院里的阵势，只听到人声。在这黎明将至的黑暗中，过秤人高亢的声音已拔高在一片喧嚣之上。一盏汽灯由人擎着，在雾气中浮动。灯光照到的地方，现出憧憧人形，好似夜潮中的浮物。那些抽烟等待的渔夫们，将星星点点的烟火洒落在场院四处，也不知究竟聚了多少人。

结算大厅在场院东侧。说是大厅，不过是一间简陋的棚屋而已。和别的棚屋有所不同的是，每次开工后，屋门便会关闭，不对外开放，以免打扰珠算手们的工作。大厅的窗户上，安装了一排铁栅栏，窗玻璃上，留有几个半尺见方的窗孔。一排桌椅并排放置，每张桌子上，各有一把算盘……珠算手们严阵以待，屋子里有过片刻安静，直到开始有拿着票据的渔夫出现在窗前。唱票人不停地清着嗓子，像患了咽炎，不由得让人更加紧张。他将沉积的痰咳净之后，瞟一眼珠算手们，这才鼓动了唇舌。

这些唱票的人，个个都似另类的托生。长得尖牙利齿，瘪嘴塌腮。一沓票据交到他们手中，用铁夹子卡住票据一角，手指捻动，不时拿指腹蘸一下舌尖，以唾沫做了润滑。看不清他们手指的翻动，只听到一串串数字，叫嚣般报出来。随着唱报的声音响起，算盘珠子也会如急雨般炸响。语音清脆的唱票人，瞬间成了说绕口令的好手，又像一个个饶舌的指挥，一旦开口，便要声嘶力竭，唱念到吐血，也好让自己的声音，不被那急雨般的珠算声攻陷……唱报声响得久了，似永无停歇，便让人觉得烦躁，但他们非但要这么做，而且要做得蛮横、霸道。语速时快时慢，时轻时重，每一个音节的抑扬，都要听凭他们的心情。

好多的珠算手，先前还能跟得上节奏。算盘珠子的磕碰声，听上去如舒缓细雨，夹杂着一两声亢奋的咳嗽声。很快，唱票人的声音一泻千里，带动了算盘珠子的喧响，如一挂水瀑，从落差极大的山间倾泻下来，交汇成倾盆大雨。直至雨声熄灭，只听到几缕清脆的鸣响，虽不成气候，却显得后劲十足。唱票人拉长声音，觑眼望去，只见好几位珠算手，面对一把算盘，抓耳挠腮，显然算错了数字，等他们想把算错的数字从算盘中抹掉时，无疑会遗漏更多的数字，这账就没法算了，只能呆坐在那里，将这笔账目放弃，成了交白卷的学生。唱票人收回目光，不觉间轻蔑一笑，抬手又去舌尖上蘸一点唾沫，将唱报进行下去，声音比先前还要骤急。

片刻的喘息后，猛听到记账人发出一声吆喝。便有清亮、低沉的声音响起，那是珠算手们将自己演算出来的结果一一呈报上来。当所有的数字落定，记账人会从几个或十几个不同的数字里，挑选出等数相同的数字，记在账上，开出结算单据，交到渔夫手中，算是完成了一单生意的结算。若好多数字不能吻合，只有两个数字相同，便会以这两个数字为准。

这是结算业务中被放大的一笔，像一场小小的鏖战。倘若数量庞杂的业务叠加，中间没有任何停歇的机会，焦灼与残酷的阵势，也就可想而知了。

等到外面的渔获全部过完秤，渔夫们还会涌到大厅这边儿，凑在窗户前，脑袋挨脑袋。全都是各渔业队的会计，自恃有不凡的珠算手艺，他们用挑剔或钦佩的目光，看着那些忙碌的珠算手，起哄的也有，喝彩的也有，还有人甚至会以撺掇的方式，怂恿唱票人加快报数的节奏，好让那些技艺不精或临场怯阵的珠算手，露出马脚，博他们一乐。

那天早上，所有新来的珠算手，都将外面的天色忽略了。只当整个结算业务结束，有人熄了汽灯，这才发现天已经大亮。

走到门外，廓大的场院里，却是另外一番景象。数十辆装载海鲜的卡车停在那里，马达声轰鸣。几位渔夫凑在一起，抽着纸烟，不知在说些什么。几条野狗在空地上游走，银鱼的鳞片诱惑了它们。那些被丢弃的鱼，阳光下反射出微弱的光亮，仿佛被谁遗失的银币。马蔺编织的鱼篓丢得到处都是，抻断的麻绳、海藻、纸屑、烟蒂，随处可见……珠算手们看着这一切，长长地吁了口气。有人神情笃定，有人垂头丧气。走在身后的人，伸出手，将掌心贴在前面的人的脊背上。他们并不知道，穿在自己身上的衣服，同样也被汗水濡湿。海风一吹，打了个寒噤，真是透心凉。

5

正式进入捕捞季之后，收购时间根本不固定。

赤日炎炎。渔船经过漫长的航行，抵达了码头，船舱里的渔获往往会在空气中散发出一股腥臭的味道。堆在海篮子上层的鱼，鳞片已被海风吹干，时间一长，鱼腹便会膨胀、破裂，海篮子下层的鱼已开始腐烂。以前因耽误时间，发生过整船的鱼都被倒掉的事情。难怪那些当家的渔业队长，每每将渔船停靠在码头上，就会像祖坟被人掘了一样，跳着脚，骂那些行动迟缓的渔夫。

成排的海篮子，拉开一扁担长的距离，密密麻麻地排满了整个院子。院子里排不下，又逶迤数里，一直到“穿河街”街口。赤膊的渔夫们皱着眉头，坐在扁担上等候。急性子的渔业队长，跟在过秤人身后，恐吓加贿赂，想把自己的渔获提前过秤。往年，也有因过秤的先后顺序而引发的纠纷，甚而演变为械斗。到了这一年，水产公司雇了十多位临时工，杆秤添置了几十杆……但见此刻，几十杆大秤同时运作，人头攒动之处，好似刮起一股旋风。掌秤人拉长的报数声此起彼伏，划数码的人不离他左右，手腕旋动，运笔如飞。不多时，一摞摞过磅单堆叠在一起。递送票据的人，更是不敢怠慢，迈开大步，朝结算大厅飞奔。

马经理是调度场外和场内的总指挥。

每年一到这个季节，他都会减掉十几斤体重。原本圆润的一张脸，此时变得黢黑、粗糙。这一年，马经理不担心别的，只担心结算大厅里他的那些珠算手们。自从水产公司在南堡成立，他将手下的精兵全部从县城带过来，加一块儿，拢共不过四五人。这些老员工，拖家带口，加上离家远，挨不上半年，便托门子走关系，一个个调回县城去了。前一年，虽招过珠算手，却不尽如人意，老是算糊涂账，核准的数目竟然碰不准两个。最后勉强留下的，也只有两个。李一平算是为数不多令他满意的珠算手之一。一个李一平，显然无法满足工作需要。所谓孤掌难鸣，每逢这样的阵势，一旦他的身后没有强大的支撑，一笔账目根本没有办法核对。他需要更多像李一平这样的高手，辅佐他，甚至超越他。

几天观察下来，马经理长长地舒了口气。没错！真是没看走眼，那个率先冒头的，能跟李一平比肩的，就是朱瞳。他甚而已露出君王的姿态，有超越李一平的可能。私下里，马经理做过统计，上千次的结算业务，朱瞳报出的数字没有出过一次差错；而李一平，倒有过两三次。他观察朱瞳，发现他并未使用“心算”，拨打算盘的指法虽不好看，却不落于人后。马经理露出惬意的微笑，他看重的，并非一个动作花哨的珠算手，而是一个严谨的珠算手。说明白点，他需要的是一串串精准的数字！

正所谓内行看门道，外行看热闹。待在结算室外的渔夫们完全不懂马经理的心思。他们往往会忽略掉朱瞳算出的那一串串数字，只会被他手中的那把算盘吸引。

他们发现，除了李一平那令人眼花缭乱的指法外，这批新来的珠算手中，不乏指法娴熟的高手。衡量一个人的珠算技艺，娴熟的指法，并非“检验真理的唯一标准”。唱票人快速的唱报，才是度量他们最好的尺子。他俨然一个操发令枪的长官，一旦开口，珠算手们不但要具备百米冲刺的速度，更要具备跑完整个赛段的毅力；而毅力，则靠精准的数字来支撑。

往往到了中途，便会有选手停下来，显然是遗漏了数字，被淘汰掉了。十多位珠算手，一同起跑，如万箭齐发，场面蔚为壮观。那一把把算盘，简直成了一架架乐器。每当一曲终了，操练到最后的，只会剩下那么三五个人。决定优劣的关键，便要在这一刻定夺——一名珠算手，最先报出自己的结算数字之后，会心有忐忑，他需要更多的队友来迎合、辅佐他。每当这个时候，呈报数字的先后顺序已无关紧要。人们看重的，是那些重叠的数字。报出相同数字的珠算手们，会意味深长地相互打望一眼，好像经过整场赛事，冠亚军之间激情的拥抱。

渔夫们渐渐发现，那个操一把好算盘的小朱，虽生得其貌不扬，打算盘的指法也说不上好看，但每次都能坚持到最后。他和那个长相英俊的李一平，渐渐成了整个珠算队伍中的领军人物。

渔夫们都有好热闹的天性。每次唱报到了末尾，只剩下朱瞳和李一平运指如飞时，他们便会扯开嗓子，嗷嗷叫着，跺脚起哄。他们撺掇唱票人，加快报数的频率。刁钻的唱票人会心一笑，也不示意，而是疯魔般开阖着嘴巴，任意改变报数的节奏，意图扰乱两位珠算手，使他们的心手不能统一。

唱报完毕，两人先后撞线。若报上一组相同的数字，两人便成了一个阵营里的队友，会心一笑，再次拍马杀向敌营。若数字不同，两人便会反目成仇，成了你死我活的敌手。这单独的较量，会让算错数字的一方沮丧至极，有一种死无葬身之地的惨烈感。由于两组数字不能吻合，这一次结算，便成了盲点，只能从头再来。其他的珠算手，甘愿做了看客，乐得看二人抓对厮杀。大厅内外一片寂静。唱票人报数的声音令人绝望。两具算盘的磕碰交相呼应，犹如两把啸叫的利剑，又像两匹嘶鸣的烈马，斗得难分难解，不肯罢休……这样的情形，往往会在收购渔获的末尾发生。场院里的人已散去，却有更多的人涌到结算室窗外。就连那些老员工，也会停下手中的工作，站在人群里置身事外，竖着耳朵，静听算盘珠子的声响。等两个年轻人罢了手，呈报数字的声音先后响起来。朱瞳的声音疲惫，呈报上来的数字，依旧和自己上一次呈报的数字吻合。李一平嘶哑的声音也随后响起，软塌塌的，却也吻合了朱瞳报出的数字。有人不禁暗自叹了口气，眼前不由出现一人一马，经过殊死鏖战，轰然倒地，在对手面前甘拜下风的场景。

南堡镇方圆百里的村落间，忽然出现这样一则传说。据说，朱瞳有一把惊世骇俗的算盘。那算盘珠子是用玉石打磨而成的。非但价值连城，掌用这把算盘的人，只需用半个脑子，便能算出一笔笔精确的账目。原因何在？那“珠玉”竟然是通了灵的，人算合一，岂不成了天算。

这样的传说，竟然连李一平这样的聪明人，也会将信将疑。

雨季来临，沸腾的捕捞季暂时变得冷清下来。

码头空寂。渔船泊在港湾。一两艘舢板，在临海的沟汊里随波浮动。戴了斗笠的渔夫，披着蓑衣，像水墨画中的人物。他们鹰隼般的目光，穿透雨雾，越过海岸线，落定在苍茫一线的海天之间。

这期间，马经理去了两次县城。

第一次，接到上级通知，回县里开了一次紧急会议，带回一个长相枯瘦的陌生人。两人在一个黄昏到来，陌生人的嘴里，不停地咒骂着天气。大家当时聚在食堂里吃饭，乱纷纷地和马经理打着招呼。等马经理向大家介绍时，这才知道此人名叫庄海天，是水产局派下来的干部。庄海天看了一眼大家，连头都没点一下。大家继续埋头吃饭，懒得理他。

第二天，将大家召集起来开会，这才知道了庄海天的厉害。

会议由马经理主持。简短的开场白过后，由庄海天开始说会议重点。

自踏进会议室，庄海天便烟不离口。他说：“这次，虽说是干部下放，咱这儿也没几个干部——大家要明确这一点——这不仅仅是下放的问题，而是一场严肃的清理革命队伍的问题。为肃清我们内部的流毒，使一支队伍更加纯粹，更有战斗力，我恳请那些业务不精、混吃等死、出身有问题的人……啊，你们要积极地、主动地……”说到这儿，夹在指间的香烟烫了手，他却不慌不忙，又从兜里捏出一根，对火续上，接着往下讲，“啊，要积极地，主动地，写离职申请，要求下放回家。不要等领导找你谈话。啊，那样会很被动的。”

开完会之后，宿舍里的气氛再不如往常，大家各自想着心事。

小李首先沉不住气了。自从捕捞季开始，他把每次的结算都搞得一塌糊涂，勉强能应对的工作，也只是在业务不太繁忙的情况下才能完成。技不如人，自然心虚。小李从炕上爬起来，嘴里咕哝着什么。

老吴点一锅烟，扭头问朱瞳：“小朱啊，你说领导在会上说的那些业务不精、整天混吃等死、出身不好的人，指的都是谁呀？”

朱瞳怔怔地摇头。目露惶恐。

小李接话道：“是我！我业务不精，我自己心里清楚。”

小李的话，让老吴很是不满，舔舔嘴唇道：“年纪不大，心眼儿倒不少。我只是随便说说，你咋就贼不打自招呢。”

小李趿鞋下炕，气呼呼说道：“与其被人家开除，不如主动辞职。省了占着好人的地方。”说完，冒雨走出门去。

看着小李的背影，老吴撇嘴道：“人倒不笨，有先见之明。你说哪回结账，他算得准过。出力也是瞎出力，就是个滥竽充数的货。”

朱瞳闭眼假寐，不说一句话。

过了许久，小李从外面回来。脱下湿漉漉的上衣，光着膀子，脸色倒不难看。

朱瞳小声问："刚才找马经理去了？咋说的？"

小李说："马经理不在，他回县城了。"

"回县城干吗？"

"听说他老娘快不行了……我刚才跟庄海天谈了谈。"

见大家将目光投在自己身上，小李反倒卖起了关子。他拧干衣服，噼啪抖着。白了老吴一眼，道："庄书记人挺不错的，还表扬我了。他说我这样的同志，能够积极响应号召，主动申请离岗，心态是好的。他叫我沉住气，说那些业务不精、混吃等死的人选，还要等大家投票来决定呢。"

第一轮投票，刷掉三人，包括小李在内。大家的眼睛自然雪亮，被刷掉的这三人也绝对服气。脸上虽有懊恼，却清楚自己的实力。到了第二轮投票，老吴意外中枪。在新来的这批珠算手中，朱瞳的实力有目共睹，几乎全票通过。剩下老吴和梁红，能力不相上下。老吴之所以中枪，完全是因为他平日嘴碎，说话口无遮拦，不知得罪了多少人。所有的投票人，似乎又有一种"重女轻男"的倾向，梁红自然多有胜算。

老吴愣了半晌，情绪忽然失控。他一把鼻涕一把眼泪地开始诉苦："我年纪大了，没功劳也有苦劳哇。干工作，咱不说一个顶俩，也算一个萝卜一个坑，从没糊弄过。你们卸磨杀驴，太不仗义了！"

大家面色凝重，都不说话。会议室里烟雾缭绕。庄海天时而低头，时而瞟老吴一眼，目光冷峻，表情似笑非笑。他对老吴的委屈没有半句安慰，又开始组织下一轮投票。

第三轮投票，做后勤的老赵被不幸选中。

老赵不说话，只是不自然地笑。他是公司的老员工，老婆的一位亲戚在县里当干部，这样的投票，显然决定不了他的命运，等过了这阵风头，水产局的工作岗位仍任由他挑选。这样一个“兔子不拉屎”的地方，他早就待腻了。沉默片刻，老赵慢悠悠地说：“既然工作不称职，我也没什么话说。坚决服从领导决定，也尊重大家的选择。”

老赵的表态，让庄海天十分满意。他话里有话道：“老赵的态度，值得肯定。大家不能像某些同志那样，工作干得不咋样，还满腹牢骚。我们来自五湖四海，在哪儿都是为人民服务。要端正态度，不能怨天尤人嘛。”

话音未落，老吴骂了一句。

庄海天一愣，拍着桌子：“你骂谁！”

“骂你，骂的就是你！”老吴站起来，将桌子拍得更响。

“你嘴巴放干净点！”

“老子嘴巴就不干净。别跟老子在这儿耀武扬威。老子在这儿，端你的饭碗是你的人，你砸了老子的饭碗，老子愿听就听你几句，不愿听，你就给老子闭嘴！”

庄海天伸出手指，点戳着老吴，气得说不出话来。

老吴掀翻椅子，向门外走去，嘴里仍不干不净：“大不了，老子回家去挣工分，再不受你这窝囊气。”

老吴一走，另外三个被劝退的人，也大摇大摆走了出去。

雨似乎小了些。大家扭头朝窗外看。见老吴他们几个，将行李绑定在车后架上，怒气冲冲，个个挺胸抬头，朝雨中奔去。

会议继续。空出来的位置，让会议室更显冷清。庄海天的目光，猎人般在每个人的脸上游动。梁红忽地打个寒噤，担心起朱瞳来。

不出所料。听到庄海天开口说话：“接下来，咱们继续开会。我知道，有些同志，一直视自己的出身问题为一个污点，不愿意坦白，不愿意主动接触组织，这也可以理解。组织上对待这个问题，态度是明确的。如果你不主动，那我就不客气，开始点名了……”

庄海天说完，目光扫视着大家。

没有人站出来，却有人举手。总共两位，全是公司的老员工。他们的出身问题，早已不是什么秘密。

庄海天点头，手指磕打桌面。“还有谁？”他问。目光仍在众人脸上巡视。

没有动静。屋子里死一般寂静。

梁红的心跳到嗓子眼儿。她不敢去看朱瞳。

“朱瞳！”

随着庄海天的点名，朱瞳像挨了一记鞭打，身子一个激灵，慢腾腾起身，垂头站了起来。

夜里雨就停了。远远近近的地方，仍有雨滴从瓦檐上坠落，声音迟缓、滞重，呼应了远处海浪的起伏声。李一平趁着雨歇，跑到宿舍来看朱瞳。那时，梁红刚刚离开。

朱瞳垂头坐着。周围腾空的铺位，看上去有几分荒凉。泛黑的稻草散乱堆放，像要将他掩埋。见李一平进门，朱瞳抬头一笑。

李一平手搭炕沿，欠身坐下，不知该怎么开口。静默了一会儿，说道："这就走了，和你在一起，还没待够呢。好几次，就剩下咱俩结账，我都输给了你……"说着，李一平放声一笑，却是苦涩。怕朱瞳误会自己，抬眼看去，见朱瞳的脸上，也露出会心的微笑，心情放松下来。又小声道："真舍不得你走！有机会，还想和你再比试比试。"

朱瞳咳嗽一声："我算盘没你打的好……听说，你会双手打算盘？"

"嗯。"李一平说，"跟我爷爷学的。手还生，正练着呢。不敢在人前拿出来用，怕遭人笑话。等有机会，打给你看。"

朱瞳点头。

两人相继沉默，找不到接续的话题。

李一平忽然云里雾里，说起他那位在公社当干部的亲戚。"是我大舅。"李一平说，"是我妈的亲哥。本来我不想来这儿上班，是我大舅给我拿的主意。我大舅，和水产局的局长是同学。大舅让我在这儿好好锻炼，以后的工作，由他来安排。"

李一平的话，不带任何炫耀的成分，语气平实，只是让人摸不着头脑。朱瞳一脸恍惚。

李一平忽然伸头说："我可以去求我大舅，让你留下来。"

朱瞳一愣，细长眼睛里闪过一线光亮，颤声问："真的吗？能成吗？"

李一平盯着他看，频频点头。不待朱瞳有所表示，又低下头去，沉吟道："但是，你要答应我一个条件。"

“啥条件?”

李一平一字一句说道：“把你手里的那把珠玉，送给我。我喜欢。”

本欲起身的朱瞳，又跌坐回原地。转转眼珠，暗自思量。半晌，抬起头来，眼中的光亮消失了，也不说话。望着李一平，摇了摇头。

“如果你把珠玉送给我，我还保证，你能跟我一起，咱俩都去县城上班。”

朱瞳仍旧摇头。

李一平尴尬，站起来便走。

朱瞳追出门外，像欠了他一个人情，嘴里解释：“别的什么东西我都不在乎……可那把珠玉，真是舍不得。那是我爹留下的信物。以前家里穷，我娘都没舍得卖。”

李一平头也不回，连连冲他摆手，消失在夜色里。

朱瞳背着铺盖卷，腰间斜挎着那只装了珠玉的布囊，沿着穿河街中间的一条沟汊，缓步向北走去。他重新走了来路，心里却没有当初来时的兴奋和忐忑。虽有卸下千斤重担的轻松，脚步却被泥泞缠住，很快懊恼起来。雨后的空气有些燥热，风中的鱼腥味渐渐隐去。映入眼帘的，是大片熟悉的庄稼地。离家越近，心里的茫然和失落感，便会加重一成。

首先，他觉得无颜面对四叔。想起李一平前一晚对自己说过的话，觉得失了这把“珠玉”，若能换回一个工作机会，也算一种圆满。怎么就这么笨呢！他埋怨着自己。迈步跨过一道沟坎，背上的“珠玉”发出一声低吟，仿佛在安慰他，又像在指责他。

走到半路，朱瞳忽觉得内急，于是将行李放在路旁的一根枯树墩上，怀里抱着“珠玉”，钻进沟坎下的庄稼地里方便。

过不了多久，就听到大路的尽头，响起了自行车辚辚的滚动声。回家的路，走了将近一半，这地方竟然滴雨未落。路况崎岖、干硬，使自行车链条的磕碰声越来越响。朱瞳疑惑起来，那声音响到这个位置，竟然停下。接着，响起两个人叽叽咕咕的说话声。

“人呢，人怎么不见了。”其中一个声音说。

“别不是，想不开，找棵歪脖树上吊了吧。”另一个声音说。

“胡说八道。”

朱瞳不敢乱动。心里发慌，不知出了什么事。

“朱瞳，朱瞳——”

直到有人喊他的名字，这才慌忙站起来，提上裤子，伸头朝路畔上张望。高粱秆遮挡了他的视线，站在路畔上的人，也根本瞧不见他。朱瞳赶忙从庄稼地里跑出来，瞬时愣住。只见马经理，叉腰站在路畔上，身边站着满头大汗的李一平。

“妈的！”马经理看到他，笑了，骂了一句。“腿长不过兔子，跑得倒挺快，让老子一路紧追。”

朱瞳仍是怔怔地站在路畔下。

李一平跳下来，拽他一把，悄声说：“走吧，快跟我们回去……多亏马经理从县里及时赶回来，知道你走了，和庄海天吵了一架，过来追你。紧赶慢赶，终于把你追上了。”

6

捕捞季再度开始的时候，出现了一种奇怪的现象——来水产公司交售渔获的数量明显减少。同渔民们打听，他们也说不清原委，只是开玩笑说，鱼群大概都被大雨赶到深海去了吧。

这一天，一个三十岁左右的年轻人来找梁红。两人站在场院里，叽叽咕咕说了好一阵子话，对方显然在恳求什么。梁红态度坚决，又不好意思违背他的意愿，只能尴尬应对。最终无奈，甩手回了宿舍。年轻人犹豫一番，跟了进去。屋门关着，大家也猜不透两人在屋里干些什么。等到中午开饭的时间，也不见出来。

到了傍晚，年轻人从宿舍走出来，一脸失落。梁红也不送他，站在门口，未等他走远，就返身关了屋门。

又过了一天，一位头发灰白的妇人来找梁红。

起先，妇人跟前一天离去的年轻人一样，同梁红有过一番商谈。不奏效，妇人却没有年轻人那般涵养，她拽住梁红的手，非要梁红跟她走。梁红不从，二人拉拽起来。在别人眼里，就成了撕扯。梁红毕竟年轻有力气，架势上胜妇人一筹，却无心恋战，不敢对妇人做出非分的举动。倒是那妇人，得寸进尺，拽住梁红的衣后襟，几颗扣子都绷脱了。

梁红为了躲开妇人，跑到结算室。妇人便在结算室外撒泼，扰乱了大家的工作。梁红只得出来，她走到哪儿，妇人跟到哪儿。穷途末路之际，梁红只能跑回宿舍，从里面拴死屋门。

妇人无奈，竟然在宿舍门口跪下来。她一意孤行，不论别人怎么劝，只是跪着。她跪着，大家这才发现，她灰白的头发显然与年龄极不相符。她的面相，并未苍老到如此程度，却因狼狈，显出更多败相。她的衣服上沾满泥污，脸上也是，仿佛是一种伪装——像是不甘心将羞辱展示在众人面前；又像她一路颠簸，不是站着，而是跪爬着来到这里。她跪着，若是旁人上前来劝说，她便冲着屋门鸡啄米似的磕头，嘴里说："梁红啊梁红，你就杀了我吧。"众人撇下她不管，她便安静下来，只是跪着。跪得累了，就拔直腰背，闭目向天，仿佛对上天发出乞怜。

朱瞳看在眼里，急在心上。虽有帮梁红的心思，却有心无力。他蹑足来到办公室，想找马经理帮忙。

办公室内，人们正在闲话，显然正在议论梁红的事。一个中年男人的出现，让大家知趣地避开。大家都知道，这位面皮白净的来者，正是李一平的大舅。他和马经理握手寒暄一番，道出了自己的意图：一个从远方过来的战友，想吃口海鲜，他来找马经理调剂伙食。

大舅望一眼窗外，外面跪着的妇人引起了他的注意。问一声："咋回事？"

马经理潦草讲起来：原来，前一天过来的年轻人，是梁红的哥哥。并非亲哥哥，而是梁红继父的儿子。这位妇人，便是梁红的母亲，当然是亲妈。梁红三岁时，生父便死了，母亲带她改嫁。哥哥比梁红大八岁，因为家里穷，至今没说上媳妇。就在梁红来水产公司的头几天，家里给哥哥和梁红共同寻了一门亲事，想要与别人家“换亲”——所谓“换亲”，便是哥哥娶别人家的一个女孩，梁红则要嫁给那女孩的哥哥，那人听说是有残疾……梁红不依，就离开家，算是逃婚出来。在双方已下过聘礼的情况下，梁红的母亲，这才死活都要将她找回去。

大舅问:“她妈这么做，不是把闺女往火坑里推吗?”

马经理叹口气:“她妈也是没办法。带梁红改嫁后，又和现在的丈夫生了仨孩子。她那丈夫，不喝酒倒还好，喝了酒，就把老婆往死里打。梁红是她亲闺女，若是不嫁，首先饶不过这当妈的。”

大舅听完，愤愤道:“这都新社会了，还有这种事!”

马经理惋惜道:“可惜了梁红这孩子，人长得漂亮不说，还勤快，性格也好，打得一手好算盘……你们公社领导，咋就不能出面管管这种事?”

大舅无奈:“管倒是可以管。但这种事，能管得过来么。”

两人正在说话，门外响起一阵嘈杂声。原来是梁红的母亲，在那边跪得无望，听了别人的撺掇，跑到办公室来闹。她眼神呆滞，目中无人，一眼瞅准坐在椅子上的李一平的大舅。见他面皮白净，器宇轩昂，料定是个干部。于是咕咚一声，跪倒在他的脚下，伸出沾满泥巴的手，抱住大舅的裤管不放，仰面说道:“领导啊，你给我解决问题吧!”

大舅吓了一跳，想从椅子上站起来，却被妇人拖得更紧，想动也不能动。只能摊开两手，说：“我不是领导，我不是这里的领导。”然后伸手指指马经理，眨眼道：“他是，他才是这里的领导。你找他，他管这里的事。”

马经理像被蝎子蜇了般跳起来，躲在别人身后。不怀好意地说：“别听他胡说八道。他才是领导，真正的领导。你找他就对了，他能帮你解决家里的问题。”

大舅气得跳脚，哭笑不得：“老马，你真不是个东西，有你这么坑人的么！”

妇人才不管他们二人推诿，只管抱紧大舅的大腿，嘶声说：“领导啊，你不把我家的事解决好，我就死给你看。”

大舅听了此话，不禁烦躁。心里厌恶，连声说：“放开，你放开，我真的不是这里的领导。”

马经理赶忙凑过去打圆场，对妇人说：“大妹子，你放开他。我虽不是领导，但我管这里的工作。有啥话，咱们坐下来，好好说。你先把领导放了。喏，你把人家领导的衣服，都给弄脏了。”

妇人看着马经理，以为他在用调虎离山之计，仍是抱住大舅的大腿不放。

大舅心生一计，将跟在身边的下属喊过来：“去！把卢汉昌那个没用的给我叫过来。他是咋搞的嘛，村里竟然出了这种乱七八糟的事。”

听到“卢汉昌”的名字，妇人身子一颤，仰起脸来，可怜巴巴地问：“你认识卢汉昌？”

大舅垂下眼睑，将她俯视：“别说认识，就是扒了他的皮，把他烧成灰，我都认得出来。不就是你们村的大队干部吗？等他来了，老子给他好看！”

妇人显然最怕大队干部，更何况一个敢弄死他的人，就更加让她怕了。她的身子匍匐在地，张着脏污的手，跪爬着，去揩大舅裤管上的泥迹，不料越弄越脏。慌乱之下，竟然鸡啄米般磕起头来。马经理乘势将她拉起，扶坐在椅子上。大舅趁机溜掉，剩下马经理单独面对。

马经理挠挠头皮说：“大妹子，你家的事，公社解决不了，村里解决不了，你说我一个收臭鱼烂虾的，又哪有能力给你解决？”

妇人一语中的，对马经理说：“你把那丫头片子，给我开除了。打发了她，我就再也不找你的麻烦。”

妇人走了。

马经理站在梁红的宿舍门外说话。无论他怎么解释，梁红以为她妈还在门外，就是不肯开门。马经理无奈，只能下驱逐令：“明天一早，你就离开吧……梁红，不是你工作上有问题，你是这些珠算手里边，技术最棒的；也不是你的人品有问题，大家都喜欢你，马叔更喜欢你。只是，你妈天天跑这儿来闹，影响了单位的工作，马叔我吃不消哇。”

安静的水产大院里，响起了梁红的哭声。她先是出到院子里哭，后来，又躲在宿舍里哭。

朱瞳手搭凉棚，脸贴在窗玻璃上朝宿舍里看。敲着窗子，一迭声地喊：“梁红，梁红……”

喊了半天，梁红也不理他。朱瞳将嘴巴凑近到窗子上的一个孔洞边，又喊："梁红，梁红，你别哭。"

梁红止住哭泣。但想想自己已被开除，又哭了起来，哭得更惨。哭一会儿，听不到门外的动静，以为朱瞳走了。这才抬头，朝窗外看一眼，却见朱瞳的一张脸，挤得扁平，贴紧玻璃。便走过去，隔着玻璃，与他对望。

她的嘴巴一张一合，似在跟朱瞳说话。朱瞳却听不清梁红在说什么，只能将脸从窗玻璃上挪开，又将耳朵贴在孔洞上，仍是听不清她在说什么，只是胡乱安慰："梁红，你别走，别离开这儿。马经理的话，不必当真。过两天，你妈不来这里闹，他就会让你上班了。现在公司正缺人手，你算盘打那么好，他怎么舍得放你走啊。"

朱瞳说着，忽地止住话头。只见梁红的脸上，泪如雨下。由于隔着玻璃，梁红的泪水更像雨水。大雨倾盆，汇成洪水，仿佛要将整个屋子灌满。梁红张开嘴巴，既像窒息了一样，又像在对他发出求助。

黄昏时分，很多人看到朱瞳在水产公司的大院里跑来跑去。

他先是跑着去找马经理。梁红的哭诉犹在耳边。梁红说："朱瞳，我明天就要走了，从今以后，你就再也见不到我了。这辈子，你都不会再见到我了。"朱瞳说："我咋可能见不着你呢！梁红你别瞎想，我这就去找马经理，求他把你留下来。你不是答应过我吗，像上学时那样，咱们始终在一起……"朱瞳想要找到马经理，不是替梁红说情，而是想将梁红的话转告给他。他要对马经理说："你不能让梁红走啊马经理，梁红说了，如果家里逼她嫁人的话，她就去死。她一定会去死的马经理，你让她走，等于把她逼上了绝路。马经理，你要想办法救救她!”

那天，马经理恰好去了县城。

朱瞳转身，朝着院外跑去。

天色在朱瞳的奔跑中暗下来。他的身影，沿着沿河码头，向前。从沿河码头右侧的一条土路上穿过，继续向前。狭长的穿河街空荡荡的，正是潮汐的涌涨时分。从河口涌入的潮水，在河道里激起千层细浪，向前推进，像是在迎合着他的脚步，又像与他比拼着脚力……跑出街口，朱瞳顿下脚步，跟一位妇人问路，与潮水分道扬镳，朝着另一个方向跑去。他跑过学校、卫生所、商店，跑过南堡公社，在一个院门口停下来。看看门上的招牌，跑了进去，被一个老头喝住。朱瞳同他打问着什么。听了老头的指引，呆呆地发愣。少顷，他抬手抹去额头上的汗水，转身，又顺着原路往回跑。

从穿河街到公社之间，有两条路。朱瞳和李一平走了岔路，所以没有碰到。那天，李一平被他大舅喊去，陪一位重要客人吃饭。实际上，是要他借此机会好好表现一番。这位客人在县里的人事局任职，能帮李一平找到一份满意的工作。大舅不擅饮酒，李一平便多喝了几杯。他满面通红地骑着自行车，刚到宿舍门口，就听到背后有人喊他。

是朱瞳。

李一平双腿叉住自行车，扭头回望。看着朱瞳跑到近前。

“李一平，我有事找你，你回宿舍吗?”朱瞳上气不接下气地说。

李一平点头。

“那你等我，我马上去宿舍找你。”朱瞳说着，转身跑走。

李一平没有回到宿舍，仍是双腿叉住自行车，待在原地。看着朱瞳跑走的身影，他忽然有些感伤，并不知道那是酒精的作用。黑暗迎合了他的感伤。觉得朱瞳的奔跑，撕开夜色，有一种让人心动的意味。直到朱瞳又跑回来，站在他面前，李一平的心绪这才有所平复。

“李一平，我想求你办件事。”

“啥事?”

“你快救救梁红吧。”

“她，她咋了!”

“她说，如果被开除，回家被逼婚，她就去死!”

“我怎么救她?”李一平垂头，恹恹地说。

“你去找你大舅。你大舅是公社干部，他能管住梁红他们村里的书记，书记就能管住梁红的家里人。只要你大舅插手这件事，梁红就有救了。”

李一平低头思忖，暗自发笑，抬头问:“朱瞳，你莫不是，爱上梁红了吧?”

朱瞳一时语塞。在他心里，还真的没有想过爱不爱梁红这个问题。他只是觉得，梁红更像他的一个姐姐，一个小小的母亲，或是一个同自己毫无血缘关系的亲人。听了李一平的问话，他这才认真地想了一想。他觉得，他并没有认真地爱上梁红。

他摇头。

李一平看清他“摇头”的动作，不禁愣住。哼一声道:

“既然她和你没有半点关系，我干吗要去帮她。况且，这又不是一桩小事。”

朱瞳愣着，一时不明白李一平为何不肯帮忙。

李一平笑了起来，戏谑地说道：“如果你爱她，我就好去找我大舅说话。就说我一个哥们的女朋友，要被人抢走了，求他插手管管这件事。”

朱瞳恍然大悟，忙不迭点头：“好，好！就说我爱上她了。”

“真的吗？”

“真的，是真的！”

李一平叹口气：“也不知道我大舅，愿不愿意帮这个忙。即便愿意，也不知道能不能管得了。”

朱瞳退后一步。夜色中，李一平并未看清他手上的动作。耳际里，忽听到一记脆亮的声响，像一记啼鸣。朱瞳反手，将用布囊裹着的珠玉算盘拿出来，两手在虚空里摆荡，使那珠玑，发出更为清澈的声音，如夜色中翩然栖落的一群鸟雀，亮开歌喉，又在停顿间，瞬息哑寂。

李一平向后闪着身子，踉跄着从自行车上下来，颤声问：“你，你这是什么意思？”

“送给你，”朱瞳说，“求你帮我办成这件事……别告诉梁红。”

李一平羞红了脸，心跳加速。他想起那个和朱瞳讨价还价的雨夜，朱瞳毫不迟疑地拒绝了他。心里感到莫名的羞愧。

“我不要。”他说。

“拿上吧！我知道你喜欢。我们是朋友，就当我送你的。”

李一平沉吟，忽然说道："但，这可不是我帮你的先决条件。"

"我知道。"朱瞳说，"只是求你别告诉梁红。"

7

秋天到来。疲乏的捕捞季，给了珠算手们这样一种错觉：这个被人们大肆渲染的猎获季节，以平淡无奇的方式开始，亦会以平淡无奇的方式结束。繁忙的盛景，他们毕竟经历过了，并且游刃有余地胜任了自己的工作。新鲜和刺激的感受，难免会有一种乏善可陈的意味。但另一个渔猎的高潮，正在海洋深处酝酿——他们并不知道。

这天下午，做完几单生意，留在公司的五位珠算手中，两位因家中有事，临时请假离开，只剩下朱瞳、梁红、李一平三人。梁红和朱瞳商量着，想去镇上采购一些东西，自己动手，做一桌饭菜，算是答谢，也算为即将离开的李一平饯行。二人边走边聊，走到一道堤坝上，梁红忽然止步，伸手一指，叫了一声。

顺着她手指的方向，只见通往沿河码头的土路上，密密麻麻，走来无数挑着渔获的渔夫。夕阳将他们黝黑的身体镀成了古铜色。筐子里的鱼鲜，跳荡着银白或橙红的光芒。此时的穿河街尽收眼底。从沿河码头开始，更多的人簇拥着，浩浩荡荡，如潮水般朝这边涌来。

这一次渔汛，出乎了所有人的意料。马经理的吆喝声随即在大院里响起来。临阵以待的员工们，不像迎敌的战士，倒像溃退的士兵，他们徒劳地做着各种准备工作，以一当十的阵势，预示着即将开始的收购工作，并非一场势均力敌的战斗。

从船老大的吆喝声，以及渔民们暗自窃喜的神色当中，大家知道，远处的海上，正在遭逢着一个百年不遇的渔汛。渔网撒下大海，鱼群便会如殉难般涨破渔网，捞也捞不及。

“快给我们过秤、结算，趁着潮水还未停落，我们要出海，不用等到天亮，还会渔获满仓!”

假使没有渔民们的催逼，也已经够乱了。加上那些恐吓声和起哄声，狭小的结算室里简直快要爆炸了。因为忙乱，有人忘了关门，不守规矩的渔夫闯进来，将手上的票据加塞到前面，引起众人不满。三名珠算手大汗淋漓，手持票据的人像绳索一样将他们捆缚，动也不能动，唱票人的喊声也听不到了。见此情景，李一平站起来，大声喊着马经理，说再这样下去，这账根本就没法儿算。

马经理差人，将渔夫们赶了出去。但破了规矩，显然不能收场。那些排队等候的渔夫们，站在大厅外发泄着怨气，加塞者则暗自窃喜。三名珠算手，显然不能及时完成外面几十杆大秤称重的结算任务。手持结算票据的人，大呼小叫，不断涌来。嘈杂的局面，已到了无法掌控的地步。

马经理站在结算大厅门口，站上一把椅子，登高一呼:

“再不守秩序，今天就不收了。你们爱缴给谁就缴给谁去!”

马经理的威慑虽见成效，但过了片刻，场面再度失控。马经理只能临时调整收购程序，他让几十杆大秤先停下，按照时间段过秤。等积攒的票据在结算室这边结算得差不多了，外边儿再开秤。

这一招有利有弊，结算大厅这边压力虽有缓解，但从码头涌到大院里的渔夫们，并不知道前面发生了什么，人流阻塞在穿河街以及通往沿河码头的大路上。这或许是在南堡镇唯一一场因交售渔获而引发的骚乱。随着夜幕降临，这场骚乱非但没有被遏制，反而愈演愈烈。南堡镇的居民们都听到了海潮般嘈杂的人声，看见汽灯、手电筒以及烟火的光亮，照亮黑暗夜空。

不知是谁提出来了一个奇特的收购方式。

说它奇特，只因在水产公司的收购史上从未出现过。又或许，是两个年轻人在一个不寻常的收获季，因一场突发的渔汛，演绎出的一个传奇。

方案是这样定下来的：三位珠算手拆分开来，各自工作。梁红待在结算室内，结算票据由一组过秤人单独为她提供。朱瞳和李一平二人，将结算地点移至场院，每个人手下，各安排数量相等的过秤员。排满场院的渔获一分为二，由二人单独结算。不以票据为准，结算的数字若有误差，可以保留，以待第二天腾出人手，再进行核准。

晚饭时间已过。马经理吩咐伙房做了可口的饭菜，端来让二人垫补一下肚子。炊事员端着饭盆，在一旁伺候了很久，也不见有人过来。办公桌已布置好，两张桌子间，拉开过秤员悄声说了句什么，朝朱瞳指了指。马经理哑着嗓子训斥：“好好过你的秤吧！你见他停下来了么？他是在等你们报数呢！”

众人这才恍然大悟，知道朱瞳只是撩拨一下手指，便是很多数字的叠加，是名副其实的“以一当十”。他不需用算盘珠子运算，那些数字，是如何在他的脑子里演化的？众人实在猜不透，反而被撩拨起兴趣，遂将眼下的四支队伍，悄悄增加到六支、七支，直到八支。八组过秤人，马不停蹄地轮转，却见朱瞳拨打算盘的动作，仍有停下来的时候。

梁红算完最后一笔账，不见有人过来递票据，以为收购工作已经结束。起身扭了扭酸疼的腰背，朝结算大厅外瞟了一眼。夜色弥漫，只听到隐隐的报数声。她有些不明就里，推门出来，走到门外，朝场院内一看，不禁吓了一跳。

起雾了。雾气将人群裹住。几盏汽灯光亮惨淡，罩在人们头顶。除了过秤人此起彼伏的唱报声，深夜里的场院，竟然听不到一声嘈杂。让人以为灯影里发生的事，如同鬼魅操控。算盘珠子噼啪响着，因雾气的遮蔽，失去了原有的脆亮。单薄的声响，虽是激烈，却很难在偌大空间里有所作为。只是坚韧地响着，响得孤寂；像是要和黑夜一决雌雄；响得声声啼血，不肯罢休。

梁红脚底踉跄，推开众人，站在朱瞳身侧，怜惜地看着他。

朱瞳端坐在桌后，物我两忘。头发被雾气打湿，如一团濡湿的乱草。他的脸色，说不上是苍白还是青黄，只因被灯光照彻的缘故，本来消瘦的面颊，此刻凹陷下去，喉结不时耸动，仿佛饥渴难耐。炫白的灯光使他再不敢去看算盘以外的世界，恍惚间，他已成了一位真正的盲者。偶尔侧目，黑漆木框内的乾坤，在他眼中慢慢放大，边框与算档之间，扯起一道巨大的经纬，一直铺排到他的脑海深处……他伸着枯木般的指尖，拨一下，又拨一下，像是对世间人事的诘问，又像是一次次逢凶化吉的拆解。

整个收购工作结束，渔夫们感叹着离去时，时间已拖延至凌晨三点。

李一平由人架着，送回宿舍歇息。朱瞳闭着双目，仍定定地坐在椅子上，动弹不得。有人想照样架起他，送他回宿舍，却见他双腿不能伸开，腰背虽拔得挺直，双腿却蜷缩着，以坐定的姿势悬空在两人的臂弯之下。喉咙里咯咯有声，不停地摇头。大家听不清他在说些什么。梁红在一旁解释："他说眼睛看不见，把汽灯都灭了吧，让他在这儿缓一会儿。"

众人散去。

灯火熄灭。

朱瞳双目闭合，进入冥想状态。黑暗并非黑暗。耳边传来潮水的涌涨声，他的眼前如此澄明，如此恬静。他忽略了蹲在他身前的梁红，正按摩着他僵硬的双腿，却见母亲从一片光明中走出来，欣慰地看着他。

"娘，你都看到了吧？这下，你该放心我了吧！"

朱瞳忽然睁开眼睛，对着黑夜，喃喃地说道。

图书在版编目（CIP）数据

溯河春醒 / 刘荣书著. —南宁：广西民族出版社，2024.1
（中国多民族作家作品系列）
ISBN 978-7-5363-7749-3

Ⅰ.①溯… Ⅱ.①刘… Ⅲ.①短篇小说－小说集－中国－当代 Ⅳ.①I247.7

中国版本图书馆CIP数据核字（2023）第226534号

中国多民族作家作品系列
溯河春醒
SUHE CHUN XING
刘荣书 著

出版策划：石朝雄
责任编辑：莫 悠
装帧设计：张文昕
责任校对：黄裕蝶 潘雯雯
责任印制：梁海彪 张东杰
出版发行：广西民族出版社
地址：广西南宁市青秀区桂春路3号 邮编：530028
电话：0771-5523216 传真：0771-5523225
电子邮箱：bws@gxmzbook.com
印 刷：广西民族印刷包装集团有限公司
规 格：787毫米×1092毫米 1/32
印 张：8.25
字 数：180千字
版 次：2024年1月第1版
印 次：2024年1月第1次印刷
书 号：ISBN 978-7-5363-7749-3
定 价：48.00元